SOMMARBARN

Anmäl dig till Pocketförlagets nyhetsbrev
nyhetsbrev@pocketforlaget.se
eller besök
www.pocketforlaget.se

FSC
Mixed Sources
Product group from well-managed
forests, controlled sources
and recycled wood or fibre

Cert no. SW-COC-002296
www.fsc.org
© 1996 Forest Stewardship Council

FSC för skog och människor

FSC-märket är en garanti för en hållbar pappersproduktion. I en FSC-certifierad skog fälls det inte mer träd än vad skogen själv klarar att reproducera. Dessutom är FSC en garanti för att djur och växtlighet skyddas.

En miljövänlig bok!

Pappret i denna bok är framställt av råvaror från ett FSC-certifierat skogsbruk samt returpapper som säkrar ett optimalt användande av naturens resurser och därmed väsentligt reducerar denna boks miljöbelastning.

Katerina Janouch

Sommarbarn

ROMAN

Pocketförlaget

Pocketförlaget

www.pocketforlaget.se
info@pocketforlaget.se

ISBN 978-91-85625-43-7

© Katerina Janouch 2007
Originalutgåvan utgiven av Piratförlaget
Pocketförlaget ägs av Piratförlaget, Företagslitteratur och Läsförlaget
Utgiven enligt avtal med Nordin Agency
Omslagsform Mattias Boström
Författarfotografi Fredrik Harkén
Tryckt i Danmark hos Nørhaven Paperback A/S, 2008
FSC Certificate Registration Code: SW-CODC-002296

Till Erik, min käre bror

Prag–Köpenhamn

PÅ VÅR RESA BORT är det alltid natt. Det är vinter. Inuti bilen är det kyligt, men samtidigt kvavt och instängt. Jag fryser och svettas om vartannat.

Längs vägen har snön samlats i smutsiga hårda vallar. Den är mörkgrå, nästan svart. Flingorna som faller mot bilfönstret smälter och förvandlas till vått mos. Vindrutetorkarna rör sig hastigt fram och tillbaka över glaset. Jag försöker följa dem med blicken, men blir snabbt trött.

Den tomma vägen som ligger framför oss lyses upp av ett orange sken. Fiatens röda plastsäten är hårda och liksom knastriga av kylan, de tinar aldrig riktigt upp. Jag sitter i framsätet. Min plats är bredvid pappa. Han håller i ratten och jag är kartläsaren. Det är min uppgift att hålla ögonen på vägen. I baksätet finns mamma och lillebror. Lillebror sover mest. Det är tur, för när han vaknar blir det gråt och gnäll och irriterad stämning. Pappa kör koncentrerat. Jag ser hans profil, skarp men lugn, händerna på ratten. Det är tryggt att sitta bredvid. Jag får slumra till om jag vill.

Framsätet har alltid varit min givna plats, jag har haft den sedan jag var ett år. Troget sitter jag där också nu och stirrar på vägen som försvinner under oss. Den ser ödslig och fientlig ut. Jag vet inte vart vi är på väg. Jag vet bara att vi måste ge oss av.

Indianernas nakna fötter lämnar inga avtryck på den frostiga marken. De tvingas vandra barfota över snö och is, över hård frusen lera...

Jag själv har strumpor och skor på mig. Jag har inte ont någonstans i kroppen. Jag har bara lite panik långt ner i magen, och det känns som om jag glömt en viktig del av mig själv någonstans. Från och med nu kommer jag alltid att resa vidare. Men det förstår jag inte riktigt än.

Fiaten är full av saker. Vårt liv, nerpackat i kartonger och i diverse väskor. Våra tillhörigheter skramlar till då och då, ger sig tillkänna, talar om att de är där, med oss. Det är skor och kläder och fotoalbum och vaser och köksahanddukar. Underkläder, tandborstar, jackor och en pepparkvarn. Anteckningsböcker. Bestick. Muggar. Ansiktsvatten. Sådant som de vuxna behöver. I en liten väska finns mina leksaker. Jag har min slitna rosa tyghund Síba i knät.

Just nu är ingenting verkligt, bara natten. Det starka orangefärgade skenet. Och så vi fyra. Jag tänker att vi alltid kommer att finnas. Att vi alltid måste hålla ihop.

Mormors lugnande ord ekar i mina öron. Hon upprepar dem alltid, som ett mantra, som ett snällt täcke över det som är hårt och vasst och obegripligt. *"Var inte rädd. Allt kommer att bli bra."* Nu klamrar jag mig fast vid minnet.

Tyghunden stirrar på mig med runda svarta ögon av glas. I dunklet ser jag de små ögonen, som glansiga mörka prickar. Ingen pratar. Det finns inte så mycket att säga. Vårt gamla liv är borta nu.

"Allt kommer att bli bra."

Jag ska tro på det, mormor, tänker jag och kramar min hund medan snöflingorna fortsätter att falla.

EN GÅNG MÅSTE VI ha varit en familj bland alla andra tjeckiska familjer. Helt vanlig. Anonym. En som inte stack ut. Eller så var vi udda från början. Jag vet inte säkert.

Jag föddes 1964. Mina föräldrar hade gift sig ett år tidigare, på Alla hjärtans dag, självklart borgerligt, i rådhuset, för pappa var ateist och bara katoliker och protestanter gifte sig i kyrkan, och mina föräldrar var varken katoliker eller protestanter, så de gifte sig enkelt. På bröllopsfotot bär mamma en flärdfri klänning som går till knäna, stilettklackade skor och det tjocka mörka håret i page. Pappa har en keps på huvudet och flinar finurligt mot kameran.

Trehundrasjuttiotre dagar efter bröllopet föddes jag på förlossningssjukhuset i Podolí där de flesta pragbarn kom till världen. En dotter, exakt så som mamma och pappa önskat, med långt svart hår, långa naglar, lite skrynklig i skinnet, tre veckor överburen enligt beräkningarna, men pigg och frisk. Barnsköterskorna kallade mig för "lilla zigenarungen".

Några månader senare blev mitt svarta raka hår lockigt och rött. Jag växte och utvecklades, det dröjde inte länge förrän jag fick ligga på en filt på golvet för att träna nackmusklerna, och jag började dricka välling ur flaska i stället för att ammas, för mammor skulle arbeta, inte amma sina bebisar. "Du ville ändå inte ha", hävdade mamma senare. "Du föredrog flaskan. Det kom snabbare! Du var så hungrig av dig."

Mamma gjorde karriär, arbetade på Institutet för mikrobiologi, studerade celler och bakterier och levde bland provrör och experiment. Pappa var lovande docent i atomfysik.

När jag är sju månader flyttar vi till Trieste i norra Italien. Jag får två italienska nannies som passar mig om dagarna medan mina föräldrar gästforskar. Trieste… Jag minns bara sagostaden från färgglada vykort. Det är en vit stad som klättrar på klipporna, omgiven av havet som brusar mot betongklädda kajer. Ibland kommer *bora*, ovädret som sliter hattarna av männen och får kvinnornas kjolar och klänningar att fladdra, det är en storm som välter bilar och krossar fönster. Min verklighet består mest av ett vitt hus på en grönskande kulle, där en liten teveapparat står på dygnet runt, där det finns en kvittrande kanariefågel i bur, och där varma starka armar håller om mig och hindrar mig från att falla med näsan före på grusgången i trädgården. Pigga bruna ögon som skrattar och munnar som aldrig är tysta, nanny Lucia och nanny Maria tar hand om mig hela dagarna från tidig morgon till sen eftermiddag. Jag får äta pasta och lyssna på italienska tevehallåor, jag försöker drunkna i dammen med guldfiskarna och jag tror att jag är älskad.

Där sitter hon. Barnet som är jag, med de knubbiga benen i ljusa strumpor, små fyrkantiga skor på fötterna, håret i lockar. Hon sitter på en grusplan utanför ett vitt hus, hon sitter på ett bord bredvid en stor kokt hummer, hon försöker lära sig gå med en nyckelknippa i handen.

Minnena sträcker sig inte så långt som till sjukdomen.

Jag blir varm och gråter, håret ligger klistrat vid huvudet. Febern stiger. Mamma är hysterisk.

– Hon kan dö!

Ilfärd till sjukhus. Bestämda nunnor tar hand om mig.

– *Signora. Prego…*

Hon måste lämna mig ifrån sig. Mitt skrik ekar i korridoren. Dörren stängs. Jag är ensam på sjukhuset i flera dagar. Långt efter drömmer jag om nunnornas ansikten där de böjer sig över mig. Jag drömmer om ensamheten och skräcken, om avsked som aldrig tar slut, om panik och mörker.

Resten av min barndom avskyr jag ljusa kappor och vita rockar och slåss för mitt liv när det blir dags för läkarundersökning. Tandläkare tål jag inte heller. Jag sparkar och skriker när någon vitklädd närmar sig min mun, när jag känner lukten av desinfektionsmedel, när jag hör klirr av instrument.

Det daltas inte nämnvärt med barn på sextiotalet. Man får inte ha med sig föräldrarna om man ska ligga på sjukhus. Sådant finns det sköterskor och läkare till för. Barn tas bättre, tryggare om hand av professionella. Barn uppfostras också utmärkt på institution. Auktoriteter vet bäst, föräldrarna får lämna ifrån sig ansvaret. Det är bara nyttigt att inte vara alltför hemkär. När man blir större får man snabbt lära sig att borsta sina egna tänder och knyta skosnörena. Det gullas inte med oss, och leksaker har vi inte direkt något överflöd av. Vi barn bör hålla oss lite på vår kant, ha respekt för de vuxna och helst varken synas eller höras. I vårt hem är det nog ovanligt liberalt, för jag lyckas trots allt låta en hel del. Och utrymme får jag. Så mycket utrymme man nu får i en trea på sextiofem kvadrat.

Snart har mamma och pappa gästforskat färdigt. Snart får jag vinka *arrivederci* till Lucia och Maria, de gråter och kysser mina kinder. Snart packas den kaffeochmjölkfärgade Opeln full med koffertar och tygblöjor och vi åker tillbaka, via serpentinvägarna i Österrike, över snöiga alper och utmed gröna ängar. Snart landar vi i Prag igen. Tiden i Trieste blir en kort parentes.

Vi bor på Průběžná, vilket betyder "gatan man springer igenom". Det är också mycket riktigt en genomfartsgata, en transportsträcka som förbinder Prags mer centrala delar med dess utkanter. Vår del av staden är en dammig avkrok med hukande hus i solkig betong.

Det är en sömnig gata, en bortglömd gata, en igengrodd gata, en gata dit man inte gärna gör sig några ärenden om man inte absolut måste. Om du inte är en törstig man, förstås. På hörnet mitt emot vårt hus ligger en *hospoda*, ett klassiskt praghak där det dricks öl, punkt slut. Min tidiga barndom kantas av berusade män som likt måsar efter fartyg cirklar runt det där sjappet. Eftersom vi sällan öppnar fönstren, på grund av gatans avgaser och damm, så kan jag inte höra vad de säger, men jag kan se hur deras munnar rör sig. Jag är rädd för dem. Tänk om jag skulle hamna där, mitt ibland dem... Tänk om de skulle lyckas ta sig upp i lägenheten. Jag är skräckslagen, men kan inte låta bli att fortsätta studera dem uppifrån mitt fönster.

Pappa själv vägrade att dricka öl. Öl var en vulgärdryck, en dryck som ledde till fördumning, en dryck som smakade obehag och som ledde till onödig berusning, var hans fasta övertygelse. Han drack ingen alkohol alls tills han var trettiotvå, förresten. Han spelade inte heller kort. Eller ägnade sig åt lagsport. Han avskydde också charterresor och serietidningar. Det fanns ingen röd tråd i hans avoghet mot vissa ting. Men han höll fast vid sina åsikter.

DE SÄGER ATT JAG inte var där. Att jag inte kan minnas.
Men jag var där.
Jag minns.
Trots att jag var så liten.
Bara fyra och ett halvt.
Det var så mycket som pågick. Oroliga vuxenansikten.
Brusiga radioröster som talade upphetsat om stora processer. Stress. Familjemedlemmar som aldrig gick till sängs.
Det var den 21 augusti 1968.

Jag har bara små minnesfragment av allt som skedde och vem jag var. Jag hade kort hår. Bruna ögon. Randig klänning. Min värld sträckte sig inte längre än till snabbköpet på hörnet, dit jag ibland gick med mamma för att köpa gifflar och mjölk. Husens portar verkade farliga. Mörka och illaluktande. Jag kunde också vägen till tobakskiosken med de kolorerade veckotidningarna och frimärkena, och jag hittade till de låga grå husen vid torget som hette Pod Rapidem, där några av mina barnvakter bodde. Det som fanns bortom Vršovicekvarteren och bortom parken visste jag ingenting om.

Ute är det svart. Jag sitter i pappas knä. Lamporna är släckta och gardinerna är fördragna. Ibland glimmar det till av ljus, det är som strålkastare som skär igenom mörkret. Där utanför åskar det. Jag hör hur det dånar, och jag borrar in huvudet mot pappas varma bröstkorg, jag försöker komma undan ljudet. Så blir det för ett ögonblick nästan ljust. Skenet är starkt. Jag vet inte om jag skriker. Jag kan inte höra något. Pappa håller om mig, dånet stillnar inte. I känslan efteråt skakar marken. Huset vibrerar, möblerna står inte stilla utan allting flyttar sig.

Jag klamrar mig fast. Jag vill försvinna i pappas värme, han tröstar mig, men jag känner hur han sitter spänd, hans kropp är inte avslappnad, han säger att allt kommer att bli bra, att inga faror hotar, men hans hjärta slår hårt och hans hållning signalerar något annat. Jag känner hans oro. Och hans ångest gör mig rädd.

Efteråt är min stad förnedrad. Jag känner mig nästan lika smutsig och äcklig som hon, hennes skuld för det inträffade smittar av sig på min barnkropp. Jag är osäker och förvirrad. Jag vet inte var jag hör hemma. Min stad är min mamma men nu är mammans huvud böjt, och hon gråter. Hennes smärta svävar som ett svart moln över hustaken. Han som gjorde illa henne heter Ivan och han är ryss.

Också vår gata är en del av det som sker.

Det går inte att komma undan, låtsas som om inget har hänt.

Inte för en fyraåring. Inte för en vuxen. Inte för någon.

Vi bor på nummer sju, två trappor upp. Våra fönster vetter både åt gatan (tre stycken) och mot gården (ett). Här bor jag med mamma och pappa. Min bror är inte född än.

Så fort man blir stor blir man vuxen. Mammorna bär stilettklackar, "båtar" kallar min mamma dem, och snäva pennkjolar, mönstrade blusar med spetskragar och dräktjackor i melerad ull. Frisyrerna är höga och tuperade, de har små lockar vid öronen. Ögonen är målade med pärlemorsmink från Rimmel, läpparna är rosa. Papporna klär sig i kostym och trenchcoat. Jag har knäkorta klänningar, knästrumpor och ibland lackskor. Pojkarna har byxor med pressveck. Vi sover, äter, åker spårvagn.

Gardinerna i mitt rum är stormönstrade i gult, svart och rött.

Tiden är från sextiotalets bekymmersfria första år och framåt.

Det kommer en morgon också efter den hotfulla natten. Den 22 augusti 1968 vaknar jag i mitt rum som vanligt. Men rädslan har flyttat in och gör mig sällskap under täcket. Jag kramar mina gosedjur och borrar in näsan i deras ulliga kroppar. Pillar på ögon av glas, klappar nosar av plysch.

Det är en helt vanlig morgon. Ovanför hustaken anas en himmel med knubbiga vita moln på. Jag får uppskuren vallmogiffel med smör på till frukost. Till det te med socker i. Jag klinkar med skeden mot koppen, ser den ljusbruna drycken skifta färg.

– Du får inte prata ryska när vi är ute, säger mamma lite senare och ser mig strängt i ögonen. Hennes hår är uppsatt i en hövolm som vanligt och hon har svarta streck målade runt ögonen, men hon har aldrig sett på mig på det sättet förut. Hon låter arg.

– Du förstår, människorna hatar alla ryssar nu. Lova mig att du aldrig mer pratar ryska när vi är utomhus.

Jag nickar. Jag lovar, jag svär, mamma. Jag gör allt för dig. Jag är rädd. Jag kommer inte att svika.

Klart alla hatar ryssar. Jag är som de andra, jag hatar ryssar jag med. Det var ryssarna som fick staden att explodera. De var de som gjorde det onda. De äger oss nu.

Jag hatar alla ryssar och därför hatar jag mig själv, för jag är en ryss jag med. Jag skäms för att min mamma kommer därifrån, från Sovjetunionen som det heter. Jag skäms för att jag alls kan ryska. Jag önskar jag bara kunde glömma det. Jag vill inte vara ryss. Inte ens till hälften.

På bilderna i tidningarna ser jag de unga ryska soldaternas ansikten. De ser avstängda ut. Pragborna ser hatiska ut. *"Åk hem med dig, Ivan"*, vrålar de. De kastar sten. Men pansarvagnarna har parkerat sig på Václavplatsen och rör sig inte därifrån. Ruzyněflygplatsen är nybyggd och invigdes dagen före ockupationen med att ryska arméns militärflyg landade där, dock utan en leende välkomstkommitté som tog emot. Lyckligtvis finns även ett fängelse i närheten, Ruzyněfängelset. Snart ska dess celler fyllas av alla dem som ogillar kommunismen och som fortfarande vågar vädra sina åsikter offentligt.

Alla månaderna är sig lika på Průběžnágatan. Förutom den här augustimånaden som sticker ut.

Průběžná är hårt trafikerad. Lastbilar, bussar, spårvagnar. Ingen håller hastighetsbegränsningarna. Många tutar. Det finns inget övergångsställe framför vårt hus.

De kommande nätterna ligger jag vaken länge. Jag kan inte somna. Jag lyssnar på fyllegubbarnas klagosång. De finns kvar. Jag väntar på att de ska försvinna, att det ska börja åska igen. Jag väntar på blixtarna och knallarna. Men det är ganska lugnt. Någon skriker till. Ett glas krossas. Bildörrar smälls igen.

Jag biter i kudden för att inte gråta och jag lovar mig själv att försöka glömma. Inte det som hände. Men det förhatliga språket, det förrädiska modersmålet. Mitt och mammas språk, morfars och mormors. Språket i alla de spännande barnböckerna som jag älskar, språket i de roliga tecknade filmerna, språket i mammas sånger som hon alltid sjunger när vi åker bil. Språket som varit en del av mig. Nu måste det bort. Jag måste försöka glömma.

Jag stirrar ut i mörkret i sovrummet och jag svär en tyst ed för mig själv. Jag ska aldrig mer säga ett enda ord på ryska. Språket ska försvinna, upplösas, det ska bli som om det aldrig existerat inuti mig. Jag ska sluta tänka de ryska orden, jag ska sluta känna de ryska känslorna. Jag ska sluta vara ryss, den delen av mitt blod ska upphöra, dö.

När jag till slut somnar har mina tankar inget språk alls.

MAMMA OCH PAPPA trodde inte på Gud. Pappa var nog lite för präglad av socialismen för att erkänna att det kunde finnas en makt starkare än han själv, och lydig dotter och tuff hjälte som jag var inbillade jag mig förstås att det han ansåg var sant och klokt.

Men det fanns andra som tyckte annorlunda.

Det fanns en äldre generation som visste bättre. Till exempel fru Jandová och hennes döttrar, som bodde inte särskilt långt ifrån oss i en våning fylld med minnen från deras stora släkts sekelskiftesliv. De hade överlevt både första och andra världskriget, svält, umbäranden, sjukdomar och sorger. Nu levde de två systrarna tillsammans med sin gamla mamma, knypplade, bakade, skötte om sin blomstrande bakgård, sjöng och framför allt, trodde på Gud.

Det doftade alltid maränger och pepparkakor om fru Jandová. Hon hade vänliga ögon och kändes urgammal med det vita håret prydligt samlat på huvudet, kroppen krokig och tunn. Över sina blommiga klänningar bar hon alltid ett stärkt förkläde, över förklädet en stickad kofta. Hon bad ofta böner och korsade sig och skrev vackert med perfekt snirklig skrivstil. Hon talade om *Fadern* och vävde in sin tro i varje steg hon tog.

Så länge hon orkade gå, kom hon hem till oss för att passa mig. Och hennes inre ljus liksom lyste upp hela vår lägenhet så fort hon stod på tröskeln. Det vita håret stod som en skör gloria runt huvudet. I smyg tänkte jag att fru Jandová nog var en ängel, fast en ganska gammal sådan.

Hon brydde sig inte särskilt mycket om politik. Förresten struntade maktens män i ett galet fruntimmer som föll på knä och bad om minsta struntsak. Jag dyrkade henne. Och pappa ifrågasatte aldrig hennes tro. Jag tror att till och med han gav sig inför det oförklarliga. Så länge hon orkade bakade hon sina ljuvliga maränger, hon kallade dem *kyssar*. Hon virkade små dukar, gick i mässan och hjälpte alla som behövde hennes hjälp. Hellre än att hamna i gräl gav hon sig. Men ingen kunde bli arg på fru Jandová. Jag såg henne sällan ens rynka på ögonbrynen. Hon korsade sig och knäppte sina händer, så bad hon några Fader vår. Sedan kysste hon korset hon alltid bar om halsen och tog sedan itu med det som behövde tas itu med. Jag njöt av att se henne sväva runt i köket, röra i bunkarna, låta vattnet rinna ner i diskhon. Varje gång hon log mot mig blev jag glad.

Men ibland orkade inte fru Jandová komma. Då tog hennes barnbarn Milada över. Milada var femton och det var svårt att tro att hennes mormor var blid och lugn. Milada var i stället fullkomligt galen och tillsammans gjorde vi vårt bästa för att riva lägenheten. Där fru Jandová var tålmodig och sansad, var Milada gränslös och vild.

Milada målade pianotangenterna med nagellack och vi rörde ihop en smet som Milada påstod var bra för att flickor skulle få fin hy. Egentligen brydde jag mig inte eftersom jag var ointresserad av hur jag såg ut i ansiktet, men inför en femtonårings auktoritet blev en sexåring stum. Så vi rörde och kladdade tills köket såg ut som ett slagfält och sedan fick vi röda utslag av smörjan.

Vi klättrade upp på garderoben och hoppade jämfota ner i min säng, ända tills sängbotten gav vika. Milada skrek rakt ut, nu skulle mina föräldrar bli arga! Vi säger inget till dem, tröstade jag, och sedan sov jag två månader i en trasig säng tills mamma upptäckte vad som hänt.

Mina föräldrars rika sociala liv gjorde att behovet av barnvakter alltid var stort, och inte ens fru Jandová, Milada eller min egen farmor var tillräckligt många för att fylla behovet av barnpassning. Därför anlitades periodvis även fru Kamená. Hennes hår var lagt i stenhård permanent, och hennes andedräkt luktade något starkt. Det kunde vara brännvin, eller öl, eller bara dålig munhygien. Min rara mamma verkade inte vilja se fru Kamenás brister. Hon förlät henne till och med det faktum att hon i ett anfall av välvilja tvättat mammas finaste Tuzexjumper i nittio graders vittvätt så att den krympte till dockstorlek.

Jag avskydde att bli passad av fru Kamená. Det var otäckt att höra hennes röst i tamburen. Jag gillade inte hennes kappa och tyckte att hon hade fula skor. Jag undrade om hon hade peruk på huvudet och fasade för att hon skulle få för sig att laga mat till mig.

Fru Kamená tog ingen notis om min inställning. I stället verkade hon tycka om mig. Hon använde mig helst som sin privata klagomur. Hon missade aldrig ett tillfälle att brodera ut omständigheterna kring sina oönskade graviditeter, som varit både många och komplicerade. Alla hade de slutat med abort. Fru Kamená hade genomgått inte mindre än tjugosju illegala aborter, plus några legala. Hon berättade att kvinnor i hennes "belägenhet" tvingades stå framför en särskild abortkommission, ett slags jury, som fick avgöra huruvida aborten fick genomföras eller inte. Det blev nej flera gånger och hon fick söka sig till en illegal abortör. Hon fäktade med armarna och mimade med sin läppstiftskladdiga mun när hon målande pladdrade om sjabbiga mottagningar hon besökt, om illa rengjorda instrument, om blödningar och smärtor, som slutligen lett till att hon blev steril, om tårar och svek.

Jag lyssnade storögt och var glad att jag var liten. Jag ville aldrig bli vuxen – om vuxenlivet betydde att man var tvungen att ha det som fru Kamená.

Fru Kamenás matlagning var en fullkomlig katastrof. Det hon inte brände på spisen, förblev rått, och det som kokades skulle kokas så grundligt att samtliga smakämnen försvann och kvar blev en fadd smörja som hon kallade "soppa". Soppan var flottigt vatten med små brända svålbitar i.

Fru Kamená krävde alltid att jag skulle äta upp den här äckliga maträtten. Inte en droppe fick lämnas kvar på tallriken, för jag visste väl vad som hände med barn som inte åt upp sin mat? Jag skakade på huvudet. Jo, barn som inte åt upp sin mat hämtades av Meluzína, som var en varelse med spöklikt ansikte som bodde i skorstenen och bara väntade på sin chans. Meluzína ven och stönade där hon inväntade rätt tillfälle och jag svalde den vedervärdiga sörjan på min tallrik, hulkade, grät och höll på att kvävas av snor och tårar och ibland också en bit svål som fastnat i min hals. Fru Kamená såg det här som ett slags framgång.

Hon slog sig ner bredvid mig på en köksstol och suckade.

– Jag har bekymmer förstår du, klagade hon och tog tag i min haka för att vrida mitt ansikte mot sig. Jag har fått gulsot.

Jag visste inte vad gulsot var för något, men det lät farligt.

– Och inte nog med det, katarr i magsäcken har jag fått, fortsatte hon. Jag har opererats i sju timmar men jag vet inte om jag nånsin blir frisk... Vill du se mitt ärr?

Hon väntade inte på svar utan reste sig hastigt från stolen och drog ner blixtlåset i sin svarta kjol. Jag fick syn på ett par noppiga bruna strumpbyxor, som satt fast i strumpeband. Hon drog samtidigt upp sin jumper.

– Titta, sa hon ivrigt. Kors och tvärs har de skurit i min mage!

Hon ljög inte. Ärret var mäktigt.

– Vill du känna? frågade hon och kom närmare. Instinktivt ryggade jag tillbaka.

– Ne-ej tack, stammade jag förvirrat.

Fru Kamená stod framför mig i vad som kändes som en evighet, men slutligen drog hon upp sin kjol med vad som lät som en besviken suck.

– Jag ska snart opereras igen, sa hon dystert när hon satte sig igen. Du kanske vill följa med då?

– Jag måste gå och kissa, sa jag och låste in mig på toa.

Jag hade en kaxig pappa och världens snällaste mamma och ändå vågade jag aldrig säga att jag avskydde fru Kamená.

Därför fortsatte hon att komma tillbaka.

Den gången jag minns bäst hade hon ondulerat håret lite extra. Hon var rosig om kinderna och hennes ögon lyste.

– Åh Katia, i dag ska vi till *krematoriet*, utbrast hon upphetsat så fort mamma och pappa gått ut genom dörren. Vi ska på begravning! Du måste ha din finkappa på dig, och så ska vi se vad du har för skor! Har du några extra fina? Kanske i lack? Jag borde ha frågat din mamma innan hon gick! Nåväl, vi får leta själva.

Hon pratade hela vägen medan vi gick Průběžnágatan fram, och hon höll mig hårt i sin handskbeklädda hand. Hon hade en hatt med sorgflor och gott om näsdukar i väskan, "för på begravningar gråter man förstår du", som hon förklarade, "och då är det viktigt att ha näsdukar med sig så man kan snyta sig". Vi rundade hörnet och kom ut på den breda boulevarden, Olšinách. Här slutade för det mesta mina utflykter, jag fick aldrig lov att gå längre på egen hand, möjligen fram till konditoriet där man kunde köpa glassen Nanuk, den enda glasspinne som fanns, vaniljglass täckt av mörk choklad, den såldes i blått papper med en pingvin och en eskimå på. Och om jag varit extra snäll kunde jag få gå på matiné på bion Vesna vägg i vägg. En gång smet jag in och fick se en helt annan film än den animerade som utlovats, det var en komedi med Luis de

Funès. Totalt oskyldigt förstås men jag vågade ändå inte berätta för mamma att jag hade sett en halvsnuskig vuxenfilm.

Fru Kamená släppte inte min hand för en sekund och gick med bestämda steg upp till spårvagnshållplatsen. Vi skulle åka en bit, uppåt, förbi leksaksaffären och färghandeln, bort till fjärran stadsdelar där hon själv bodde och där krematoriet låg.

I spårvagnen valde jag att sitta på ett rött plastsäte. Det fanns även grå men det var de röda som var finast, det var också de som oftast var upptagna. Jag försökte koncentrera mig på att jag åkte spårvagn och att solen sken och att den här dagen snart skulle vara över.

Krematoriet såg ut som en borg. Stålportarna slogs upp och några snyftande personer steg ur. Nu blev det vår tur att gå in.

Där inne var det kallt. Det luktade konstigt. En svartklädd man började tala men jag uppfattade knappt vad han sa. Något om "livets resa" och "ryckts bort i blomman av sin gärning" och "älskad och saknad". Det var tråkigt. Vuxna var så urbota tråkiga. Kunde de inte bara kremera sig och låta det gå lite snabbt? Så hördes orgelmusik. En kista kom åkande med ett överdådigt blomsterarrangemang ovanpå. Väggen öppnades och jag tyckte mig se eldslågor, kistan liksom sögs in där och försvann. Mer musik spelades och folk började resa sig ur bänkarna. Spektaklet var slut. Jag försökte att inte tänka på hur det eventuellt kunde kännas att ligga inuti en låst kista av trä. Jag blundade och såg framför mig mjuka kramdjur och dockor med blå ögon av glas med riktiga fransar och tjocka blonda lockar.

Fru Kamená snyftade i den medhavda näsduken. Hon snöt sig ljudligt och suckade högt.

– Snälla fru Kamená, kan vi inte gå till leksaksaffären, viskade jag i hennes öra när vi kommit ut igen.

Hon måste ha haft en ovanligt bra dag för hon sa ja. Kanske var hon liksom jag lättad över att kremeringen var över. Jag fick både gå till leksaksaffären och sedan fick jag en Nanuk, och hon höll mig bara väldigt löst i handen medan vi gick hem.

Det var sista gången jag hade henne som barnvakt.

"DON'T TALK ABOUT THE BABY", hade mina föräldrar tjatat och jag hörde dem prata med varandra med låga röster. Men jag hade genomskådat dem. Jag vet egentligen inte exakt hur det hade gått till men plötsligt bara förstod jag. Långt innan mammas mage hade börjat växa insåg jag vad som var på gång.

Jag var sex år och skulle bli storasyster. Min mamma hade en baby i magen och det var en konstig känsla. Att det skulle komma ännu en person till vår familj kändes overkligt. Det var ju jag som var Barnet. Den varelse som var yngst och mest märkvärdig hemma på Průběžnágatan. Våra roller var besatta. Det behövdes inga fler i denna lilla föreställning. Det var bra som det var. Vi hade inte plats eller tid eller möjlighet att bli fler. Särskilt inte en som var mindre.

Jag hoppades på en syster. En sådan som min kompis Monika hade. En svartlockig liten flicka med knubbiga kinder som storögt tittade på när vi lekte. Jag älskade lilla Vlasta, hon skrattade så man såg alla hennes vita tänder och hon ställde villigt upp när vi behövde ett spädbarn eller en hund i våra lekar. Hon kunde också vara katt. Hon var mjuk och luktade gott och hade precis börjat prata. Jag låg om kvällarna och bad till något slags Gud (som jag hade lärt mig inte fanns, men man kunde ju alltid försöka och hoppas!) om att få en lillasyster.

Mamma blev tjock när det blev höst. Hon började klä sig i rymliga blusar, de flesta med stora mönster och puffärmar. Över blusarna bar hon stickade långa västar. Hon förvandlades, hennes ansikte svällde upp och plötsligt blev hon mycket större än vanligt. Från att ha varit smal och flickaktig blev hon stor och rörde sig klumpigt. Hon flåsade när hon gick i trapporna och fick inte bära tunga matkassar. När hon skulle läsa saga för mig på kvällen satt hon på en stol bredvid sängen. Innan hon fick ett barn i magen låg hon i samma säng som jag. Men nu fick jag inte krama henne på samma sätt som förut. Den stora magen hamnade i centrum. Jag måste vara försiktig, inte slita i henne, inte dra i henne. Hon blev ömtålig på något sätt. Ömtålig och samtidigt främmande.

Mamma sitter på stolen bredvid min säng. Jag har dragit upp täcket till hakan och har hennes gravida mage i min ögonhöjd. Hon läser en saga och jag kisar mot det mjuka tyget som faller över hennes stora kropp. Jag försöker föreställa mig hur bebisen, den som ska bli mitt syskon, ligger där inne. Är det verkligen en flicka? Jag känner på mig, nej jag *vet*, att det är en pojke men jag försöker tänka bort det. Jag gillar inte pojkar. Jag vet inte hur man pratar med dem. Jo, min kusin Tomáš kanske... men han är ju inte pojke på *det* sättet. Tomáš är stor. Han är min vän. Han är okej. Det är babypojkar jag inte kan något om. Jag känner inga småpojkar. Jag är rädd för dem.

Mamma läser och andas tungt mellan varven. Hon har varit med barn länge, jättelänge. Hon kanske alltid kommer att vara så här? Jag känner mig orolig. Min egna riktiga mamma kanske aldrig mer kommer tillbaka. Hon kanske alltid kommer att vara tjock och slö och sedan blir hon som en av mammorna nere på gården. En sådan som bara piskar mattor... Jag studerar mönstret i den ljuslila tunikan, det är mörklila ränder på den och små knappar, ärmarna hänger löst och jag tittar på mammas vita händer med naglarna som är målade med skärt nagellack. Hon är bara min mamma. Så måste det förbli.

Resten av graviditeten minns jag inte riktigt, bara att mamma fick allt svårare att gå och att hon slutade arbeta och blev sittande hemma. Så kom natten då min bror föddes. Vårvinter, jag hade just fyllt sju år. Jag sov i pappas arbetsrum, på en av gästsängarna, och drömde oroligt. Jag såg ljusen från bilarna ute på gatan och hörde rop, det lät som dörrar som öppnades och stängdes. Jag drömde att en stor flodvåg vällde in men jag hann aldrig bli rädd för rätt vad det var hade det blivit morgon och pappa satt på sängkanten och var fuktig i ögonen och såg på mig och jag hörde hans röst, som på avstånd, och redan innan jag hade hört orden visste jag vad han skulle säga och det var ett domslut, ett avgörande, en knivskarp gräns mellan då och nu.

– Katia, du har fått en bror.

Neeeeeeeeeeeej ville jag skrika, du säger fel, du har sett fel, det kan inte stämma, det kan inte vara sant, det är inte en bror, det är en syster, det har skett ett misstag, de har förväxlat honom på sjukhuset, jag drömmer fortfarande, ni har tagit miste, det går inte, det finns inte... Bilden av lilla Vlasta löstes sakta upp och där satt pappa och tog min hand och såg väldigt glad ut, så glad som jag aldrig hade sett honom någonsin, och han skojade inte särskilt mycket heller och han nickade bara och sa det igen och det blänkte lite i hans ögon.

– Du har fått en bror. Det blev en pojke.

Kunde man få somna om?

En bror. Ingen syster. Aldrig en syster.

– Var är mamma? frågade jag.

– På sjukhuset. I Podolí, där du också är född. Jag körde dit henne i natt. Jag skrev en lapp till dig ifall du skulle vakna.

De hade lämnat mig ensam medan en *bror* skulle födas. De hade åkt iväg, mitt i natten. Mamma hade fött ett barn, min *bror*. Det var obegripligt.

– Jag bara skjutsade henne. Jag kom tillbaka så fort jag kunde, sa pappa när han såg min min.

Pappa är så glad. Han är så glad och lycklig och ringer till alla och skickar kort och det kommer blommor. Men mamma är inte frisk efter förlossningen och kommer inte hem. Det dröjer lång tid innan jag träffar henne. Jag hör ordet "komplikationer" och "besvärligt" och jag undrar om jag någonsin får se henne igen? Om hon och den där nya människan alls lever? Men ingen förklarar särskilt mycket för mig och jag får nöja mig med pappas sällskap och hans stekta ägg och stekt ost som han lagar till mig och lägenheten blir så där lite ogästvänlig, sängarna bäddas men överkastet är inte slätt och det ligger damm i hörnet, kylskåpet är tomt och gardinerna hänger snett. Jag saknar mamma, hon sitter inte på sin vanliga stol och hon läser inte sagor för mig, hon finns inte där, hon borstar inte mitt hår och hon säger inte att hon älskar mig, hon är upptagen med annat, hela tiden annat, och jag undrar hur hennes händer ser ut nu när de håller i en *bejby* och hur hon känns och hur hon luktar.

Så öppnas dörren och det blir ljust i tamburen. Mamma står på tröskeln med ett bylte i famnen och bakom henne virvlar dammet och jag ser ut i den smutsiga farstun, hon står länge i dörröppningen och det är min nyfödde bror hon bär på, det är han som ligger i byltet och det är han som gnyr som en katt. Jag ser en tova svart hår sticka upp och tänker på Vlasta en sista gång, det får väl gå an med en bror också, jag måste lära mig att tycka om det här, jag måste vara snäll.

– Du måste ha munskydd, Katia, säger mamma det första hon gör innan hon ens kramat mig och frågat hur jag haft det.

Mamma är mikrobiolog och jag har hälsat på henne på jobbet och sett alla de miljarder bakterier som krälat på min hand när jag lagt handen under mikroskopet. Mamma är mån om *hygienen* som hon säger, för *hygien* är viktigt. Mamma har på sig munskydd hon med när hon handskas med den nyfödde, och medan hon ammar honom får jag inte ta på honom. Jag får inte röra vid honom alls till en början. Jag måste däremot tvätta händerna jämt, inte bara efter att jag varit på toaletten.

Lillebror måste sova på speciella tider och nu flyttar hela babyvärlden hem till oss. Pappa anstränger sig maximalt och skaffar en tvättmaskin som upptar halva köket för att mamma ska slippa koka tygblöjorna. In kommer enorma bunkar med talk som är till för broderns ömtåliga stjärt och högar med plastad frotté, de lyckas baxa in en enormt stor spjälsäng i mitt lilla rum, spjälsängen står direkt intill mitt skrivbord så jag knappt kommer fram. Den nyfödde måste ligga platt, han får ingen kudde, "det är farligt om det är för mjukt under för då får han snett huvud", förklarar mamma. "Du måste vara tyst så du inte väcker honom", säger hon sedan. Hon lägger ner den skrynkliga röda varelsen i den enorma vita spjälsängen och säger till mig att gå ut, att han måste få lugn och ro. Sedan föser hon ut mig ur mitt eget rum och stänger dörren.

De säger att jag är svartsjuk. Att jag är avundsjuk. Att jag har svårt att acceptera att jag fått syskon. Jag är förvånad. Jag känner ingenting. Möjligen irritation, måste det vara sådan cirkus kring den där hjälplösa lilla grodan? Men svartsjuk – varför skulle jag vara det? Jag förstår noll och ser till att vara hemma så lite som möjligt. Det känns som om ingen bryr sig ändå.

Jag är inte svartsjuk. Verkligen inte. Jag är bara arg och vill slå någon, jag vill inte bära något löjligt munskydd i mitt eget rum och jag vill vara nära mamma men det går inte. Jag är inte svartsjuk, jag är bara vansinnigt förbannad och uttråkad och ledsen, men det är ingen som lyssnar. Jag är inte svartsjuk. Jag är bara utanför och osedd och ohörd, de vuxna är självupptagna dumskallar, och jag känner att jag befinner mig på en planet medan de är på en annan, där kan de sitta med den där menlösa ungen som är ful, ful, ful. Jag är inte svartsjuk. Varför skulle jag vara det? Jag känner mig bitter och osedd och samtidigt fri, för ingen bevakar mig, ingen frågar mig något, ingen besvärar mig. Jag är inte svartsjuk! Nej! Jag vill bara försvinna och aldrig mer komma tillbaka. Jag är inte svartsjuk. Jag är sju år och klarar mig själv och några föräldrar har jag inte längre.

Men även chock planar ut. Kristillståndet blir en vana. Det nya okända glider sakta över till ett normaltillstånd.

Mamma blev smal igen och på sommaren fick farmor pyssla med den nya familjemedlemmen. Jag upphörde att förvånas över att han fanns där, och att han var en pojke. Till slut började jag faktiskt tycka om honom.

PORTRÄTTET PÅ FARMOR från trettiotalet visar en moderiktig dam med tidsenligt smala läppar. Farmors mun är som ett streck. De vänliga grå ögonen stirrar en smula bistert in i kameran. Den där raka tunna munnen är ett familjedrag på pappas sida. Vi ser ut så. Det är inget jag direkt älskar.

Farmor älskade jag däremot. Farmor är för mig nummer ett i ledet. En anspråkslös vardagshjältinna som gick sin egen väg. Hon överlevde världskrig, bet ihop, kämpade på. Krävde aldrig något särskilt utrymme. Utan skötte sitt, och gjorde det så gott hon kunde.

När jag lärde känna farmor var hon redan gammal och hennes rum var en hemlighetsfull värld, ett litet avskilt universum i hörnet av den stora våningen. Där bodde också min faster, farmors dotter, hennes man och deras son, min kusin Tomáš. Faster föddes här och blev kvar. Farmor lät aldrig sin dotter flytta hemifrån, de fortsatte att bo tillsammans trots att faster blev vuxen och gifte sig. Farmor bara drog sig undan, till det rum som blev hennes, och överlät resten av hemmet till sin dotter.

Min farfar var läkare, och till en början användes en del av våningen som läkarmottagning. Huset på Norskågatan 10 var ett grågult hörnhus i jugendstil med en kvinna och en man uthuggna i fasaden, de höll varandra i handen och såg på varandra med trånande blickar, omslingrade av blomrankor och ornament. Det var vackert, men alltid kyligt så fort man klev in genom den tunga porten. Stenhuset andades ensamhet och en avlägsen lukt av surkål som lagades någonstans i dess innandömen.

Våningen var mäktig och bjöd alltid på oupptäckta rum. Samtidigt var den omgiven av ett bottenlöst mörker, av svarta schakt där ett barn kunde försvinna utan att någon skulle förstå vad som hade hänt. Rummen var stora men toaletten liten och trång och jag ville helst inte gå in där. Genom dess lilla fönster kunde man se ner i ett oändligt svart hål från vilket det luktade svagt av stenkol och död. Jag var livrädd för det, tänk om jag på något sätt skulle trilla ut i det svarta? Där bakom lurade det okända. Men ibland var man ju tvungen att gå och kissa. Och då gick jag in på toaletten, höll andan, försökte att inte tänka på var jag var och skyndade mig att komma ut igen.

När våningen styckades av förvandlades delen med läkarmottagningen till en vanlig bostad för en främmande hyresgäst. Och farmor fick flytta ifrån sina domäner till ett rum längst bort i korridoren.

Hon täckte fönstren med spetsgardiner och samlade det som återstod av hennes liv i det svarta skåpet som stod precis innanför dörren. Hon spikade upp en spegel med grumligt glas och placerade stora glaserade lerkrukor med svärmorstungor på fönsterblecken. Hennes säng med det virkade vita överkastet verkade alltid orörd. Så sov hon heller nästan aldrig. Det finaste en tjeckisk husfru kunde göra var att stiga upp före klockan fem och gå till sängs sist av alla i hushållet. Farmor hade mycket att stå i. Inte kunde hon bara lägga sig ner och vila!

Luften stod alltid märkvärdigt stilla där inne i farmors rum. Att vädra var hon inte intresserad av. Drag var dåligt och kunde leda till sjukdom. Dessutom skulle man spara på värmen. Ute på Norskågatan fanns det i alla fall ingen frisk luft, så varför alls glänta på rutorna? Därför förblev farmors fönster tillslutna. Det var ont om syre i rummet. Det var kvalmigt. Instängt.

Men vad brydde jag mig om luften? Jag älskade att vara inne hos farmor ändå. Här inne frodades det förflutna, de gamlas historia. Deras liv var så långt men man hade ändå inga länkar till det. Jag ville klamra mig fast hos farmor, få veta allt som hon visste, förflytta mig till tider där hon hade varit.

Det finns ett enda fotografi där jag och Tomáš sitter i knät på vår farfar. Det är sensommar, eller tidig höst. Kortet är svartvitt och litet, fyrkantigt, bilden grumlig. Jag är kanske åtta månader, snart ett år. Men farfar missar min ettårsdag. Farfar missar alla mina födelsedagar i resten av mitt liv. Och jag missar hans.

Vindrutetorkarna svischar rytmiskt mot bilglaset. Han känner sig lite trött där han sitter i baksätet. Det har varit en lång dag och han försöker smälta intrycken. Han är på väg hem nu och han leker med tanken på vad han ska göra först, när han stiger in genom dörren. Först ska han ta av sig skorna. Åh, så han längtar. De där förbaskade skorna – han ler lite för sig själv – och tänk att hans älskade hustrus far var skomakare! – han hade inte godkänt just dessa skor. Å andra sidan, man får vara tacksam att man har något på fötterna överhuvudtaget. Han minns hur han fått gå skolös som barn. Kylan mot fotsulorna, grus, småsten, vassa strån av gräs. Väta, fukt och smuts. Han slår bort tanken. Hans egna barnbarn ska inte behöva gå barfota i sina liv. Hur kommer deras öden att gestalta sig? Flickan kanske blir läkare, som han själv. Ett yrkesval han aldrig ångrat. Sonens förstfödda. Så lik sonen som barn. Han ser henne för sällan, det är mest hustrun som ägnar sig åt de små. Men han är stolt. Han är farfar och morfar till två fantastiska barnbarn.

Bilen kränger till på vägen. Han märker att han slumrat in. Han ska ta av sig skorna och sedan hoppas han på middag. Något rejält, kanske en soppa som följs av en kötträtt. Sedan ska han berätta om sina intryck. Han har haft tur, hans hustru är en god lyssnare som inte avbryter.

Skogen. Han blundar igen och ser skogen framför sig. Den lena mossan. Fötterna sjunker ner i den. Skogen har stått sig genom krig, genom samhällets skärseld. Högt där uppe glittrar solen, uppe i grantopparna sjunger fåglarna. Det är de mörkaste skogarna i östra Böhmen, men också de vackraste. Det värker till i hans bröst. Skogen. Han ska ta med sig barnbarnen på långa vandringar när de blir större. Ännu är han relativt ung. De svåra åren har han bakom sig. Nu kan livet bara bli bättre.

Farfar kommer aldrig hem den där kvällen, den 19 januari 1965. Det som skulle bli en lugn och händelselös hemfärd, i en bil som körs av en erfaren chaufför, får ett abrupt slut.

Det handlar om sekunder. En traktorförare tappar kontrollen över sitt fordon och kolliderar med bilen som farfar färdas i.

Jag har saknat honom i över fyrtio år. Jag saknar honom ofta, undrar vem han var. Jag undrar hur hans liv kunde ha blivit om han inte ryckts bort. Jag undrar varför jag aldrig fick lära känna honom.

Det är sent tjugotal, tidigt trettiotal, tbc är en sjukdom som skördar många offer. Farmor, nyss utbildad sköterska, med vit stärkt hätta på det shinglade håret. Farfar, nyutexaminerad läkare, med brinnande patos för att hjälpa samhällets utsatta, med en övertro på Sovjetstaten som ett ideal. Han lämnar katolska kyrkan i protest mot att de inte tar avstånd från krig. Men han har svårt för personkult, och efter sitt första besök i Sovjetunionen är han något besviken. Landet är inte det idealsamhälle han hade trott. Trots det drar hans politiska sympatier åt vänster.

Han som skulle bli min farfar och hon, som kom att bli min farmor, möts på lungsanatoriet Jablunkovské och nästan omgående blir de ett par. Så säger i alla fall familjehistorien. Fast den är väldigt knapphändig. De gamla lever inte längre. Deras minnen är skingrade, deras barn har aldrig fått veta. Det är bara fantasier allting, om hur de kan ha känt. Vad föll hon för hos honom? Vad såg han hos henne?

Hans sätt med patienterna. Han ser på dem, han ser dem. Han lyssnar, ödmjukt och vänligt. Tränger sig inte på. Den gamla sjuka kvinnan som är hans patient tar tag i hans hand, hennes röst bär inte. Han böjer sig fram för att höra vad hon har att säga.

Han är inte rädd för smittan. Han ler, hans leende är vänligt. Inte ett sådant där självgott leende som man kan se ibland, hos män som anser sig stå över andra. Nej, hans leende är speciellt och hon som ska bli hans hustru känner något hon aldrig känt tidigare, en övertygelse, en visshet. Det är ingen galopperande passion, ingen dårskap, inget ungdomligt och hysteriskt, hon har svårt att beskriva det, definiera det, hon bara känner lemmarna genomsyras av en trygghet och en tillit hon aldrig någonsin känt. Jag vill stå vid hans sida, hör hon en röst inom sig säga, först förynt, sedan allt högre. Jag vill stå vid den här mannens sida och jag vill följa honom dit han går.

Jag undrar hur han uppvaktar henne. De upplysningarna har han också med sig i graven. Bara han själv vet vad som fick honom att bli förälskad. Hennes öppna grå blick, kanske hennes intresse för musik, dans, konst och teater. Hos honom måste hon ha sett hans modiga hjärta, hans önskan om att göra världen till en bättre plats. Han ville så gärna göra det rätta. Hans ambitioner var de allra bästa. Inte svika. Inte misslyckas. Inte förråda dem som trodde på honom.

Bjöd han ut henne? Tog han med henne på långa promenader i skogens mjuka dunkel? Berättade han om vandringarna i bergen, om sin vilja att hjälpa de fattiga och de svaga?

Farfar var son till en bonde och slaktare i byn Kamenný Újezd i närheten av staden České Budějovice, kanske mest känd för sitt bryggeri. Han gavs möjlighet att studera och valde läkaryrket. Farmor kom från Nový Bydžov, hennes far var skomakare och hennes mor öppnade en liten verkstad för skotillverkning. På trettiotalet fick den läggas ner. Att tillverka handgjorda skor i liten skala blev för olönsamt när allt fler började köpa fabrikstillverkade skor av märket Bata.

De går hand i hand, i en allé kantad av lindar.
– Gift dig med mig, käraste, säger han plötsligt och ser henne i ögonen.
Det är orden hon väntat på. Hon har velat höra den här frågan, åh vad hon längtat efter den. Faktum är att hon redan hade börjat oroa sig för att han kanske inte alls tänkt ställa den. Läkare som han är, vet han inte att hon redan bär hans barn under sitt hjärta?

Vigseln sker snabbt, innan graviditeten hinner synas för mycket. Hon är smärt och det passar sig inte att en sjuksyster blir på det viset innan hon är lagvigd maka.

Farmors karriär på sjukhuset blir kort. 1931 föder hon en son. Han föds för tidigt, redan i sjunde månaden, hemma på andra våningen i huset i Lysá nad Labem, och glädjen över barnet blandas snart med rädsla och oro. Han är liten och mager, skriker och matvägrar, tar inte bröstet som han ska. Farmor gråter och ammar men pojken ökar inte i vikt. Han blir bara klenare och klenare, en genomskinlig liten sparv med stort otympligt huvud där en sjuklig svullnad lyser illavarslande röd. Det kanske är en tumör, han kommer inte att klara sig.

Så jag har längtat! Och se vad jag fick. En liten livsoduglig stackare. Ett barn som står med foten på tröskeln till en annan värld.

Hans små vita nävar sluter sig som i kramp. Hans ögon ser in i evigheten. Han har inget hår på huvudet och hans gråt skär i hjärtat. Varför kunde han inte få vara frisk? Man ska inte prata om synd men visst är han avlad i densamma, han är frukten av en längtan som egentligen är förbjuden. Jag borde inte tänka så men jag kan inte låta bli, när natten förbyts i gryning ser jag på honom, de slutna ögonen, de snabba andetagen, det är som om han redan blivit en liten ängel, som om han lämnat oss. Stanna, kära barn. Stanna.

Men så sker något oväntat. Farmors syster tar sig an babyn. Han måste få tillägg i flaska, bestämmer hon raskt. Det här duger inte. Klart pojkstackaren håller på att dö, han kommer att svälta ihjäl om han inte får näring! Och hon ger sig inte förrän gossen tar flaskan och tömmer dess innehåll i ett svep.

Nu vänder det. Med ens blir pojken stadigare, svulsten på huvudet opereras, och det lilla livet tar sig. Han blir farmors allt, hennes älskade *Dáda*, hennes stolthet och hennes stöd, och en dag även min pappa. 1935 får han en syster, en ljuslockig flicka med stillsamma stora ögon. Det är med sina barns stöd som farmor överlever andra världskriget.

Gestapomännen bär bruna skinnrockar och de kommer oftast två och två. När de ringer på en kväll i våningen på Norskågatan är det lillasyster som öppnar. Farmor håller på att svimma av skräck. De fattar sig kort. De tar farfar med sig.

Han skickas först till Auschwitz, där han får siffran

101791 tatuerad på armen, sedan till Mauthausen, så till Birkenau, fyllt av smuts, förnedring och döende barn. I Auschwitz tvingas han koka näringslösning av människokött efter avrättade fångar, för "vetenskapliga" experiment. Han klarar sig tack vare det faktum att han är läkare, han behövs, en läkare behövs alltid, i synnerhet i den dödsfabrik som ett koncentrationsläger är.

Först vid krigsslutet, i juni 1945, lyckas han komma tillbaka till Prag. Han har då gått till fots i över en månad genom de utarmade men befriade länderna Österrike, Jugoslavien och Tjeckoslovakien. Han är mager och fortfarande klädd i lägrets randiga fånguniform, huvudet rakat, han är svag men vid liv.

Det var inte deras stil att ge upp. Farfar började snart arbeta som läkare igen och farmor var hans outtröttliga stöd. Mottagningen som låg i deras våning på Norskågatan var modernt utrustad med röntgen från Siemens, Zeiss mikroskop, en apparat för pneumothorax, blodtrycksmätare, utrustning för provtagning samt en rejäl uppsättning vetenskaplig litteratur. Farmor agerade assistent, läkarsekreterare och sköterska, allt i allo, hon gav sprutor, tog prover, ansvarade för patientregistret, skrev journaler. Familjen hade hembiträde som tog hand om hushåll och barn, farmor hann helt enkelt inte... Farfar gjorde så småningom karriär även utanför den egna mottagningen. Under femtiotalet blev han biträdande hälsovårdsminister och ordförande i Röda Korset.

När farfar rycks ifrån farmor brinner elden ner över en

natt. Hans död raderar ut hennes levande jag. Jag tror att hon sedan den dagen alltid ville till honom. Hon ville lägga sig bredvid honom och tillsammans andas in äppelblommens milda doft. Hon skulle blunda och ligga där och aldrig mer vakna.

Jag ser dem framför mig. De går tillsammans, huvudena tätt ihop i skymningen, han viskar något i hennes öra, hon ler mot honom. Det är något ömsint över det sätt på vilket hon tyr sig till honom. Deras liv är fyllt av hårt arbete, rena lakan och kortklippta barn. Men det finns också utrymme för skratt.

Jag frågar pappa om olyckan. Föraren i den mötande traktorn är berusad. Farfar halvslumrar i baksätet på sin bil, hans chaufför försöker väja, men kollisionen är oundviklig.

Farfar blir illa tilltygad. Han förs till sjukhus, är vid liv men svårt skadad.

Han överlever inte natten.

Vid tidpunkten för katastrofen befinner vi oss i Italien.

Pappa får dödsbudet per telefon. Han får tala med läkaren som var med vid farfars dödsbädd och får genom honom en sista hälsning:

– *I begynnelsen var ordet. Och ordet var Gud.*

FARMOR BAR ALLTID SINA glasögon i en kedja runt halsen, annars skulle hon inte veta var hon hade lagt dem, sa hon. Hon var för det mesta klädd i svart och påtade helst i rabatter. Bland taklök och kärleksört som klättrade mellan stenarna i sluttningen nedanför huset på landet trivdes hon som bäst. I Prag var hon mest bara ledsen och trött. Men ute på landet blev hon lite mer av sitt gamla jag. Det var i äppellundarna hon hörde hemma. Hon hade närmare till farfar där.

Bortom trädgården blånade bergen, klara dagar kunde man se så långt som till bergskedjan Kleť och över det nordtjeckiska landskapet, kanske kunde man faktiskt inte *se* bergen men om jag stod på balkongen så kunde jag låtsas. Nedanför balkongen fanns en stenlagd terrass, rosenbuskar och en gammal ek som skuggade brunnen som ständigt höll på att sina.

Vi led av kronisk vattenbrist på landet och det gjorde de vuxna ängsliga. De uppmanade alltid oss barn att spara på vattnet, aldrig låta kranen bara stå och rinna, framför allt behövde vi vara rädda om varmvattnet som var extra dyrbart. Trots att det stod ett djupt kar i badrummet användes det nästan aldrig. En gång fyllde farmor på badet till ungefär en tredjedel, och sedan satt jag och Tomáš där och frös.

Värme var överhuvudtaget svårt. Farmors hus var ständigt lite underkylt – fuktigt på sommaren och ännu värre på vintern.

Vardagsrummets vidsträckta stäpp bjöd på ett vitrinskåp i glas med snirkliga guldfötter, ett föremål omgärdat av farmors ständiga rädsla, eftersom våra vilda lekar tedde sig hotfulla för dess skrangliga gestalt. Golvet täcktes av mattor och där fanns diverse soffor, småbord, stolar och små byråer. I ena hörnet tronade en matsalsmöbel som var perfekt att sitta under, men det bästa av allt var ändå luckan i väggen som ledde till köket. Hemma i lägenheten i Prag fanns det inget liknande. Här kunde man servera mat genom luckan, eller bara ha kontakt med köket genom den.

Tröttnade vi på att leka Robinson Crusoe i vardagsrummet kunde vi alltid bege oss upp till den trädoftande övervåningen. Husets övre rum påminde om kajutorna på ett fartyg, små krypin med snedtak där det kändes tryggt att sova, nära himlen, nära jorden. Duntäckena var handsydda, fulla av mjukaste gåsdun och så tjocka att det kändes som om man hamnat under ett väldigt moln. Jag försvann i de där sängarna, de luktade alltid lite höst och murket trä, och trots duntäckena frös jag ibland. Det kändes som hemma fast ändå var allting så annorlunda och ovant.

Till vinden kunde man bara komma med hjälp av en

stege. I taket getingbon, från det lilla fönstret utsikt över andra hus, röda tegeltak, träd, över byn och hela verkligheten. Farmor ropade ängsligt, luta dig inte ut! Men jag visste inte att det fanns något som hette svindel.

Jag kunde ingenting om farorna med höga höjder.

Jag ville stanna kvar där uppe för alltid.

Farmor hade flera olika väninnor som då och då kom för att bo med oss i det stora huset. Jag minns inte vad alla hette, de var nästan som sagofigurer för mig. Jag älskade rynkorna runt deras ögon och gluggarna efter borttappade tänder, de knotiga händerna, ofta med vigselringar som inte längre gick att ta av och blånade naglar. Jag älskade deras håriga små skäggvårtor och påsiga kinder, de tunga bruna skorna och promenadkäpparna de ibland hade med sig. De gamla var så intressanta. Jag kunde inte tro att mina egna vita släta händer en dag skulle se ut som deras.

Fru D. hade för vana att bo på olika pensionat när hon inte var och hälsade på farmor, och hon kunde allt om örter. Hon brukade samla groblad det första hon gjorde i sommarmorgnars gryning och torka dem på tidningspapper. De randiga grobladen kunde läka sår och bota snuva, det var den bästa medicinalväxten i hela världshistorien, berättade hon. Hon drack kaffe med mycket mjölk och socker ur en hög blåblommig porslinsmugg med guldkant, och hon och farmor lät mig vara med och spela kort där vid bordet bredvid järnspisen. Jag fick smaka på kaffet också och smaken stannade länge kvar i munnen. Jag blev inte ivägskickad, utan tiden bredde ut sig och vi kunde sitta hur många timmar som helst vid det skrangliga bordet med den smårutiga vaxduken i rosa och gult. Farmor plockade fram kortleken och jag invigdes i kortspelets magiska värld. Pappa såg ner på kortspel, men farmor hade inget emot detta tidsfördriv. Och fru D. talade om livet på pensionatet och reumatismen som angripit hennes händer, och farmor fyllde i med spännande information om diverse njursjukdomar och hjärtåkommor, om gikt och blodkräfta och sockersjuka. Ibland berättade hon också andra saker, om övernaturliga ting och sådant som de flesta levande inte hade en aning om. En gång hade hon till exempel mött en svart hund på bron i byn och då förstod hon att en släkting skulle råka illa ut. Den svarta hunden kom springande mot henne i skymningen och hade med sig ett varsel om döden.

Farmor kunde stiga upp mitt i natten och tända eld i järnspisen och sätta igång att laga mat och baka sockerkaka. Bara hon lyckades göra den så perfekt tigrerad, det bruna mot det gula i snirkliga ränder. I köket fanns självklart ett kallskafferi där det förvarades inlagda äpplen och must och gåsflott och andra nödvändiga råvaror. Farmor och äpplen hörde ihop. Äppelodlingarna sträckte sig i långa rader i både övre och nedre trädgården. Hon vandrade under träden och kände på deras stammar, hon pratade med dem och lyssnade efter om skörden skulle bli god eller om hennes träd angripits av rönnbärsmal eller något annat otyg. Så länge hon hade kraft nog brukade hon själv beskära alla de hundratjugo äppelträden, men när orken började tryta hyrde hon in hjälp som tog hand om både träden och deras skörd. Och skörden brukade bli enorm. För detta ändamål hade husets källare anpassats, med två kammare avsedda att härbärgera äppellådorna. Där nere, bredvid garaget, stod de som väntande livmödrar, för att varje augusti och september fyllas på med en röd, gul och doftande skatt av trinda äpplen i luftiga trälådor. Det doftade rikt och yppigt och förtrollande och till och med när rötan angrep äpplena och fick deras skal att bubbla sig och bli prickigt av vitt och ljusblått mögel, fanns det inget otrevligt i dem. Sommaräpplen med vitt genomskinligt skal samsades med höstäpplen vars skal var av det tjockare slaget, så småningom kom vinteräpplena som lyste röda och såg konstgjorda ut. De måste ha hetat något romantiskt allihop, något med Alicia och Elizabeth och Nathalie, som ju äppeldamer gör. Men på den tiden uttalades aldrig deras namn. De var som en revolutionär arbetarklass, sammanfösta i trälådorna, väntande på sitt öde i musteriet. Äppelmos gjordes icke. Men musten tappades på flaskor i mörkbrunt glas och korkades igen med hjälp av vax. Jag minns knappt smaken av must men måste ha druckit en hel del av den under min barndom. Jag vet inte vad som hände med äpplena när vintern led mot sitt slut. Bara att nästa sommar så var kamrarna tomma igen i väntan på ny frukt.

Där går farmor, ganska kortvuxen, lite krokig, under sina träd. Vartenda ett av dem minns farfar, som var den som älskade dem högst. I deras blad speglas hans ansikte och kanske viskar deras grenar hans namn. När hon känner på den skrovliga barken är det som om hon håller hans kärleksfulla händer. Hon blundar och lutar sig mot den tunna stammen. Ovanför henne leker vinden i trädkronorna och solstrålarna kittlar hennes kind.

Men hon gråter inte längre över sin förlust.

I stället är hon med honom. Det är förkrigstid och hon bär den stärkta hättan som alla sjuksystrar bär. Hon hastar med sprutor och vatten till patienterna. Det är vinter och äppelträden vilar under snön och när hon möter hans ögon, den unge läkarens vänliga blick, så känner hon en beslutsamhet. Hon ska inte göra honom besviken. Hon ska arbeta nätterna igenom och lindra de döendes plågor. Hon ska stå tapper vid hans sida och bistå med allt han behöver. Hon är till för att stå bakom mannen, för att vara tyst och undergiven men ändå stark. Hennes ideal är att inte klaga, bara bära sitt öde med högt hållet huvud. Hon ska föda hans barn och förbli hans hustru tills livet skiljer dem åt.

Fru D. och jag tar långa promenader över ängarna och samlar groblad. Hon vill ha de spädaste, de allra minsta. Jag är flink på att hitta det hon vill ha och vi bär hem våra fynd i stora tygstycken. Farmor hjälper till att breda ut skörden i köket. Alla ytor täcks av blad och de torkar sakta medan de gamla kvinnorna dricker kaffe med mjölk och lägger ut kortleken för att spela *Mariáš*. Korten är tillverkade hos Ferdinand Piatnik och hans söner i Wien. Här finns mest bara prinsar med svärd, blad, kulor och en elefant. Hjärter tio är min favorit.

UTANFÖR FARMORS HUS på landet går en grusväg. För att komma till oss måste man först köra in genom en järngrind, sedan genom en allé av äppelträd. "Barn, kila iväg och öppna grinden", kunde farmor ropa och vi sprang, alltid fyllda av en egendomlig upphetsning, vem kunde komma på besök? Jag anar att hon aldrig slutade hoppas på att farfar skulle titta in genom köksdörren, att det var hans stora svarta Tatra som gled in genom allén, bromsade in framför huset. Men för det mesta var det pappas Opel eller fasters gröna Drabant som visade sig. Farmor torkade sina solbrända händer på en kökshandduk, tog av sig glasögonen, rättade till håret och steg ut för att välkomna gästerna. Sonen. Dottern. Deras familjer. Oss.

Somrarna med farmor är långa och bekymmerslösa. Jag och Tomáš har full frihet. Jag lär mig cykla på en skranglig gammal damcykel som farmor inte längre använder. En pojke från byn som är några år äldre än jag, Zdeněk, visar mig hur jag ska göra. Vi går eller springer till den lilla insjön Štilec som alla byns barn badar i. Jag lär mig också att simma under en av de där somrarna. Plötsligt lyfter jag fötterna från sjöns leriga botten och gör några tag med armarna. Jag flyter... Inga vuxna finns omkring oss, de finns inte med i våra dagar. Vi kommer och går som vi vill, vi äter i köket och rusar sedan ut igen.

Elefantöron. Så kallar vi farmors makaroner som snabbt spolas i kallt vatten och läggs upp, fortfarande varma, i djupa tallrikar. Ovanpå läggs en klick smör och sedan strör vi över socker och kanel. Kanelen är grovmald och de bruna små flagorna blir som små prickar på makaronerna. Sockret krasar mellan tänderna och vi äter elefantöronen med soppsked. Det är bra mat, man behöver inte tugga särskilt länge utan kan svälja makaronerna hela. Man blir snabbt mätt. När vi sedan springer ut i den ljumma kvällen är magarna fulla med sött och snällt och vi blir inte hungriga förrän nästa morgon.

Farmors kök ger oss många olika smaksensationer. Som det mörka surdegsbrödet som steks i gjutjärnspannan och sedan smörjs in med färsk vitlök. Jag slukar flera skivor, den sega brödskorpan får det att ila i tänderna ibland och pappa rynkar näsan åt vitlöken, "fy vad ni stinker", klagar han. Men vi bara skrattar och jag tuggar på rå vitlök så att ögonen tåras.

Och så all svamp. Farmor ger sig ut och plockar karljohan, stensopp och apelsinsopp, ibland hittar hon jättelika stolta fjällskivlingar, vars hattar sedan steks i smör och äts som biffar till kokt potatis. De andra svamparna rensas på tidningspapper och farmor gör sina berömda inläggningar, små bitar av karljohanhattar i syrlig ättikslag.

En av sommarens höjdpunkter är den romske pojken Jára. Rufsigt hår, svarta ränder i den ljusbruna hyn, byxor som sett sina bästa dagar – hur vi lär känna Jára minns jag inte. Plötsligt finns han bara där och vi blir oskiljaktiga, han och jag och Tomáš. Járas familj bor i ett rivningshus i utkanten av byn, "en skamfläck", brukar farmor sucka. Huset är fallfärdigt, med trasiga fönster, orappat, med kacklande höns som springer ut och in, och från dess innandömen hörs ständiga skrik, bråk och gråt. Vi får aldrig komma hem till Jára men hinner flera gånger skymta hans halvnakne far och hans syskon som mest verkar gräla och slåss.

Vi skyndar alltid på stegen när vi passerar Járas hus. Det är inget hus jag vill bli inbjuden till. Vi ryser när vi tänker på hur Jára förmodligen har det.

– Äh, säger han alltid och rycker på axlarna. Jag struntar i det. Min farsa är galen. Min syrra är inte klok.

Vi frågar inte mer.

Familjerna är inte viktiga. Åtminstone inte i vår värld. Vi gör i ordning en lägerplats i skogen där vi varje morgon är fast beslutna att övernatta. Vi pratar om meteoriter som faller ner från himlen, just ett av det tidiga sjuttiotalets år är dessa högsta mode och folk letar som besatta efter små mörkgröna skärvor som påstås komma från rymden. Vi bygger ett basläger från vilket vi utgår när vi ska på våra meteoritsökarexpeditioner. Hela vår skog måste ju vara full av rymdstenar, *moldaviner*, det är vi fast övertygade om. Jára är kommendant, jag och Tomáš utgör trupperna. Jára vet så många viktiga och intressanta saker. Hur snabbt en död katt blir likstel. Hur man bäst röker vasscigarrer. Vad som händer i skogen efter midnatt – att de dödas själar spökar då (skälet till att vi aldrig vill övernatta ute när mörkret börjar falla över träden). Jára vet mycket mer om vuxenvärlden än vi, fast på ett sätt som känns förbjudet. Vi lyssnar andäktigt på hans prat om vad vuxna gör med varandra när ingen ser på. Han har en syster som redan har fått bröst och visste vi att tjejer med bröst blöder en gång i månaden? Vi tror honom inte. Varför skulle man blöda? Hur? "Mellan benen", säger Jára och ser märkvärdig ut. Vi skrattar. Han måste vara knäpp.

Men Járas prat om nakna vuxna ger mig ingen ro. Jag kan inte sluta tänka på dessa konstiga vuxna som blöder och som inget hellre vill än att ta på varandra. Jag har en anteckningsbok som jag brukar rita hundar, katter, prinsessor och klänningar i. Där skriver jag nu ner vad Jára har berättat. Jag döper den mycket korta novellen till "Två älskare". Efter att ha skrivit färdigt, lägger jag den lilla boken i min väska och glömmer alltihop.

Jag märkte att farmor och våra föräldrar inte direkt jublade över vår förtjusning i Jára. De hade ingen aning om vad vi talade om i skogen, vad vi gjorde. Men de lät oss hållas. De lät oss vara ifred. Och det var bra. För vi behövde vår frihet.

En annan sommarvän var Viktorka, flickan från de gröna kullarna i dimman. Hon hade levt hela sitt liv på en gård och hade aldrig varit i en storstad. Viktorka var huvudet högre än jag, blek och fåordig och väldigt olik mig. Ändå trivdes jag bra i hennes sällskap. Hon berättade om sina djur och hur det kändes att ha en pappa som steg upp klockan halv fem på morgonen för att mata korna. Själv brukade hon valla dem på sommarbete. Jag var livrädd för kor. Det var inte Viktorka. Hon bara log åt mig och sa att hennes favoritko var svart och vit och att den var snäll.

En av de sista somrarna blev förlängd. Pappa måste återvända till Prag, medan mamma, jag och lillebror skulle stanna kvar med farmor på landet och jag skulle få gå i byskolan. Hade det något med politik att göra? Kanske. Förmodligen. Jag var för liten för att fråga. Kanske hade det bara att göra med att luften i staden var så dålig. Medan luften på landet var frisk. Frisk luft betydde mycket på sextiotalet. På sjuttiotalet också, för den delen. Det var som om man inte skulle kunna bli vuxen utan frisk luft. Frisk luft var det viktigaste av allt.

Löven blev snabbt gula och röda och orange och luften, den friska, förvandlades från sommarmjuk till höstvass. Äpplena mognade och på det lilla torget som låg mitt i byn kunde man köpa immiga mörkblå plommon. Farmor köpte kilovis och kokade plommonsylt, *povidlo*. Hela huset doftade. Köket var det enda stället man kunde vistas i under dessa tider, resten av huset blev snabbt iskallt. Inte ens mössen trivdes, de flydde till grannarna. Mamma gick ut med lillebror i vagnen och jag räknade dagarna tills pappa skulle hämta hem oss.

Det blev några månader i byskolan. Jag lärde känna en hoper rödkindade ungar i slitna kläder, vi spelade kula och lekte kurragömma på skolgården. Vi trängdes flera klasser i samma klassrum och det var småstökigt och avslappnat. Lärarna verkade ha mer tålamod än deras strängare kolleger i skolan i Prag. Det var lätt att trivas och finna sig tillrätta.

Den gången blev det ett rätt okomplicerat avsked. Jag skulle sakna Viktorka och Jára men de fanns kvar. De fanns kvar, liksom skogen, och trädgården. Vi skulle träffas igen. Om inte förr, så nästa sommar. Då visste jag ännu inte att små avsked kunde bli större. Och att man ibland tappade bort varandra på vägen utan att förstå hur det gick till.

LIVET LIKSOM HÅRDNADE omkring oss. Pappa var ingen populär person. Hans bestämda åsikter och hans kontakter med regimkritikern Dubček gjorde honom politiskt obekväm, en av dem som behövde frysas ut. Första steget var att göra honom arbetslös. Han fick lämna ifrån sig passerkort och nycklar till Institutet för kärnfysik där han arbetade. (Han berättade, inte utan skadeglädje, att han under en lång tid ändå fortsatte att komma och gå som han ville, i alla fall till biblioteket på sin gamla arbetsplats. I stället för att visa upp sitt id-kort visade han upp en tom hand och den sömniga kvinnan i receptionen nickade av gammal vana, javisst docenten, välkommen in...) Också mamma blev av med jobbet.

Det fanns många som inte behövde skolas om, som gav sig direkt och som verkade njuta av det. Alla de som nästan naturligt började tilltala varandra med ordet "kamrat" och som verkade gilla det. En sådan var vår granne. En dam i övre femtioårsåldern, ensamstående, änka. Helt frivilligt hängde hon ut ryska flaggor utanför sitt fönster. Mot oss log hon alltid vänligt och stannade en stund i trapphuset för att skvallra. Men självklart erbjöd hon sina tjänster till säkerhetspolisen så snart tillfälle bjöds.

Medlemskap i kommunistklubbarna *Gnistorna* och *Pionjärerna* blev efter 1968 obligatoriskt för alla barn. Gnistorna var till för de yngre barnen, man kunde bli en *gnista* redan på dagis. Ju yngre, desto bättre, helst skulle man leka att man tillhörde den hjältemodiga röda armén redan i sandlådan.

Liten *pionjär* blev man från åtta år och uppåt. I puberteten fick man byta upp sig till Tjeckoslovakiska Ungdomsförbundet.

Pionjärbarnen fick bära röda halsdukar och tvingades delta i kommunistklubbens aktiviteter minst en gång i veckan. Det var ju så roligt på klubben, sa pedagogerna leende, det skulle vara så synd om de barn som gick miste om alla de givande aktiviteterna som ägde rum där... I själva verket fick man mest sitta och lyssna på prat om att ryssarna befriat oss från förtryck och räddat oss från diktatur.

Det blev värre i tredje klass och värst i fyran. På skoltid tvingades vi gå på bio och se svartvita journalfilmer om sovjetstatens uppbyggnad. Och skolböckerna fylldes av berättelser om de heroiska hjältesoldaternas osjälviska kamp och om folket som sugits ut men nu förenat sig och störtat överheten.

Medlemskap i pionjärklubben var obligatoriskt, men pappa fintade bort min lärare genom att hävda att jag hade annat för mig, kurser i balett, matematik, piano. Han ringde och sjukanmälde mig ibland för att jag skulle få stanna hemma från skolan när klassen skulle på bio. Ibland kom pappa och hämtade mig strax innan filmen började.

Du ska inte se skräpet. Du ska gå till tandläkaren. Men pappa, jag ska ju inte till tandläkaren. Jo, det ska du visst. Det kallas akutbesök.

Ibland misslyckades han, trots att han försökte ligga steget före. Det hände att min klass åkte på bio utan att pappa hade fått veta det i förväg.

Då fick jag se de där filmerna i alla fall, jag fick reda på vad de handlade om. De handlade om stjärnögda unga män och kvinnor som kämpade i fabrikerna och slet i kolchoserna. Vetet grodde starkt och vackert och filmades i motljus och alla log rätt in i kameran. Barnen verkade glada och stolta över sina mammor som stod vid löpande band och som lagade stora traktorer och som gick med skiftnycklar i händerna och hade håret uppsatt under sjaletterna. Det var svårt att inte känna sympati för de leende ledarna och de söta barnen. De hjälptes ju åt! Inte kunde väl det vara fel? Det verkade skönt och tryggt och trevligt och gemensamt allting. I smyg längtade jag dit, till kolchoserna och till fabrikerna. I smyg var jag irriterad på pappa som hindrade mig från att delta.

Varför fick jag inte vara med i pionjärerna? Jag hamnade ju utanför, kunde han inte förstå det? Alltid skulle just vi vara märkvärdiga, dryga, och hålla oss utanför gemenskapen.

Pappa förklarade inte särskilt mycket. Jag önskar att han hade sagt att han förstod, att han insåg att det kunde vara svårt att vara utanför.

Men han sa nästan bara att jag skulle förstå bättre en dag, när jag blev större. Att jag skulle vara glad att jag slapp. Att kommunisterna hade fel och att de var förtryckare och att de ljög hela tiden, att pionjärerna var skräp och att vi kunde hitta på roligare saker tillsammans.

Jag var tvungen att lita på honom. Och jag bestämde mig för att bli stolt. För att jag hade en pappa som vågade stå emot. Som gjorde det han ville.

Så det blev inga Första maj-tåg för min del. Inte heller någon *Spartakiad*. Spartakiaden var ett jättelikt statligt idrottsevenemang, ett alternativ till det mer kommersiella OS, som engagerade tusentals barn och ungdomar och där man skulle visa upp disciplin och på samma gång hylla folket och kommunismen. Spartakiaden visades på teve och det var alla flickors dröm att få delta, att stå i identiska mörkblå trikåer och ha rosetter i håret och bilda tjusiga mönster, skriva SSSR med hundratals kroppar som övat i månader för att snabbt åstadkomma dessa mänskliga bokstäver.

Pappa gjorde det till en sport att kämpa mot kommunismen. Han drev gärna gäck med "kamraterna", gjorde narr av de högtravande förljugna orden. Med ironi kunde han värja sig mot rädslan, mot oron, mot ångesten. Vad kunde de göra med honom när han flinade dem rakt upp i ansiktet? Jag tror att det var hans respektlöshet som störde dem mest. Samtidigt som de inte förstod vad som var så roligt. Men han flinade glatt vidare. I alla fall på ytan. Och det var ju den som syntes.

MAMMA SKRATTADE INTE lika mycket som pappa. Hon var mer allvarstyngd och ängslig. Hon var själv ett barn av Sovjetunionen, drillad i eviga Första maj-tåg, *Gnistor*, *Pionjärer* och *Komsomol* (en förkortning för kommunistisk ungdom). Hon var guldmedaljtagare i grundskolan, A-eleven med A-betyg, den perfekta lilla plugghästen som gjort allt rätt och som med självklarhet bekänt sig till ideologin då hon inte visste bättre. Hon var akademiskt skolad, mikrobiolog, naturligtvis med de bästa vitsorden och ryskspråkig dessutom.

Prag var en förhållandevis liten stad. En by, rentav. Man visste allt om alla och kvinnan som var gift med den där besvärlige docenten hade en hel del kunskaper som staten behövde, även om hennes lojalitet mot kommunismen nu verkligen kunde ifrågasättas.

I det tidiga sjuttiotalets år skulle Prag få en tunnelbana. Inspirerad av Moskvas majestätiska *metro* skulle nu även den ockuperade lillkusinen få ett underjordiskt transportnät. Dessvärre måste planerna för Prags tunnelbanenät översättas till ryska för att godkännas i Sovjet. Och det behövdes en rysk- och tjeckiskspråkig, gärna teknikkunnig person som snabbt kunde göra jobbet. Den personen visade sig bli min mamma.

En dag dök statens representanter helt inofficiellt upp hemma hos oss. De gav mamma jobbet. Och de skulle betala bra. Villkoret var att arrangemanget absolut inte fick uppdagas. Det fick aldrig komma till allmänhetens kännedom att det viktiga uppdraget hade gått till en – ja, hur skulle de uttrycka saken – *oppositionell*.

Så kom det sig att mamma blev sittande med planritningar och tjocka luntor med alla detaljer om hur Prags underjord skulle bebyggas. Diskreta män med kraftiga portföljer kom då och då och pratade artigt med mamma medan de drack te. Vår lägenhet svämmade snart över av broschyrer, böcker och handskrivna manuskript. Papper yrde runt och mamma försökte koncentrera sig. Det var inte så lätt, eftersom lillebror klättrade på stolen bakom hennes rygg mest hela tiden medan hon satt och jobbade, medan hon slog upp de svåraste tekniska termerna i omfattande ordböcker och försökte formulera texten så korrekt hon kunde. Buntarna med översatta ark blev allt fler.

Mamma, med håret i volm, klädd i en mönstrad chiffongblus under en ärmlös knälång väst, sminkad med silverglittrig ögonskugga, biter i pennan, antecknar, rynkar pannan. Hon tappar inte bort sig en enda gång, slarvar aldrig med terminologin, har total kontroll över alla fotnoter och siffror.

Efteråt är det svårt att inte bli imponerad. Att översätta planerna för en storstads tunnelbanenät samtidigt som man tar hand om en hemmavarande ettåring. Hon lagade all mat, städade hemmet, skötte om mig, skolflickan, utgjorde stöd till sin politiskt förföljde man.

Men trots att lägenheten fylls av ryska termer kan jag inte förlåta. Jag tänker hålla mitt löfte. Vi talar inte ryska ute på gatan. Och när mamma ropar på mig på ryska hemma, så svarar jag alltid på tjeckiska.
 Det ryska språket försvann.
 Min mun förblev låst.

SOMMAREN SOM VÅRT liv verkligen gick sönder hamnade det mesta i bakgrunden. Mitt avgångsbetyg. Mina nya gympaskor. Att jag hade växt flera centimeter på längden. Huruvida jag skulle få nya stickade byxor med matchande väst, tillverkade på en av mammas väninnors exklusiva stickmaskin. Byxorna skulle bli gröna med blomapplikation längst ner på benen. Men alla viktiga händelser som dessa förlorade sin betydelse den där julimånaden då Männen i De Mörka Kostymerna kom.

Det hade känts redan innan att något var fel. Innan skolan var slut, innan gatorna i Prag blivit så heta att man brände sig på dem om man gick barfota. Innan skolbarnen tackat för läsåret och nigit och bockat för sina lärare. Innan det hade blivit kvavt och instängt i vår lägenhet, innan gårdens alla ungar klädde av sig i bara underkläderna och längtade vilt till det hav de aldrig skulle få komma till.

Det var inte vilken vår och sommar som helst. Det fanns en diffus spänning i den solkiga stadsluften. Den bet sig fast i de vitmålade väggarna, i soffornas gråmelerade tyg. Tryggheten bleknade. Det välkända och lugna upphörde att vara en självklarhet.

Att just min pappa inte var som alla andras pappor hade jag naturligtvis förstått långt tidigare. Jag hade vetat det så länge jag kunde minnas. Men hans särart hade från början verkat rätt oskyldig. Det handlade mycket om yta. Om hur han var. Till en början verkade det harmlöst. Mest var han bara rolig. Han skulle alltid vara märkvärdig och hävda sig, och säga skojiga saker högt så att andra vuxna skrattade, och han skulle alltid kittla oss barn och hissa oss i luften. Han betedde sig ofta som om han var ensam i rummet. Han rörde sig självsäkert och tyckte inte att regler och lagar som angick andra gällde honom. Han respekterade varken väder eller myndigheter och betedde sig gärna både lite dumdristigt och våghalsigt. Svaga isar? Det störde inte pappa. Förbud? *No problems*. Simma ut på egen hand? Ingen fara. Liksom många tjeckiska män i alla åldrar älskade han att simma ut ensam på långa turer, gärna utan att underrätta sina anhöriga, och han var stolt över det. Vid minusgrader vägrade han klä sig varmt. Varma kläder var till för de veka. Han frös hellre om öronen än satte på sig en mössa. Han avskydde också vantar. Fingrarna stela av köld, öronen röda, han badade gärna i en isvak om tillfälle bjöds och manade alltid oss barn att duscha i iskallt vatten för att "härda" oss. Varmt vatten var till för bortklemade mesar. Varmt vatten var till för ryggradslösa töntar. Riktiga män badade i krossad is.

– Du kommer att bli förkyld, sa mamma olycksbådande.

Men pappa bara skrattade. Så gav han sig ut på en skidtur och kom tillbaka med fyrtio graders feber. Pappa var en av de få som fick ta bort halsmandlarna efter att han passerat trettiofem. Han blev sjuk som en bebis och låg hemma och ynkade sig. Men det hindrade honom inte från att fortsätta ta nya risker.

Han kastade sig ut från bryggan på vattenskidor, fast han aldrig åkt vattenskidor förr, och krossade armbågen. Han gick barfota på klipporna i Medelhavet och fick fötterna fulla med sjöborretaggar bara för att han ansåg badskor vara för fegisar. Han drack Tabasco ur flaskan och hävdade att han tålde vilka starka kryddor som helst och log trots att det måste ha bränt rejält i munnen. Att tävla var viktigt. Och ve om han inte fick vara bäst. Då surade han. Ingen annan än han fick vinna. Han var en mycket dålig förlorare. Jag såg honom aldrig tveka. Jag visste inte att han kunde bli osäker och skärrad. För mig var han en modig gud som gjorde precis allt som föll honom in.

Den här sommaren var pappa inte sig lik. Hans annars så glada brunbrända ansikte var liksom blekt. Han såg grå ut under solbrännan och verkade trött. Han var närvarande, packade badväskan och körde bilen ner till stranden, simmade ut och lekte vattenlekar med oss barn. Men något i hans ögon skvallrade om att han var långt borta i sina tankar.

Själv sa han inget. Han drog inga vitsar, var inte särskilt ironisk. Och det kanske var just det som gjorde allt så skrämmande. Att han inte ens orkade skoja. Det som hände nu var allvar. Till och med jag förstod det.

Nog för att det ständigt var allvar, på något sätt. Allvaret var ett permanent tillstånd, vår vardag. Men det hade hittills alltid viftats bort. Pappa hade skrattat åt den osynliga faran. Hånat den. Satt sig över den. Som vår avlyssnade telefon. Vi fick instruktioner – sådant som var viktigt fick inte sägas i luren.

Jag vet inte hur avlyssningsapparaten såg ut och jag visste inte vem som fått in den i vår telefon men att den fanns där var säkert. Det var lite kusligt att tänka sig att hemliga agenter varit hemma hos oss och installerat prylar i vår telefon. Men det måste ha varit rätt enkelt på den tiden. Vi hade ju bara en enda. Den stod i pappas arbetsrum, på skrivbordet. Jag försökte se framför mig vilka som hade jobbet att lyssna på våra samtal och undrade hur intressant de tyckte det var att lyssna på mammas skvaller om grannarna ovanför och på pratet om farmors recept. Det mesta vi sa kanske uppfattades som chiffrerade meddelanden? Potatissoppa kunde betyda upplopp, en stickmaskin var det hemliga ordet för vapen. Att prata om familjen Sýkoras familjegräl på tredje våningen kunde i själva verket vara en listig kod, ett klartecken för rebellerna att inta regeringsbyggnaden.

Mina föräldrar behövde miljöombyte och lånade därför ett hus några mil utanför Prag av en bekant. Det var ett vitrappat torp med stengolv och mörka dörrar, små fönster med luckor och höga sängar med dunkuddar. I köket fanns en gammaldags murad spis och i trädgården fullt med päronträd. Gräset växte högt. Bortom torpet låg skogen, susande, mörk och hemlighetsfull. Sommaren var het och alla blev trötta av värmen. Jag var nio år och säker på min simförmåga. Därför tjatade jag om att åka och bada från det att jag steg upp och åt frukost.

I närheten fanns en stor konstgjord fördämning, en jättesjö. Den här konstgjorda dammen var så nära ett hav man kunde komma. I bristen på kustlinje och riktiga oceaner fick vi tjeckiska barn hålla till godo med detta mekaniska vatten, som var det mest oändliga man kunde tänka sig, med fejkade sandstränder och en känsla av varmare kontinenter.

Jag älskade att bada här. Varje dag drog jag på mig min prickiga baddräkt och kastade mig ut i det våta. Kanske fanns det en och annan inplanterad havsvarelse på botten av den här till synes bottenlösa sjön? Jag hoppades på valar och delfiner.

Hettan höll sig utanför det lilla stenhusets väggar. Vi satt under de gamla päronträden och drack saft och timmarna drog långsamt mot kväll. Köksträdgården behövde vattnas. Mamma bakade en paj medan pappa skrev på maskin. Knattret skar igenom eftermiddagen. Han satt i bara badbyxorna och skrev. Manushögen växte nedanför hans stol.

Så bryts lugnet. Utanför stannar en bil. En dörr öppnas. Jag hör röster som talar. Rösterna är neutrala. Ingen skriker. Men de talar ändå på ett sätt som får mig att vilja springa bort i skogen och gömma mig bakom närmaste träd. Jag vill göra mig osynlig. Jag vill smälta in i hettan, bli ett med äppelträdet, förvandlas till en del av gräsmattan. Jag vill ropa på mamma men vågar inte. Munnen känns torr trots all saft jag druckit. Jag kommer på mig själv att hoppas att lillebror inte ska börja gråta. Men varför skulle han det? Det finns väl inget skäl att vara ledsen?

Jag minns inte de främmande männens ansikten. Jag minns inte deras kroppar eller rörelser. Jag minns inte vad de säger till pappa, jag minns inte vad mamma gör. I den här stunden känner jag mig ensam och vilsen och jag vill bara att allting ska ta slut. Jag hör mitt hjärta bulta inom mig och hoppas att ingen annan hör det.

De Mörka Kostymerna liksom skymmer solen. Och så är det något med mammas ögon. De liksom spärras upp och förlorar sina nyanser. Det lilla huset kan inte erbjuda nog med skydd. Bror Duktig har inte byggt stugan tillräckligt kraftig. Vargarna kunde komma in utan problem. Nu tar de pappa. Och jag kan inte göra något alls.

Badbyxor, hade han fortfarande badbyxorna på? När bytte han annars om? Följde de med honom in i sovrummet, vaktade honom så att han inte kunde fly?

En indian ber aldrig om nåd.

Mammas korta sommarklänning är i gul frotté och jag tittar på dess fyrkantiga fickor och på de stora blanka knapparna. Frottén är ljusgul och det har gått en tråd längst ner. Jag följer tråden med blicken. Jag stirrar på den gula klänningen och plötsligt undrar jag hur det kommer sig att mamma inte fryser, klänningen är ärmlös och ger inget skydd mot kylan. Solen är fortfarande varm och rund och himlen utan ett moln, så blå att det gör ont i ögonen när jag tittar upp. Smörblommorna vajar vid vägkanten, liksom blåklockorna och hundkexen och en massa andra blommor jag inte kan namnen på. De har blivit dammiga. Jag tänker på allt damm som blommorna måste bära och jag undrar hur det kommer sig att de inte vissnar. Det är ju så torrt. Sommaren är torr. Det är hett. Ändå fryser jag inombords.

Där står vi vid vägs ände. Mamma med det långa svarta håret utsläppt. Jag med hennes hand i min. Lillebror på andra sidan. Hon håller oss i varsin hand och vi blir kvarlämnade där.

Bildörren öppnas och pappa står mellan de två männen. Han ser inte på oss. Han får sätta sig i baksätet. Jag ser det inte men jag vet ändå. Det smäller till när dörren stängs. Som när någon stampar med klacken i ett hårt golv. Det borde ha låtit högre. Men efter smällen hörs inget mer.

Det yr till i gruset.

Bilen gör en u-sväng.

Den försvinner i ett nytt moln av damm.

Telefonavlyssning var en del av vardagen. Ändå hade pappa själv oavsiktligt försett De Mörka Kostymerna med information om var vi befann oss. Farmor krävde att han skulle berätta vart vi skulle. Hon ringde och tjatade.

– Jag kan inte säga nåt, hade pappa sagt.

– Du måste! Du kan inte åka utan att jag vet vart du ska, hade farmor insisterat. Farmor tålde inte att hennes barn förflyttade sig någonstans utan att hon hade kontroll.

– Jaja. Vi har lånat ett hus av en kollega, hade han till slut fått ur sig.

– Vem?

– En läkarvän.

Senare visade det sig att säkerhetspolisen haft stora problem med att hitta honom. De hade bara orden "hus" och "läkarvän" att gå efter. Men efter kartläggning och detektivarbete och noggrann genomgång av samtliga läkare som kunde tänkas ha den minsta koppling till min far, hade de slutligen lyckats spåra den person vars sommarhus mina föräldrar hade lånat.

Det där skulle inte vara min verklighet. I min verklighet skulle inte pappan hämtas av Mörka Kostymer. Pappan skulle fortsätta att dricka kall saft och slicka sig om läpparna, han skulle skratta mot oss barn och sedan fortsätta skriva på sin skrivmaskin där vid det lilla bordet i päronträdens skugga. Han skulle omfamna sin hustru och kyssa henne ömt. Han skulle ta ett kvällsdopp och sedan sova gott i den lilla svala kammaren med de höga pottskåpen i mörkbetsat trä.

I stället tas han till förhör i Prag.

Han betraktas från och med nu som statens fiende.

Jag kan inget om sådant. Som barn äger man inte tillträde till den världen. Jag vet inget om de politiska fångarnas celler. Jag ser inte skrivborden bakom vilka det sitter förhörsledare, jag vet inte att rummet är disponerat så att den misstänkte, den skyldige, förnedras så effektivt som möjligt, han ska känna att han inte har en chans, han ska ha gett upp redan innan han hunnit öppna munnen. Jag kan inte läsa "bevisbördan", långa dokument med utskrivna samtal, med de avlyssnade telefonsamtalen där inget vettigt framkommer, men där tankens brott ändå styrks. Ingenting av det kan jag förstå.

Det enda jag förstår är den avbrutna sommaren. Solen som fortsätter att skina men som inte längre känns skön mot huden. Vattnet som fortsätter att kännas vått men där förnimmelsen av lycka gått förlorad. Sömnen och drömmarna som börjar befolkas av Mörka Kostymer som kommer för att hämta också mig.

Jag vill inte tänka på vad pappa får vara med om.

En indian ber aldrig om nåd.

Det blir ödsligt i sommarparadiset.

Jag vill bara att det ska bli höst.

Och när pappa kommer tillbaka vill jag inte glädjas för mycket.

Sedan minns jag inget mer.

Jag har för alltid en lucka i hjärtat där resten av de ljusa julidagarna borde ha funnits.

EN AVLYSSNAD TELEFON räckte inte särskilt långt. Vår familj behövde bevakas ytterligare. I synnerhet pappa behövde hållas under ordentlig uppsikt från flera olika håll.

Därför installerade säkerhetstjänsten en mikrofon även i väggen i vardagsrummet. Den fick sitta ovanför soffan, bakom den stora röda oljemålningen som föreställde Don Quijote. Dessutom kom en bil med två helt alldagliga män alltid att stå parkerad utanför vårt hus. När pappa kom ut ur porten sattes bilen långsamt i rullning. Diskret följde den efter honom vart han än skulle.

Det var inte meningen att vi skulle känna till utrustningen i väggen. Men alla visste att den fanns där, även om den aldrig nämndes högt. Viktiga samtal ägde därför aldrig rum hemma hos oss. Pappa och hans vänner stämde i stället träff utomhus. Helst vandrade de på Letná, ett stort fält mitt i Prag, där de var väl synliga men omöjliga att avlyssna. De fick så många nyttiga promenader. I andra länder spelade papporna golf. I det ockuperade Tjeckoslovakien gick och gick och gick de, ofta och till synes planlöst, med händerna i fickorna. Utan golfklubbor, utan gåstavar, utan mål.

Vinden kan inte föra orden vidare. De uttalas och försvinner. De finns inte nedtecknade någonstans. Ingen kan bevisa vilka ränker som smids där, under den bara himlen, vilka konspirationer som tar form. Säkerhetspolisen kan bara smyga runt på behörigt avstånd.

Det finns bildbevis på hur det såg ut. En av pappas vänner, den legendariske läkaren och politikern František Kriegel, har fotograferats med sitt ständiga följe. På de svartvita korniga bilderna går han med två säkerhetsmän hack i häl. De är inte särskilt diskreta. De går ungefär fem meter bakom honom. Den ene är ung, klädd i skinnjacka. Den andre är äldre, något överviktig och tunnhårig. Bildsviten visar Kriegels promenad. Han stannar vid ett övergångsställe, ser åt höger, sedan åt vänster. Säkerhetsmännen vrider huvudena åt samma håll. Det är roliga bilder. Det ser ut som om Kriegel har barnvakt.

När jag kom hem efter skolan till en tom lägenhet kändes det nästan som om jag hade sällskap. Bakom tavlan satt en mikrofon och passade på mig. Vilka var det som lyssnade egentligen? Jag flyttade fram möbler i vardagsrummet och drog för de tunga violetta draperierna. I det blågrå dunklet lekte jag att jag var Coppélia och andra sagoprinsessor. Soffan var skogen och bordet var ett slott, gardinerna var osynlighetsmantlar och mattan var havet. Jag dansade runt som en drottning och glömde bort vem jag var.

Ut på balkongen fick jag aldrig gå. Průběžná var inte bara en av Prags längsta gator, den var också en av de mest förorenade och balkongen var täckt av ett tjockt lager svart smuts. Men när jag gläntade på draperierna såg jag en skärva eftermiddagsgrå himmel bakom det dammiga glaset. Jag gömde mig bakom det böljande tyget och blev en förtrollad prinsessa som vaktades av en ond trollkarl, hans vakter fanns i väggarna och hörde hur jag grät, draperierna var mitt fängelse och bara en prins kunde rädda mig ur förtrollningen. Rädslan som växte fram i mig var inte spelad. Tänk om de verkligen hörde att jag var ensam och kom och hämtade mig? Tänk om de hade nycklar hem till oss och jag skulle försvinna spårlöst, bortförd av okända män?

När vi skulle resa lyftes Don Quijote-tavlan från väggen.

Ett sår i betongen gapade mot oss. De hade inte ens ansträngt sig för att maskera det särskilt väl.

Pappa tog en svart tuschpenna och målade ett öga runt mikrofonen.

Ett stort öga från vilket det föll stora, klumpiga tårar.

DET VAR SKÖNT ATT komma hemifrån, att stänga dörren till den avlyssnade lägenheten och kunna lämna den bakom mig. Vårt hus på Průběžnágatan var bara ett i raden av många fler liknande hus som tillsammans bildade en borg och innanför dess fasader fanns en igenväxt gård, där tvätten vajade på rangliga ställningar och där kvinnorna piskade mattor så det ekade. Man kom in på gården genom ett valv, där det även stod soptunnor och där råttor stora som grävlingar obekymrat kilade fram och tillbaka, till mammas stora skräck och äckel.

Gården var vår frizon och här lekte vi hela eftermiddagarna ända in i sena kvällen, tills våra mammor öppnade fönstren och ropade in oss för att äta middag. Vi brydde oss inte om skrubbade knän och smutsiga naglar, vi struntade i skrapade byxbakar och trasiga gympaskor. Vi var röda om kinderna och håret luktade stad, vi var andfådda och ständigt i rörelse. Ibland satt vi tillsammans i valvet och viskade hemligheter, skvallrade om dem som inte var med. Ibland hoppade vi hage som vi ritade med en kritstump mitt på asfalten. Vi hade twist och hopprep. Vi tävlade om vem som kunde springa snabbast och vem som kunde klättra över staketet som delade av de igenväxta rabatterna från gårdens allmänna delar. Ibland försökte vi få fart på den trasiga karusellen.

Det luktar stekt lök, korv och potatis och ett litet barns gråt ekar mellan stenväggarna. Framför vår port hamnar grannarna som bor ovanför oss i bråk, det är något om pengar som vanligt, rösterna är höga och arga, det är snart fredag och pengarna är nästan slut men pappa Sýkora ska ut och dricka öl och mamma Sýkorová är förtvivlad men samtidigt förbannad. Hon flyger på honom och de slåss, medan deras lille son Jirka försöker säga något, men han kan inte för han är utvecklingsstörd och hans ord blir bara förtvivlade läten, hans lilla kropp skakas av spasmer, men han blir inte sedd, "du och din förbannade jävla störda ungjävel", vrålar pappa Sýkora och mamma Sýkorová är så fylld av hat och samtidigt uppgiven, hon orkar inte ens bli kränkt, han använder sig alltid av deras minsta sons sjukdom och olycka för att kasta smuts och förnedring på henne, hon vill bara slå honom, samtidigt är han den ende som försörjer dem, även Mirek, den äldste, snart arton, är oduglig, han stammar och är inte riktigt med i huvudet, inte kan han tjäna några pengar, och hon ger sig på mannen igen och igen, med knutna nävar försöker hon träffa hans svullna röda näsa men hon får en örfil så kraftig att hon faller till marken och sedan går pappa Sýkora sin väg, han smäller igen dörren så väggarna skakar och Jirka har spasmer, han kramar och hon orkar inte ens hålla om honom och var håller egentligen Lenka hus, deras mellanbarn med dålig hy? Mamma Sýkorová lyfter upp Jirka, sätter sig på en bänk och snyftar uppgivet, söker tröst hos fru Železná vars man dricker bara en aning mindre än hennes egen.

Vi barn är vana. Vi stirrar inte särskilt länge.

Men ibland händer sådant som inte får hända. Sådant som förstör frizonen och som får oss att känna oss små och utsatta.

En sen eftermiddag hörs en ambulans. Någonstans i fjärran tjuter den och alla vi barn stelnar i våra lekar. När man hör en ambulans ska man stå still och be en bön, annars kommer ambulansen för att hämta just dig nästa gång... Vi hoppas att ambulansen ska försvinna men dess otäcka sirenljud blir bara högre och högre och nu kör den in på gården. Det är en bred smutsvit bil som blinkar med blått ljus. Den har ett stort rött kors på sidan.

Veronika, så heter flickan som står och gråter. Nyss var hon en av oss, precis som vi andra. Nu är hon utanför, det är synd om henne, hon blir med ens en främling. Några vitklädda personer hoppar ur ambulansen och går in genom Veronikas port. Veronika fortsätter att snyfta där hon står, klädd i en liten grå kofta och med håret rufsigt. Tårarna målar bleka ränder i hennes solkiga ansikte.

Dörren öppnas. Någon ligger på en bår. Männen som bär båren går förbi soptunnorna och genom brännässlorna, som växer här på sluttningen nedanför bottenvåningen i ett av gårdens kanske fulaste och tråkigaste hus, det är hönsnät utanför och Veronika har slutat gråta, nu står hon med öppen mun där det fattas två tänder. Hon står helt stilla och ser båren lastas in i ambulansen. Blåljusen slås på. Så försvinner bilen ut genom valvet.

"Hjärnhinneinflammation", viskar fruarna till varandra och "stackars barn" och dessa ord upprepas tills det inte går att ta miste på vad de betyder och det känns som om det blåser iskallt inom mig. Veronika börjar gråta igen men ingen tar hand om henne, båren med hennes mamma har försvunnit och vi ser den aldrig mer och dagen därpå är Veronika borta hon också och deras lägenhet bommas igen och om kvällen tänds det ingen lampa i deras fönster.

Vi sitter i valvet och viskar om sjukhus och död och föräldralösa barn och ordet *hjärnhinneinflammation* fortsätter att sväva över oss som ett hotfullt grått moln. *Hjärnhinneinflammation* inger skräck och fasa.

Innan jag somnar den kvällen ber jag tyst att min mamma inte ska dö.

Mitt emot vårt hus, på andra sidan gården, är husen liksom högre. De känns snyggare, mer moderna. Vår del av gården känns fulare och fattigare. Den andra delen är lyx. Jag är avundsjuk fast jag inte säger det högt. Flickorna som bor i huset på andra sidan gården är vinnare, för de bor på översta våningen, och de äger en äkta Barbiedocka och de har vita stövlar med pälskant, plus glansiga täckjackor med muddar och tjocka dragkedjor i plast. Jag anar att deras föräldrar har mer pengar än mina. Deras fönster ser rena ut från utsidan och liksom glänser. Dessutom står deras hus i söderläge, solen ligger alltid på deras fasad om eftermiddagen. Vår sida av gården har bara morgonsol, resten av dagen vilar vi i skugga. Kanske är det därför som råttorna trivs så bra just vid våra soptunnor. Jag avskyr att gå ut med soporna, ändå måste jag göra det. Jag ser aldrig de andra flickorna gå och slänga sopor.

Det fanns några ensamma mammor och deras barn på vår gård. Veronika hade varit en av dem. När papporna försvann måste barnen ta deras plats. Om de inte skötte sig fick de stryk. De ensamma mammorna log sällan. De verkade mest bara arga och trötta. Deras barn fick inte heller leka lika mycket som vi andra. De måste diska, sopa, handla, ta hand om småsyskon. När de var klara med alla sina sysslor hade vi andra gått hem för kvällen.

Min egen mamma var långt ifrån fru Sýkorová och fru Železná, långt ifrån Veronikas döda mamma, långt ifrån alla Průběžnágatans samlade mödrar, gifta eller ensamma. Mamma såg väldigt ung ut, mer som en storasyster än en vuxen kvinna. Hon hade alltid sitt svarta hår så fint uppsatt och målade sig moderiktigt runt ögonen. Och så hade hon så mjuka händer, som grädde, som bomull. Trots ständig tvätt och disk torkade de aldrig ut. Mamma såg ut som sjutton år fast hon var strax över trettio, hon fick åka på barnbiljett på bussen, främmande män vände sig om efter henne på gatan, då log hon och slog ner blicken. Mamma var söt och oskuldsfull och smart och bildad och driven på en och samma gång. Hon doftade te och kamomillkräm och kramade mig mycket och jag brukade tänka att jag hade vunnit på mammalotteriet.

Andra barn berättade om stryk och hårda ord, om livremmar som slog över nakna rumpor, om luggningar och örfilar och nyp och kläm i armarna, om omvridna öron, uteblivna middagar och om hur de låstes in i mörka förråd. I de snorrandiga ansiktena och bakom de rödgråtna ögonen växte hat och hårdhet. Jag lyssnade och nickade, men hade själv inte mycket att berätta. Att avslöja att jag hade det bättre skulle vara ett svek.

Skulle jag skryta om att jag var en pappas flicka? Att min plats bredvid pappa var självklar, att jag inte ens hade behövt kämpa för den? Att mamma lät mig hållas, att hon bara ryckte på axlarna när jag skulle sitta fram i bilen? Det kunde jag inte. De skulle inte tro mig.

Många av mina vänner hade en känsla av att vara till besvär. De behövde be om ursäkt för allt. De fick inte smutsa ner, inte stöka till, inte kommentera maten, inte vara uppkäftiga mot de vuxna. Själv fick jag höra att jag var speciell och begåvad. Pappa var ju uppe i sig själv och egentligen var det bara en förlängning av hans ego, att hylla sin egen dotter. Mina föräldrar måste ha förstått vad detta gjorde med en liten flickas självkänsla. De byggde den, de vattnade den, de gav den all näring i världen.

Min egen mamma umgicks sällan med de andra mammorna på gården. Hon skvallrade bara sporadiskt med Železná och Sýkorová och Suková. Tvätten hängde hon i badrummet och mattor piskade hon aldrig. Men jag saknade henne inte ute på gården. Jag var mest glad att hon höll sig borta, att jag slapp känna mig iakttagen och vaktad av henne. För hon var en väldigt orolig sort. Hon var hysteriskt rädd om mig. Lyckligtvis fick hon lillebror att ta hand om just när min längtan efter att få springa fritt ute satte in.

– Men lova att du bara är på gården, ropade hon medan jag drog på mig ytterkläderna.

– Mmmm, svarade jag och knöt gympaskorna.

Favoritbyxorna var i manchester. Och till det, en träningsoverallsjacka med blixtlås i syntet. Billiga gympaskor i tyg. Alla kläder måste vara praktiska, så att man kunde krypa på marken, klättra i träd och springa ifrån fienden. Aldrig att jag skulle ta på mig en kjol med volang!

Mina hjältar var Karl Mays indianhövding Winnetou och hans följeslagare, blekansiktet Old Shatterhand. Jag brydde mig inte om huruvida jag var rufsig eller slarvigt klädd. Huvudsaken var att jag aldrig skulle avslöja några som helst hemligheter oavsett hur grov tortyren än skulle bli, hur länge jag än skulle förhöras och hur mycket stryk jag än skulle få. Det var viktigare att aldrig yppa lösenordet även om straffet var döden. Indianhedern var mitt ideal. Stolt, orädd, självuppoffrande och fri. Plus ett med naturen. Man skulle kunna läsa av huruvida djuret varit ungt eller gammalt, friskt eller sjukt, huruvida det nyss hade ätit eller var på jakt efter föda. Man skulle kunna härma fåglars läten och alltid sova med ett öga öppet. För att förvilla fienden måste man alltid röra sig tyst som en skugga och anfalla bakifrån. Jag hade helst sovit med en kniv under kudden men mamma satte stopp för detta. Jag lärde mig åtminstone att hantera en pilbåge, och pappa lät mig ibland skjuta luftgevär.

Jag läste böcker om andras barndom och särskilt älskade jag skildringar av pojkliv, pojkgäng som kämpade mot varandra och som ägde stadsgatorna. Jag drömde om att vara en sådan pojke, helst i tjugotalets knäkorta byxor, skjorta, kängor och en keps över den oklippta luggen. Pojkskildringar fanns det gott om och jag tänkte mig bort till mörka kvarter och till deras mysterier och till pakter mellan unga män, som stod långt utanför vuxenvärlden. Några flickor förekom inte i pojkböckerna. Men jag saknade dem inte.

En avlägsen släkting till oss var författare. Han hette František Langer och dog i augusti samma år som min farfar. Han dedikerade sin mest kända barnbok till mig, det stod *"till lilla Katia från din onkel"* på försättsbladet, skrivet med bestämda bokstäver i blått bläck. Boken handlade om ett pojkgäng i fyrtiotalets Prag – *Den vita nyckelns brödraskap*. Vad jag önskade att jag var som Bondy i brödraskapet! Som spelade Beethovens Månskenssonat med slutna ögon, som hade sinne för *business*, som var en affärsman från barnsben.

Framför allt ville jag själv vara en pojke. Mitt hår var kort, jag brydde mig inte om hur jag såg ut. Mamma försökte få mig att ta på mig något annat än de eviga mörkblå byxorna, men jag vägrade. Tjejkläder var till för gnälliga *squaws*. Vi män befattade oss inte med sådant fjolleri.

Men så förändrades jag. Jag hade inte klippt mig på nästan ett år när jag insåg att mitt hår hängde ner till axlarna och att det gick att göra något med det. Jag var ingen fullvuxen karl. Jag var en *flicka*. Och flickors hår kunde sättas upp. Lusten att pryda håret med rosetter överrumplade mig. Jag hittade några rosa tygbitar i mammas sylåda som jag virade runt mina råttsvansar. Och se. Det var inte illa.

Mamma blev förvånad när jag självmant bad om en klänning.

Några dagar senare tog pappa en bild på mig, där jag står vid en blommande rhododendronbuske.

Det syns tydligt att jag är av kvinnligt kön.

Ingen anar att det under ytan döljs en stenhård indianhjälte.

VI VAR ALLTID på väg någonstans. Min allra första resa gick till Moskva, till mormor och morfar. Jag låg nerpackad i en babyväska med handtag, fyra månader gammal. Mamma hade det svarta håret uppsatt i en Farah Dibavolm och bar en nätt ylledräkt och fina glansiga strumpor, i öronen hade hon stora clips och på fötterna stilettklackade skor. Händerna var välvårdade och hennes naglar lagom långa, de var filade i runda bågar och prydligt målade. Alltid så elegant, alltid så snygg.

Många år senare kan jag undra hur hon egentligen gjorde med tygblöjor på planet, hur bytte hon på en fyramånaders som kanske bajsade på sig? Men jag antar att jag som äkta sextiotalsbaby inte bajsade tiotusen meter upp i luften. Jag höll mig, behärskat och trevligt.

När jag blev större reste vi till Italien, till Frankrike och till Schweiz. Vi reste till Rumänien, till Ungern och till Bulgarien. Pappa körde fel vid ungerska Solnok och svor över en karta som inte stämde. Olika människor pekade åt olika håll när han frågade efter vägen. Det blev spänd stämning i bilen.

I Rumänien fanns det knappt något att äta och det som

fanns smakade äckligt. I Budapest badade vi i de grunda mineralbassängerna och staden såg ännu gråare ut än Prag. I Bulgarien slog vi läger på en campingplats och bodde i tält. Pappa och jag gjorde yoga på stranden varje morgon och mamma ville äta grillade färska majskolvar dagligen. I Italien hälsade vi på gamla forskarvänner. I Paris fick jag för första gången i mitt liv äta på kinarestaurang. I Schweiz var det gott om frisk luft.

Vi reste till Kamenný Újezd och till fjällstugan Zarputilka och till vänner i Měchenice.

Min bästa restid är på natten. Jag känner hur jag blir trött och hur jag glider in i sömnen. Någon lägger en kudde under mitt huvud. Trafiken brusar runtomkring mig, jag hör de vuxna prata. Rösterna blir allt svagare. Jag vaknar knappt när bilen stannar. Någon sveper en filt om mig och det är varmt. Det luktar stad och regn och jag är tung i hela kroppen. Jag hamnar i pappas famn och lägger huvudet mot hans kind. "Sov du", viskar han och sparkar igen bildörren med foten.

Den sista semesterresan gick också den till Sovjet. Jag var åtta år och meningen var att vi skulle vara borta över sommaren, mamma, lillebror och jag, pappa skulle knappast kunna följa med. Men det visade sig vara riktigt komplicerat.

Året är 1972. Sommaren är het och mina föräldrar ger upp tanken på att resa tillsammans. De ansöker därför om visum för mamma och för mig och min bror, och förhoppningen är att vi ska kunna tillbringa en månad på den ryska landsbygden. Morfar har varit sjuk en längre tid och självklart vill mamma träffa honom, tiderna är ju ovissa.

Biljetterna bokas och betalas. Jag är förväntansfull. Jag längtar efter mormor och alla hennes presenter och hennes hemmagjorda plättar, jag saknar morfar trots att han helst sitter med näsan i böckerna och bara orkar med mig korta stunder.

Då kommer telefonsamtalet som hotar att förstöra allt. Mamma ser gråtfärdig ut. Visumansökan har avslagits. Det var långt ifrån en självklarhet att en sovjetmedborgare skulle få åka in i Sovjet. Inte för att särskilt många ville dit, de flesta ville därifrån.

Dagarna går. Läget verkar hopplöst. Pappa bestämmer sig för att återlämna biljetterna. Vi har ju inte gott om pengar precis, så det är onödigt att behålla flygbiljetter som ändå inte kommer att kunna användas.

Mina föräldrar har alltid haft känsla för drama. Samtidigt som pappa ger sig av till ČSA för att avboka resan, gör mamma ett sista desperat försök att trots allt få ett visum.

Du måste ringa och ställa till en skandal. Det var rådet hon hade fått av bekanta som visste något om hanteringen av tjänstemän på statliga verk. *Du måste skrika så mycket som möjligt. Bli ordentligt tokig. De där människorna förstår inget annat än ren och skär hysteri.*

Mamma tycker inte att hon har något att förlora. Hon lyfter på luren, slår ett nummer och när hon hör en mansröst i den andra änden tar hon i ordentligt.

– Jag är dotter till akademiledamoten Kolman! skriker hon. Han är allvarligt sjuk! Ni tänker förhindra min och mina barns resa! Om min far dör så tänker jag ställa er till svars, det blir en skandal som kommer att ge eko över hela världen! Jag ska personligen ringa och gråta hos BBC och...

Mamma öser på. Hon tillåter inga frågor, inga invändningar och framför allt inget som kan få henne att komma av sig. Till slut tar det ändå stopp och hon blir tyst.

Mannen i andra änden av luren tycks helt förstummad.

– Förlåt, vad gäller saken, får han slutligen fram.

– Det gäller vårt visum, ryter mamma till med förnyad kraft. Vårt visum till Moskva!

– Ehm, harklar tjänstemannen sig. Jag ska be att få återkomma. Ge mig några minuter. Jag återkommer.

Mamma lägger på och stirrar på telefonen. Har verkligen hon, som aldrig höjer rösten, skrikit så? Hon känner att det svider i halsen. Min lillebror sitter på golvet, har slutat leka och bara stirrar. Jag står bredvid och vet inte vad jag ska göra.

Tio minuter senare ringer det.

En annan röst presenterar sig högtidligt som Kamrat S.

Kamrat S. talar en stund om vikten av lojalitet och gott medborgarskap.

Mamma samlar sig till en ny attack, men innan hon hinner ge uttryck för sin besvikelse kommer ett överraskande besked:

– ... och därmed har ni beviljats det sökta visumet för inresa till Sovjetunionen.

Ungefär samtidigt lämnar pappa ČSA:s kontor någonstans inne i Prags centrum. Biljetterna är återlösta, det får bli en sommar på landet för hela familjen i stället.

Mamma ringer som en vettvilling till ČSA:s kontor.

– Har han lämnat biljetterna än? Stoppa honom! Vi *får* resa!

– Åh men frun, javisst!

Personalen rusar ut på gatan och får springa efter pappa som redan hunnit en bit därifrån.

– Er fru har ringt. Vilken historia! Men det gör inget. Vi är så glada för er skull. Vi skriver ut biljetterna igen. Vi skickar dem. Vilken tur att det löste sig...

Det var inte många pragbor som frivilligt åkte österut dessa dagar. Så vi fick skramla iväg till Moskva i ett glest befolkat Tupolevplan, den där stridsmodellen som skrotades och återanvändes som civilflyg, med unkna plyschsäten och klumpiga inventarier. Men det var spännande och flygresan gick snabbt.

Mormor och morfar hade fått låna en sommarbostad, en *datja*, som ägdes av en författarstiftelse i den lilla byn Galicino. Galicino bestod av skog, små trädgårdar, pittoreska trähus och ett pionjärläger en bit in i de ryska björkdungarna samt djupa diken där det mitt på blanka dagen sov mängder av berusade män. Fyllona var täckta med vägdamm och hade tistlar fastnitade i byxorna, de var orakade, med rödsprängda ögon och svarta kepsar som halkat snett. Urdruckna vodkaflaskor kringslängda överallt. Jag ville helst inte låtsas om att männen låg där, än mindre snubbla över dem, och jag minns skräcken för att en av dem skulle vakna till liv och utan förvarning gripa tag i min fot när jag gick förbi. Men lyckligtvis rörde de sig inte. På sin höjd kunde det hända att de skrek något obegripligt efter mig.

Inte långt ifrån vår *datja* stod Författarnas Hus, där sommargästerna kunde köpa lunch för några få rubel. Jag skickades ofta iväg med tom matlåda för att hämta *pelmenji*, köttfyllda degknyten, eller *kotletki*, köttfärsbiffar, ibland också *plov*, fårkött i sås, eller någon annan stuvning, så att mamma skulle slippa stå i köket och laga mat hela dagarna. Såsen fick jag ta extra av i en termos vid sidan om.

Författarnas Hus var placerat mitt i en prunkande trädgård. Fönstren stod alltid öppna på vid gavel. De tunna spetsgardinerna fladdrade och doften av dagens rätt spred sig förföriskt i den varma sommarvinden.

Författarnas Hus var en stor ljusgrå trävilla med flera flyglar, den ryska snickarglädjen hade här tagit sig sina mest fantasifulla uttryck och hela byggnaden var som tagen ur en saga om Baba Jaga, där huset stod på en hönsfot. Här fanns små prång, trappor, fönsternischer och balustrader. Jag såg sällan några mystiska författare men kunde livligt föreställa mig hur de huserade där inne, trakterade av den bastanta kokerskan med sitt gråa hår, samlat i nät, som gjorde sitt bästa för att göra maten så fet och kraftig som möjligt. Här sparades inte på flott, smör och *smetana*. *Pelmenjin* dröp av olja och degen var så mjäll att den smälte på tungan, dessutom skulle man själv tillsätta skirat smör och rejäla klickar av sur grädde till denna ryska nationalrätt. Jag åt den inte frivilligt.

När jag närmade mig huvudingången saktade jag alltid ner på stegen. En av flyglarna till Författarnas Hus verkade vara ett ungdomshem och jag var väldigt intresserad av allt som pågick där.

En dag satt en tonårsflicka med långt mörkt hår i trappan. Hon var klädd i shorts och tunt linne, hon studerade sina fötter i bruna sandaler, samtidigt som hon försökte att inte låtsas om en pojke som var något äldre än hon och som ivrigt försökte påkalla hennes uppmärksamhet. Inifrån huset hördes skratt, unga röster, några verkade skojbråka med varandra, så sprang en annan flicka nerför trappan och ut i trädgården, efter henne kom två pojkar, de jagade varandra under körsbärsträden. Den dammiga sommarluften andades förväntan och spänning.

Jag hade kunnat stanna kvar hela dagen, bara för att få se vad som hände. Men jag visste att de väntade på mig där hemma. Det var bara att slita sig och stiga in i köket, sträcka fram matlådorna och termosen, och se till att kokerskan fyllde på så generöst som möjligt. Sedan måste jag bege mig tillbaka längs dikena med de stupfulla männen i. Hade jag tur skulle de låta bli att ropa efter mig. Men vägen till Författarnas Hus var ändå värd alla faror. Den oåtkomliga tonårsvärlden hägrade. Kanske skulle jag plötsligt bli insläppt i den? Kanske skulle de där pojkarna med skäggstubb och knotiga knän uppmärksamma mig åtminstone en enda gång? Kanske kunde jag få komma upp till deras rum, lyssna på deras berättelser? Varje dag hade med sig nya förhoppningar, nya fantasier.

Trädgården runt vår *datja* hade växt sig tät. En stenlagd gång ledde fram till huset. Undervegetationen var svällande och glansig, fuktdrypande och oansad. Marken var kall och våt, där frodades daggmask och små lövgrodor. Om jag lyfte på daggkåpans blad kunde jag se tvestjärtar och tusenfotingar kila åt alla håll. Ibland hördes också prassel av möss i snåren, särskilt om kvällarna då jag hämtade vatten i brunnen. Men det var gnagare av en behagligare sort än de vi hade i Prag. Det här var lantmöss, inte stora stadsråttor som ibland gick till anfall mot människorna.

Solen fick förgäves kämpa för att slå sig in här. Hundlokorna växte sig mäktiga liksom allsköns yviga ogräs, det var som en sällsynt djungel några mil från Moskvas centrum. Till och med under juli månads varmaste dagar, då temperaturen uppmättes till uppemot trettio grader, var det behagligt och svalkande inne i vårt mörkgröna uterum.

Trädgården var en perfekt plats att leka på. Längst ner i vänstra hörnet hade jag mitt eget utekök där jag tillredde magiska drycker och läkande salvor, giftiga soppor och spännande maträtter till mina dockor och gosedjur. Om jag stal en tomat i köket kunde jag blanda dess mosade kött med vatten i en hink och sockra lätt med sand. Lite klippt gräs över, så var kärleksnektarn klar. Om en av pojkarna i Författarnas Hus fick i sig en droppe av denna kunde vad som helst hända.

Jag försökte hålla mig undan de vuxna så gott jag kunde. Annars skulle mamma bara be mig passa lillebror, och roligare saker än så kunde man ägna sig åt. I värsta fall skulle mormor vilja ha hjälp med disken, eller med att rensa ogräs. För det var bara mig hon kunde använda som arbetskraft i ett sådant projekt. Morfar orkade inte alls, han var till åren kommen och ganska skröplig redan då, och dessutom mycket mer intresserad av att umgås med sina böcker och manuskript, än att ödsla tid på eventuellt trädgårdsarbete.

På en av de svartvita bilderna som någon rysk släkting tog på oss den sommaren ser vi ut som en familj som befinner sig på upptäcktsfärd i en främmande världsdel. Min ettårige bror är tjock och söt och ekorrögd, mamma ser ung men en smula plågad ut, jag är lång, kortklippt och mager, och så mormor och morfar, med outgrundliga om än glada miner i ansiktet. Morfars hatt påminner om en tropikhjälm.

Sittvagnen mamma fick låna av en granne hade skrangliga hjul och en sufflett som bara hjälpligt skyddade från solen, men värre var att den var röd. Det var en klart olämplig färg i ett grannskap där tjurarna sprang lösa. Flera gånger fick vi rusa i panik för att komma undan, "rädda lillebror" skrek mamma förtvivlad medan ungtjurarna jagade oss genom Galicinos gator.

En eftermiddag tog mormor med mig på bio. Det var en rysk film, ett svartvitt drama om en balettdansös som ger upp sin karriär för kärleken, hon får ett barn, åldras, krisar, men hittar en ny väg i livet när hon upptäcker möjligheten att träna sin dotter. Slutet gott, allting gott. Mormor var underbar på att locka fram drömmar, att ta mig på allvar. Vi pratade länge om den olyckliga ballerinan och om hennes liv.

Mormor visste att uppskatta det som var viktigt. Hushållssysslor, matlagning, städning – pytt! Sådant låg inte för henne. Sådant var hon för bra för att slösas på. Feminismen i trettio- och fyrtiotalets Sovjet var sträng på den här punkten, kvinnorna var kamrater och politiskt engagerade och det visste ju alla hur det skulle gå om man var tvungen att stå vid spisen och koka mat samtidigt som man skulle *tänka*. Nej, storverk som litteratur, konst och teater skapades bäst bortom hemmets fyra väggar och helst utan att hjärnan behövde belastas med världsligheter som tvätt och disk.

Jag ville alltid vara någon annanstans än där jag för tillfället var. Någonstans där det var mer liv, annat slags liv, varmare, fuktigare, mer exotiskt. Lite intressant och annorlunda var det förstås i mormors och morfars lägenhet i Moskva, på Ulica Alabjana. Redan vägen dit var märkvärdig, de främmande husen, den kullerstensbuckliga gatan utanför, den lilla dammiga parken med sina glesa träd och den slitna klätterställningen av stål. Här lekte de ryska barnen, det såg så annorlunda ut mot hur det gjorde i Prag, det vilade en annan stämning runt allting. Barnen såg tuffare ut, och deras kläder satt illa, de såg liksom blekare ut än de tjeckiska barnen jag var van vid. De stirrade fientligt på mig. Jag ville ändå vara med dem, ta reda på vad de hade att säga. Men de vände sig bort och släppte inte in mig.

Huset på Ulica Alabjana var ett av många likadana men kändes ändå speciellt. Det var stort och hade många fönster, de flesta utan gardiner. Den tunga glasporten var svåröppnad, handtaget var trasigt. Innanför fanns en farstu som luktade fränt, som av smutsiga händer och solkiga rubel, kanske mynt, sådana som legat och skavt i en byxficka, *kopek*, hur många *kopek* fick de ryska barnen i veckopeng? Om de alls fick någon. Det luktade trä som i

jens skrivande och tänkande själar. Ett skrivbord med tillhörande stol var hemmets viktigaste möbel. Böcker var därefter det väsentligaste av allt. Hos mormor och morfar trängdes volymerna i en bokhylla som klättrade längs hela väggen och där samsades Pusjkin, Gogol, Dostojevskij och Tolstoj om utrymmet med Hemingway, Dickens och Marx. Samt naturligtvis med alla möjliga vetenskapliga verk om matematik, fysik, filosofi och politik.

Ändå fanns det alltid plats för allt, på något konstigt sätt. Ändå fanns det alltid gästfrihet och mat, ringde det på dörren så var det med ens framdukat med bröd, ost, saltgurka, salami, *borstj*, småkakor, choklad, sylt och te, samt *kljukva* som var tranbär rullade i florsocker. Mormor hade alltid en present till alla, oavsett vem som kom på besök. Barnen fick någon liten leksak, de vuxna kunde få en ask konfekt, en bok, en souvenir av något slag. På Ulica Alabjana är alla ständigt redo att umgås, prata bort en stund, vara sociala. Det finns alltid ett minimalt köksbord med plastduk och några pinnstolar att slå sig ner på. Och tar platserna slut så tränger man ihop sig i en soffa, eller på ett golv i värsta fall. Det är inte så noga. Huvudsaken är att man är tillsammans. Att alla känner sig välkomna.

Mormor hade en samling små dockor i nationaldräkter, representanter i miniatyr för de femton sovjetrepublikerna. Den baltiska dockan var sötast men det var Turkmenistan som intresserade mig mest, liksom Azerbadjan, Kirgistan, Kazachstan, det lät så avlägset och viktigt, som andra världar, andra verkligheter. Jag förhörde mormor så gott jag kunde om turkmener och kazaker men hon kunde

babusjka-dockornas innanmäten, trä som i slitna slevar som rört i soppgrytor, trä som i svartpolerade trägolv som knarrade under fötterna, trä som i gamla lådor vars yta var full med stickor. Det luktade rödbetssoppa, *borstj*, det luktade kokt potatis, det luktade te, sådant där mörkt som sörplades från fat, det luktade surdegsbröd, svart som jorden.

Hissen var trång och opålitlig. Hemma hade vi ingen hiss alls så det var vansinnigt spännande att åka hiss här, om man nu lyckades få igen grinden, om hissen alls behagade att röra på sig. Stod den stilla fick det bli trapporna i mörkret, för lyset var alltid trasigt.

Huset inte bara luktade speciellt – det talade också sitt eget ordlösa språk, det sjöd och bubblade och viskade och jämrade sig, det flåsade och visslade och snöt sig. Bakom de stängda svarta dörrarna klirrades det med porslin och spolades i toaletterna, det skvimpades i diskhoarna och det prasslades med papper, det rördes i kastruller och knackades i bordsskivor, det skreks och det anklagades och det suckades och det snyftades och det skrattades, det fnissades och det skälldes ut och det bads om ursäkt och det beklagades.

Bakom en svart dörr, exakt likadan som de andra i huset, fanns mormors och morfars lägenhet. Jag blev alltid lika förvånad över hur liten den faktiskt var. Det emaljerade kylskåpet tog upp halva köket och trängdes likt en elakartad svulst bredvid det minimala köksbordet. Sedan fanns där två små rum, ett vardagsrum och ett arbetsrum till morfar. Arbetsrum var en helig företeelse i vår familj. Om så hela familjen fick sova och äta och tvätta sig i en skokartong så skulle man ändå ha ett arbetsrum till famil-

inte riktigt berätta allt det jag ville veta, om vilken mat de åt, vilka seder de hade, vilka lekar de lekte och hur deras barn såg ut och hur de pratade, vilka skolor de gick i.

Jag drömmer att jag åker till Turkmenistan och får klä mig i deras nationaldräkt. Jag har en bästa vän från Turkmenistan, eller från Georgien, hon heter Emine eller Svetlana eller kanske något annat. Hon och jag går hand i hand, hem till henne, där jag får bo. När jag somnar om kvällen i mormors bäddsoffa – jag förstår inte riktigt var mormor och morfar sover, hur de får plats – så ser jag framför mig vidsträckta stäpper och berg och en turkmensk familj där jag får bo. Kanske får jag bli en av dem.

KUBÁNSKÉ NÁMĚSTÍ BETYDER Kubatorget. Allt kunde ju inte uppkallas efter Lenin eller Stalin eller Marx. Průběžnágatan döptes till exempel inte om till något mer kommunistiskt, att heta "genomfartsgatan" var ju inte särskilt provocerande. Men många andra adresser i Prag, i hela landet, fick rödare namn efter 1968.

Samtidigt blev vi som besatta av prylar från väst. Väst var bäst och USA var allra, allra finast, allt som var amerikanskt var fantastiskt, särskilt om det var gjort av plast eller av det nya materialet *najlon*. USA var en kvalitetsstämpel i sig, allt som kom därifrån var helt enkelt magiskt och vi barn kunde bara drömma om amerikanska leksaker och bilar. Som nummer två kom Västtyskland. Mammorna köpte tyska tidningar som Burda och sydde kläder efter dess modeller. Snyggaste plaggen satt ju på de tyska mannekängerna, långt från tjeckiska och ryska fulkläder i grova material och med klumpiga sömmar. Utbudet i de tjeckiska butikerna var påvert, där fanns bara östeuropeiska varor och skräp från storebror Sovjet. Klart att allt från drömvärlden utanför järnridån, från *väst*, var hett eftertraktat.

När lillebror föddes kom det en hel säck med babykläder till mina föräldrar från en amerikansk forskarfamilj som hade bott i Prag. Där fanns även en del kläder för större barn. Mamma kastade sig jublande över babyjeans och sparkdräkter med knäppning i grenen. Färgerna var livliga och mönstren glada. I grenen på babyplaggen satt det klädda tryckknappar! Och så fanns det så praktiska plastbyxor för blöjsnibbar. Engångsblöjor var det knappt någon som kände till. (Mamma har fortfarande kvar ett av de där amerikanska plaggen. Det är en liten stickad väst, i gult, rött och svart. Hon har sparat den som minne från ett annat liv, från en tid då en påse begagnade kläder räckte för att en familj skulle känna sig både utvald och lycklig trots att tillvaron var allt annat än lätt.)

Varor från väst kunde annars köpas i en särskild butik i närheten av Václavplatsen. Butiken hette Tuzex och valutan där var inte tjeckiska kronor, utan något som hette *"bony"*. En *bon* motsvarade ungefär en amerikansk dollar. Det lät fantastiskt spännande när jag hörde pappa tala om att han hade köpt *"bony"* och självklart missade jag inte chansen att följa med till Tuzex om jag fick. Där inne glittrade det, affären var enorm och upplyst med tusentals starka glödlampor. Diskarna var blankpolerade och expediterna snorkiga. Barn fick stå stilla och inte röra något. Här fanns produkter från Nestlé, Krafft och Knorr, choklad från Lindt och Toblerone, smink från Helena Rubinstein och Estée Lauder, sportkläder från Adidas och underkläder från Calida. Dessutom teveapparater från Philips, radio från Sony och dammsugare från Electrolux. Det var här pappa köpte Nescafé och någon gång en kjol eller ett par byxor till mamma. Allt, helt enkelt allt som kom från Tuzex var verkligen flott.

Själv fick jag en gång en skär pikétröja med kort ärm från Tuzex. Najlon såklart, och inslagen i cellofan... Jag vågade först inte använda den av rädsla för att den skulle bli smutsig. Den låg ouppackad i lådan så länge att det till slut var mamma som sa till mig att använda den innan den blev för liten. Efter viss tvekan lydde jag. En Tuzextröja i najlon! Jag skröt för de andra i klassen. Men under dagen som gick glömde jag bort mig och på väg hem från skolan föll jag in i en inte särskilt försiktig lek där det ingick att man kröp runt på magen i en sandlåda. Tröjan blev snabbt trådsliten (najlonkvaliteten var troligen inte den bästa) och jag fick en rejäl utskällning när jag gråtande kom hem. Mina föräldrar skällde inte särskilt ofta, men att förstöra en tröja från Tuzex var nästintill oförlåtligt.

Min fasters man hade släkt i Kanada och de fick utresetillstånd för att åka och hälsa på i Montreal. Tomáš skulle få åka nästan ända till USA! Jag fick ont i magen av avundsjuka. Han skulle få gå på gator där det inte var förbjudet att tala ryska, de skulle rentav kunna köpa utländska leksaker! De skulle få flyga länge, komma till en annan världsdel. Och de skulle vara borta en hel månad, att åka så långt för en kortare tid lönade sig inte ansåg de vuxna. Det kändes som om de var borta i evigheter. Jag glömde nästan bort hur de såg ut.

Men resan kom att löna sig även för mig. Äntligen kom de hem och det visade sig att även vi som hade blivit kvar i Prag fick lite västglamour över oss. Jag fick en blank röd skidjacka med vita detaljer, blixtlås, muddar och krage i fuskteddy. Det var den snyggaste jacka jag sett i hela mitt liv och jag ville gärna sova i den, ha på mig den från morgon till kväll. Det bästa var att ingen i skolan, ingen på gatan, kanske ingen i Prag eller ens i Östeuropa hade en sådan jacka. Min lycka var fullkomlig, ren och jublande. Men då hade jag ännu inte sett det avlånga paket som först lite senare plockades upp ur fasters resväska.

Den avlånga asken innehöll en uppenbarelse. Hon såg förföriskt på mig med sneda mandelformade ögon och log mot mig med en ljust hallonröd mun. Hon var klädd i en psykedeliskt mönstrad dress med utsvängda byxben, puffärmar och brett mockabälte med fransar. Runt det perfekt borstade och tjocka blonda håret satt ett pannband. Kärleken var ögonblicklig. Jag fick hjärtklappning och drabbades av yrsel. Jag kunde knappt tro att hon var min.

Jag sträckte ut min hand och hon tog den omedelbart. Hon var Barbie, modell 1971, med ett nytt ytskikt i gummi som var lent och hudliknande, och med böjliga ben, fötter, armar och handleder och med en midja som kunde vridas i olika positioner så att hon kunde dansa. Hon anlände utrustad med en särskild ställning som hon kunde rocka i. Hennes små fingernaglar var perfekt utmejslade och kunde målas med nagellack. Åh Barbie! Hon blev omedelbart min allra bästa vän och jag visste genast att jag resten av mitt liv skulle vilja se ut som hon. Jag kunde inte hjälpa det. Jag hade ännu inte mist hoppet, eftersom jag fortfarande bara var knappt åtta år gammal. Jag kunde fortfarande tro att min midja skulle bli lika slank och mina bröst lika stora, att min mun skulle bli ett plutformat hjärta och att mina bruna ögon skulle bli lika blå som Barbies. Hon hade till och med riktiga ögonfransar.

Min status bland flickorna i klassen ökade omedelbart när ryktet om att jag hade fått en äkta Barbie spred sig. Från att ha varit en rätt medioker gestalt, med en position som inte på något sätt var särskilt speciell – möjligen endast genom att jag 1) inte behövde gå i Första maj-tåget, 2) inte följde med och tittade på propagandafilmerna och 3) slapp vara med på pionjärklubbens aktiviteter – blev jag plötsligt alltings mittpunkt och flickorna stod i kö för att få leka med mig, underförstått – för att stifta bekantskap med Barbie. Kan jag få borsta hennes hår? Kan jag få hålla? Får jag låna? Får man klä av? Hur ser hon ut i stjärten? Jag vill böja hennes ben! De slet i mig, tiggde, bönade och bad. De erbjöd smörgåsar, frukt, dankar, hårspännen, frimärken och annat som de rotat fram ur sina skolväskor, allt för att få stifta hennes bekantskap.

Hade jag inte byggt upp en skyddande mur runt min dyrgrip, hade de slitit henne i stycken. Barbie var min budbärare från väst, ett bevis på att det fanns ett annat slags liv bortom Průběžnágatan. Hon luktade amerikanskt och hennes hår lyste och glittrade. Hennes smala plastkinder såg friska ut, hon var rosigare än alla barn i klassen, hennes leende vittnade om att hon aldrig hade behövt gå ut med soporna eller bort till snabbköpet, hon hade aldrig behövt äta i skolmatsalen och aldrig tvingats kalla någon för "kamrat".

Farmor förstod precis min Barbiedyrkan och erbjöd sig att hjälpa till. Eftersom Barbie inte kunde gå i sina partykläder för jämnan stickade hon en grå polotröja med röd krage och en matchande knälång kjol till min amerikanska väninna, och faktiskt såg Barbie plötsligt ut som en äkta tjeckisk helylletjej. Jag flätade hennes hår, stövlarna fick hon behålla.

Med i Barbies genomskinliga plastbox följde en liten broschyr. Det var katalogen över alla Barbie som fanns, alla deras kläder, och vad som var ännu roligare, lillasyster Skipper. Skipper på skidor, Skipper på beachen, Skipper på fest. Glitter-Skipper med glasögon och dräkt. College-Skipper med stövlar och skolväska. Och så Barbie själv förstås, i aftonklänningar, cocktailblåsor, Barbie i sovplagg, Barbie i kjol och tröja och byxor, i ytterkläder och i flygvärdinneuniform. Att bläddra i den lilla reklamfoldern från Barbietillverkaren var en helhetsupplevelse. Drömmen fick mer näring. Den lilla broschyren blev sönderläst och granskad in i minsta detalj.

Men någon Skipper fick jag aldrig. Trots att jag drömde om henne på nätterna, trots att hon ofta hälsade på mig i mina fantasier, trots att jag kunde alla hennes utstyrslar utantill. Skipper förblev en fantasifigur.

Jag träffar Skipper i friheten första gången efter vår avfärd från Prag, i Västtyskland. Hon ser på mig med inställsamma mandelfärgade ögon, hon påminner starkt om sin storasyster Barbie. Hon ser ut exakt som i katalogen, jag känner igen hennes gula klänning och hennes gröna kappa. Hon har skor med rosetter och är så bedårande att jag bara vill gråta. Hennes hår kan sättas upp med snoddar, i ett av seten finns små borstar och speglar. Det finns en Natt-Skipper och en Sommar-Skipper och en Skipper klädd för picknick.

Det värker i mig av längtan och begär. Ändå står jag bara och stirrar. Jag klarar inte av det. Jag kan inte köpa henne. Jag vill liksom inte. Trots att mamma säger ja, trots att möjligheten äntligen finns, efter flera år av längtan, tror jag att det är rädslan som stoppar mig. Jag behöver ha drömmen kvar. När den finns inom räckhåll, när jag har chansen att ta den i min hand, förlorar den sin lyskraft.

– KOM SÅ SKA VI PRATA.

Nej, det var inte så de sa.

– Vi har nåt som vi vill berätta för dig.

Inte så heller.

Jag kommer inte alls ihåg hur jag fick veta. Hur det bestämdes att vi skulle ge oss av. Men plötsligt var det bara så, det kändes som om jag alltid hade förstått det, att det var livsviktigt, att det inte kunde bli på något annat sätt. Kanske hade jag hört dem prata ute i köket, kanske hade de inte sänkt rösten när de pratade i telefon. I själva verket pratade de inte om något annat än om just det. Avfärden. Resan. Flytten.

Det oåterkalleliga.

Den sista hösten gjorde de inget annat än planerade för det definitiva.

Skolan hade från början varit lite av min fasta punkt. Nu behövde jag ännu mer låtsas som om allt var normalt medan jag satt i bänken, medan jag begravde näsan i läseboken.

Min första skola hette Gutová och var en kantig och grå stenbyggnad, som påminde om en kasern. Omklädningsrummen kändes också som en anstalt. Där fanns galler, och utrymmena mellan skåpen var avdelade med nät. Man fick byta om till tofflor så fort man steg in genom de stålförstärkta glasdörrarna. Betyg gavs från första klass. Fyrtio stycken förstaklassare satt i perfekta långa rader, både flickor och pojkar vattenkammade, välklädda, många bleka och storögda, endast en romsk pojke i klassen, den aldrig närvarande Deme, utom på skolfotot, då han märkligt nog dök upp.

Vår lärare hade stram knut och utsvängd kjol, mörkrött läppstift och örhängen med små gröna stenar i. För det mesta var hon väldigt sträng och satte höga betyg. Det var viktigt att en klass hade fina resultat. Detta bekräftade lärarens duglighet och skolans framgång.

Gutová bestod av fem våningar, och där gick över tusen elever från sex till femton år. Vi fick lära oss skriva skrivstil från första klass och alla måste ha samma utrustning, en hel liten koffert fylld med kritor, sax, nål och tråd, sydyna, plus en gympapåse med identiska träningskläder – blå shorts och vitt linne för både flickor och pojkar. När det ringde ut till rast fick vi cirkulera i korridoren utanför klassrummet, två och två. Att gå ut var otänkbart, en rastvakt stod och bevakade att ingen lämnade ledet. Man fick be om lov för att besöka toaletten. Höga röster var förbjudna, även skrik och skratt, men vi fick viskprata med varandra. Jag gick oftast i armkrok med Maruška, min bästis. Vi viskpratade och fnissade och gjorde miner åt den stränga rastvakten så snart tillfälle bjöds. Vi planerade vad vi skulle leka efter skoldagens slut.

Maruška bodde granne med mig, vägg i vägg med familjen Sýkora på tredje våningen. Maruška och hennes föräldrar bodde i en etta på nitton kvadrat med kokvrå och en enda garderob. De hade bara en enda soffa, inget matbord, inga fåtöljer. Hela deras hem skulle rymmas i vårt sovrum.

Maruška och jag fick ändå alltid vara ifred hemma hos henne eftersom hennes båda föräldrar jobbade sent. Vi bytte kläder på och sminkade våra dockor, lekte doktor och mamma, pappa, barn. Det fanns alltid kakor att nalla av och utsikten från deras balkong var mycket roligare än från vår, eftersom deras låg högre upp. Man kunde nästan se taken på de andra husen. Vi låg i soffan och skvallrade. Det var så mysigt med en lägenhet som man kunde överblicka från alla håll. Och deras skåp var så fullproppade, bara man öppnade en dörr ramlade det ut kuddar och madrasser och gamla kängor och kastruller. Jag önskade att vi också kunde bo i en etta.

Min andra skola hette Omská och var ett slags elitskola, en språkskola där man fick läsa ryska redan från årskurs tre. Från femman fick man även lära sig engelska, till skillnad från hur det var i ordinarie skolor. Till Omská fick man söka. Jag hade inga problem med att komma in. Ryska var ju mitt modersmål, även om det var ett språk jag hade hatat sedan jag var fyra.

I Omskáskolan hittade jag Martinka. Vi fann varandra trots att vi gick i olika klasser. Martinka var söt och med tjockt honungsfärgat hår prydligt uppsatt i råttsvansar. Vi förstod varandra som inga andra. Hon pratade som jag och skrattade åt samma saker. Vår vänskap var enkel, självklar och kompromisslös. Men kanske var det ändå tack vare olycklig kärlek som vi verkligen blev bästa vänner. Han hette Ondřej och han brydde sig inte om någon av oss.

Martinka och jag stämde träff på toaletten för att diskutera hur vi skulle få honom att lägga märke till oss. Bara ibland talade vi om Barbiedockor eller vilka djur vi ville vara. Jag valde en svart panter, Martinka skulle bli ett vilt lejon. Vi bildade en djurklubb där täckmanteln var drömmen om en framtida resa till Afrika. I själva verket kunde vi nu ogenerat prata om Ondřej och om varför just han var så fantastisk. Ju olyckligare kärleken blev, desto bättre vänner blev vi. Slutligen, lagom tills Ondřej förstod att hela två tjejer var galna i honom, tappade vi intresset. Nu blev det ombytta roller. Ondřej försökte förgäves fånga vår uppmärksamhet. Vi satte näsorna i vädret och gick förbi honom utan att ge honom en blick. Men erkännas skall att det ändå sved till i våra hjärtan den dagen det kom fram att han blivit intresserad av en femteklassare som hette Alexandra.

NÄRSOMHELST SKULLE JAG bli tvungen att berätta i skolan.

Att vi måste ge oss av.

Jag sköt på det in i det längsta.

Jag ville behålla hemligheten för mig själv.

Avslöjandet kändes nästan förnedrande.

Jag skämdes.

Hur jag än ville undvika det, blev jag speciell. Ungefär som Zdeňka som hade blivit påkörd av en bil på gatan utanför och som kom tillbaka först efter en månad, gipsad och ärrad, föremål för allas avundsjuka. Inte för att man ville bli överkörd, men ändå. Gipset var speciellt och märkvärdigt. Och Katia skulle flytta till ett annat land! Vilket land då? Jahaja, norrut någonstans... När intresset hade lagt sig blev det mest ensamt. Och jobbigt. Jag kom att känna mig utanför. Som om den förestående resan gjorde mig till en främling långt innan jag hade försvunnit. Som om jag redan slutat att räknas, fast jag fortfarande var där.

Mest ledsen var jag för att jag skulle förlora Martinka. Vi skulle inte bli tonåringar ihop. Vi skulle inte prova klänningar och frisyrer och sminka oss med ögonskugga och läppstift som vi lånade från våra mammor, inte skratta åt dumma killar eller gå på *tanečný* tillsammans, de obligatoriska danskurserna som alla stora flickor och pojkar gick på och som jag hade sett fram emot så mycket. Dit jag var på väg, där fanns inga sådana kurser. Där var det bara kallt och hemskt. Martinka skulle få ha klackskor och strumpbyxor i najlon och sin första bh och pussa en kille och jag skulle inte vara där och dela allt det med henne. Tanken sved och kliade i ögonen, jag ville bara gråta. Tiden skulle växa sig stor och mäktig och ond mellan oss.

– Det är orättvist! Du kommer säkert att bli ihop med Ondřej så fort jag åkt, sa jag anklagande, mest för att hålla tårarna borta.

– Nej då. Jag lovar, sa hon. Jag är ditt trogna vildlejon ju. Jag ska inte svika.

Avskedet. Så långt och utdraget. Det gjorde så förbannat ont allting! De här samtalen med alla jag tyckte om. Jag hatade att behöva prata om avfärden, om resan. Den här väntan på det oundvikliga. Det var som att ligga i en sjuksäng och veta att man aldrig mer skulle bli frisk. En gång i tiden levde jag utan hot om avsked. En gång i tiden var vi en nästan helt vanlig familj, en mamma, en pappa, ett barn, vi hade inga avlyssningsapparater i väggarna och ingen intresserade sig för oss, åtminstone tror jag att det var så. Ingen studerade oss, ingen följde efter oss, inga främmande män hukade i fula bilar utanför vår port. Varför kunde inte mina föräldrar vara som Martinkas? En mamma som jobbade som lärare, en pappa som var helt ointresserad av politik. De kallade folk för "kamrat" utan att rodna. De spelade spelet, jag visste att de avskydde kommunisterna men inte orkade bråka. Var det bra att göra motstånd? Eller skulle man bara sluta kämpa, ge upp? Många gjorde så. Jag visste att pappa och hans vänner föraktade dem som anpassade sig. De som lät sina ungar vara med i pionjärklubben. Men folk vågade inte annat. Utan pionjärklubben fanns det ingen framtid efter grundskolan. Utan ideologisk skolning fick man vackert sluta direkt efter nionde klass och sedan fick man vara glad om man fick något jobb överhuvudtaget. Man skulle definitivt inte räkna med att komma in på någon högre utbildning.

– Du är min bästa vän, sa jag till Martinka. Jag kommer aldrig att glömma dig, aldrig, jag kommer aldrig att hitta en sån bra vän som du.

Indianhövdingen. Bära med sig hemligheten i graven. Stolthet. Älska och vörda. Ha bara en enda äkta och sann vän. Lita inte på de falska. Sälj dig inte för billigt.

– Vi skriver, sa hon tröstande.

– Vi kommer aldrig träffas mer, sa jag. Inte på det här sättet.

– Jo. Vi träffas sen. Nån annan gång. Kanske när vi blir stora.

– Det kommer inte att bli samma sak. Men du kommer alltid att förbli min vän.

– Jag önskar att du inte behövde åka.

– Jag önskar att du kunde följa med.

Mina klasskamrater samlade ihop till två små dockor i landskapsdräkt. De köpte dem tillsammans och de skrev ett brev till mig, ett avskedsbrev som jag fick innan vi gav oss av, ihop med ett inramat fotografi med allas underskrifter på baksidan. Minnet av mig skulle snart bara vara en tom stol i klassrummet, och den skulle inte förbli tom särskilt länge.

"Vi glömmer dig aldrig", skrev de trots att både de själva och jag visste att det inte var sant.

Štěpánka och Bohdana och Janička och Slávka. Michal och Jiří och Libor och Honza.

"Vi kommer att sakna dig."

Věrka och Daniela och Petra och Simona. Josef och Gabor och Vládă och Karel.

"Du var alltid en rättvis kamrat."

Var de verkligen tvungna att skriva just det?

DE FLYTTADE HEM TILL OSS en dag i november. Rätt vad det var stod de mitt på golvet i vardagsrummet – höga lådor av trä. Ohyvlade och bleka var de, strök man med handen över deras virke så fick man stickor i fingrarna. Lådorna skulle sändas till Köpenhamn, vår slutdestination. I bilen skulle vi bara ha med oss det allra nödvändigaste, sa mamma. Lite kläder, leksaker, anteckningar och viktiga dokument. Böcker. Hygienartiklar.

– Tallrikar? frågade jag.

– Kanske några, nickade mamma.

Mamma och pappa började göra sig av med möbler. De lovade bort soffan, matbordet, sängarna... De gav bort allt de kunde. Ändå blev det en hel del kvar att packa.

Känslan av olust växte. Det blev allt svårare att gå till skolan. De andra skulle stanna. Jag hatade dem. Jag önskade att jag var en av dem. Jag önskade att mitt hem inte skulle packas ihop i höga obehandlade lådor, med etiketten *"handle with care"* – hanteras varsamt – och en bild med ett tecknat vinglas på. Skulle vi ta med våra egna glas? Mamma packade de rökfärgade glasen som de ibland drack whisky ur. Hon packade kinesiska tekoppar. Hon packade dem noga och omsorgsfullt i träull. Jag ville inte hjälpa henne. Jag stod och längtade ut till gården när jag hörde pappas röst.

– Katia, vad är det här? frågade han. I handen stod han och höll min gamla anteckningsbok.

Hur hade han hittat den? Min berättelse om de nakna vuxna!

Jag började gråta och sprang in i sovrummet där jag snabbt gömde mig under sängen. Skammen brände. Han hade läst. Efter små teckningar av hundar och katter kom de snuskiga orden. Járas ord. Han hade lärt mig. Jag hade glömt att jag skrivit dem. Jag ville förneka. Jag ville inte minnas.

Skandalen var ett faktum. Pappa blev hysterisk. Han ringde till farmor, som korsförhörde Tomáš. Vi tvingades båda förklara. Pappa trodde att jag utsatts för det som stod i boken. Att jag därför skrev som jag gjorde. Jag skyllde på Tomáš. Tomáš skyllde på mig. Vi skyllde båda på Jára. Farmor skakade på huvudet. Pappa var som tokig.

Jag tror att mamma stod i bakgrunden, att hon försökte mildra pappas vrede. Vrede över vad? Det kanske var rädsla, chock. Barn skulle inte skriva på det sättet.

På natten smyger jag upp. Var har han lagt den? Jag rör mig tyst i lägenheten. Måtte de inte vakna. Där ute ropar ett ensamt fyllo. Jag vill titta ut genom fönstret men vågar inte. Jag måste hitta boken. Förstöra bevisen.

Den ligger i vardagsrummet. Han har glömt den framme. Jag ska förstöra den, den får aldrig mer bli läst. Jag tar med mig den in på toaletten. Jag sätter mig på locket och börjar riva sönder sidorna i små, små bitar. Det känns äckligt att ens ta på pappret. Hur kunde jag vara så dum att jag inte förstört den tidigare? Nu hade pappa sett den. Nu var han arg, helt i onödan. Jag river och river.

Till slut är det klart. Jag låter pappersflagorna åka ner i vattnet. Sedan sätter jag mig och kissar på dem. Det är mycket papper i toaletten. Jag måste spola flera gånger. Jag hoppas att det inte ska bli stopp och att ingen ska vakna och undra vad jag håller på med.

Det var vidrigt att behöva packa ihop sitt liv! Att undangömda detaljer kom upp till ytan. Men när det blev nästa dags morgon sa pappa inget mer. Jag tror inte att han orkade. Jag tänkte inte påminna honom.

I stället började han prata om att jag skulle bli tvungen att lära mig nya språk. Kanske tyska och engelska och, framför allt, danska. För nu var det bestämt. Vi skulle till Danmark. Till Köpenhamn. *København. Copenhagen.* Det lät lite spännande i alla fall. Men varför inte Amerika eller Australien?

– Pappa vill ha nära hem, förklarade mamma.

– Men om vi ändå ska flytta! Varför måste vi norrut? Det är så mörkt där. Och kallt!

Jag tjurade.

– Det är fint där, sa pappa. Du ska få se. Du kommer att trivas.

– Kommer vi aldrig mer tillbaka? frågade jag tyst.

– Jag vet inte, sa han och såg bort.

Lillebror klättrade på lådorna, han fattade ingenting, det verkade så skönt att vara en liten unge utan en skola att gå i, utan vänner att gråta över och sakna. Han skulle inte komma ihåg något och han skulle vara lika glad oavsett var han bodde, bara han hade sin mamma och sin pappa hos sig. För första gången önskade jag att jag var tre år gammal igen. Tre år, klädd i mjukisbrallor, med kortklippt hår, och med leksaksbilar som sitt enda intresse.

Jag var i fel ålder. Jag var för stor för mitt eget bästa. För liten för att kunna påverka. För stor för att undgå att förstå vad som höll på att ske. Tillräckligt gammal för att begripa det oundvikliga. Tillräckligt utvecklad för att bli förfärad.

Det är svårt att inte registrera allt som pågår. Jag hör hjälplösheten i de vuxnas röster. Människor kommer och går hemma hos oss. Det tas många bilder. Vi måste ständigt placera oss i soffan för att fotograferas, jag än i knät på en, än i knät på en annan. Släktingar, vänner, arbetskamrater, pappas politiska fränder. På varenda svartvit bild från den tiden ser mamma ut som om hon ska börja gråta vilken sekund som helst. Hon stirrar rakt ut i tomma intet, eller så gör hon en bitter grimas. Jag retar mig på den där uppsynen, vill skrika, "se normal ut, så jävla farligt är det väl ändå inte?". Men jag säger inget. Jag orkar bara inte tycka synd om henne, jag vill inte behöva bära hennes smärta. Jag är fullt upptagen med att ta hand om min egen.

Ändå bekymrar jag mig stundtals mer om mina föräldrar än om mig själv. Hur ska de klara sig? Några år tidigare hade jag träffat en finsk flicka. Jag fattade inte ett ord av vad hon sa, men vi lekte en hel dag och förstod varandra ypperligt, helt utan att kommunicera med ord. Jag är säker på att jag kommer att klara mig lika bra som den gången, i ett nytt land, omgiven av ett främmande språk. Men jag är inte lika övertygad om att mamma och pappa kommer att göra detsamma. Vuxna är så svaga. Så känsliga. Så beroende av språk. Så fast i orden. De kommer att bli olyckliga om de inte får prata tjeckiska, det vet jag. De kommer aldrig att kunna lära sig prata det nya språket utan att bryta.

Mamma fortsatte att packa, omsorgsfullt, försiktigt. Hon la ner föremålen med kärlek, med ömhet. Lillebror klättrade och klättrade på lådorna. Han satt ovanpå och såg glad ut.

Jag avundades honom hans glädje.

DEN ENDA BOKEN jag ville ta med mig var *Zuzanka upptäcker världen* som jag fick näst sista julen i Prag. Den handlade om en liten flicka som befinner sig i en annan värld innan hon föds. Pojkbarn levereras av storkar – flickbarn av kråkor. Zuzankas värld är hemlighetsfull och bland annat får hon bevittna ett flugbröllop och gå på en förtrollad teater. På julen får hon se den gyllene grisen, om hon klarar av att fasta.

Jag kände mig trygg med Zuzanka. Hon skulle följa med mig, hon skulle finnas där. Om jag längtade hem kunde jag bläddra i boken, jag kunde låtsas att jag var hemma på Průběžnágatan i vår gamla lägenhet. Jag klamrade mig fast vid tanken. Den höll mig uppe.

Zuzanka var ingen syster, hennes sagovärld var så långt ifrån min, men ändå kände jag igen mig i henne. Jag hade ju mängder av böcker, böcker snålades det aldrig på och jag läste dem både på tjeckiska och på ryska, jag hade till och med Richard Scarrys *Busy, busy world*, Jules Vernes hela barnbibliotek plus otaliga Karl May, serietidningar som pappa visserligen avskydde men som jag ändå lyckades smuggla in där hemma och läsa ibland, jag plöjde böcker på löpande band och hade en kärlekshistoria med än den ena, än den andra, men just Zuzanka fastnade och lämnade mig aldrig.

I Zuzanka ryms allt. Där ryms minnen av jular som blev exakt så bra och så fyllda av besvikelser som jular kan bli, av farmors schnitzlar och potatissallad, av tunnor fulla med karpar och män i gummirockar som skickligt fångade de stora blanka fiskarna och sålde dem till sina kunder, av Prags gator där snön faller mjukt och bäddar in staden i en vänlig slöja som döljer smutsen och rädslan, av doften av nybakat surdegsbröd, det bröd vars smak jag alltid skulle längta efter när jag inte längre fick äta det. Där ryms minnet av vår sista julafton hemma då jag i smyg grät över en ful badrock i hård tomatröd syntet som jag fick av faster och som jag aldrig ville använda, jag skämdes över att jag tyckte att badrocken var ful och att jag var otacksam, jag borde i stället ha tagit vara på denna sista chans att glädjas och strunta i att en present inte var som jag hade tänkt mig. Nu ville jag bara kasta den, kanske för att jag inte ville minnas den som den sista julklapp jag fick vid mitt livs sista lyckade jul, för jag visste att resten av jularna aldrig skulle bli desamma, att vi aldrig mer skulle få vara med om det som vi just nu var med om, att en vass kniv snart skulle skära av det som var vårt förflutna, skilja det från vår framtid, att mitt liv för alltid skulle komma att delas i det som var *Före* och det som var *Efter* och jag ville inte ha det så.

Den annalkande katastrofen gick inte att stoppa och jag

visste att inget mer skulle vara äkta. Att inget någonsin skulle bli sig likt igen.

Sista tiden hemma läste jag Zuzankaboken ofta. Jag önskade att jag kunde försvinna in i den. Jag ville inte vara med längre.

De vuxna försöker skydda mig. De anstränger sig för att se ut som vanligt men jag ser igenom dem. Jag hör hur ledsen mamma låter när hon pratar i telefon. Pappa är ute sent och kommer hem trött och irriterad. Zuzanka ger mig tröst. I hennes värld kommer ingenting någonsin att förändras.

Minuterna tickar och vi försöker vara glada men tårarna är hela tiden på väg ut genom ögonen och jag vill inte gråta för jag vill inte oroa de vuxna. Min sorg, vad är den värd? Vad är ett barns sorg egentligen värd? Och är det någon som bryr sig?

Vi är en liten släkt, vi som sitter här i en lägenhet i en stad som täcks av lätta snöflingor som faller och faller. Vi sitter i en lägenhet i ett hus vars fasad pryds av stenmänniskor som håller varandras utsträckta händer, där sitter vi, med farmor och med faster och hennes man och min kusin och det är overkligt, allting är overkligt och det gör ont. Vi vet alla att det är sista gången vi sitter så här, det är sista gången vi får fira jul ihop, snart kommer några av oss att ge sig av i en bister vintergryning, bilen kommer att åka genom kalla landskap tills den når gränsen, och sedan kommer vi att försvinna, vi kommer inte längre att vara vi, vi kommer aldrig mer att höra hemma i vårt eget land.

Ni stjäl min barndom, vill jag skrika. Eller vill jag skrika det först senare? När smärtan för första gången verkligen hinner ikapp mig, när den definitivt ger sig tillkänna, elak, brännande och oundviklig? Eller portioneras smärtan ut lite i taget, som nyckfulla ilningar i en infekterad tand? Jag är trasig redan innan separationen är ett faktum. Det onda flödar genom kroppen, böljar ut och in genom huden.

Jag tar på mig den fula röda badrocken, kryper ihop, känner sömmarna, klumpiga, grov tråd, de sticker mig med hundratals små vassa tentakler, men jag begraver mig i Zuzankaboken, jag ser de nakna ofödda barnen och deras lyckliga små ansikten, säkert är det banalt men jag blundar och hör deras skratt.

De behöver inte åka någonstans.
Det är bara jag som måste.
Jag får inte stanna, fast jag vill.
Medan juleljusen brinner ner är jag redan på väg bort.

DRAKAR FANNS OCH jag var en drakflicka eftersom jag kände till hemligheten. Jag tecknade och ritade dem, skrev om hur de utvecklades innan de kläcktes. Jag ritade drakägg i genomskärning och hade detaljerade beskrivningar av deras klor, deras ögon, deras eldsprutande mekanismer. Jag kom ursprungligen från Draklandet och eftersom jag även föddes i Drakens år (Trädrakens, för att vara exakt) var det egentligen ganska logiskt.

Före avfärden gick jag in i drakvärlden med allt större intensitet. Den sista sommaren satt jag mest ute på landet, i grannhuset, där farmors väninna fru Učitelová bodde, hon hade ofta sina två barnbarn hos sig och jag blev väldigt god vän med Kamila och Silva som flickorna hette. Jag satt på golvet i enplanshuset, det modernaste hus som fanns att uppbringa i hela byn, helt annorlunda mot farmors stora gammaldags boning, och ritade drakar med stor koncentration. Fru Učitelová var gråhårig och ganska sträng men jag trivdes hos henne ändå, hon hade många spännande växter och hennes trädgård var platt och välskött, liten och lättöverskådlig. Hon bakade dessutom alltid så goda kakor. Det var som om drakarna föddes bäst just hemma hos henne.

Drakarna gav mig tröst. När lådorna tog över vårt hem och när jag tappade hela mitt gamla jag fanns Drakflickan kvar inom mig. Ingen skulle kunna ta henne ifrån mig. Den gamla Katia skulle utplånas men Drakflickan skulle fortsätta att finnas, hon skulle lyfta ovanför hustaken och kretsa allt högre, tills inget kunde nå henne, tills längtan och saknaden skulle släppa sitt grepp. Hon skulle ge upp ett mäktigt skri medan hon flög, och inga gränser skulle kunna hejda henne, hon skulle flyga fritt från land till land och stanna där det passade henne.

Drakflickan skulle aldrig kunna hejdas från att göra det hon ville.

– VI RESER DEN TJUGOÅTTONDE, sa pappa högt och tydligt i telefon.

– Det blir den tjugoåttonde december. Ja, 1973.

Han sa det till alla som ringde, han upprepade datumet som ett mantra.

När jag tittade på honom log han bara.

Allt var packat. Avskedet vi alla fruktat stod bakom hörnet. Hur kändes en sista kram? Hur kändes en sista kyss? Jag ville inte veta.

Vi har inget val, förklarade mamma för mig gång på gång. Vi måste ge oss av. Stannar vi kvar här så kommer pappa att hamna i fängelse och du får inte fortsätta att gå i skolan.

Tunnelbaneprojektet var för länge sedan avslutat och mamma var arbetslös igen. De hade ont om pengar. Så fick pappa ett erbjudande han inte kunde tacka nej till. De sa att han fick lämna landet. Helt legalt. De ville bli av med honom.

– Vi måste passa på, innan de ångrar sig, sa mamma.

Allt var så nyckfullt. Ena dagen kunde man få utresetillstånd. Nästa dag var chansen förbi. Pappa hade i princip fått ett ultimatum: Res. Annars kommer det att sluta illa. Ta din ryska fru och era ungar och stick, vi vill inte ha er här!

Vi flydde inte. Vi blev snarare utkastade. Vi skulle åka i vår röda polska Fiat, och vi skulle ge oss av strax efter jul.

– Tjugoåttonde december, hade pappa tålmodigt upprepat i flera veckor.

– Ja, vi reser då. På återseende. *Nashledanou*. Hejdå. *Ahoj*.

Jag höll om farmor, höll om henne hårt. Men alla kramar tar slut någon gång och med ens var julafton över. Det blev dags att åka hem till vår tomma och mörka lägenhet, där väskorna stod packade i hallen.

DEN SISTA KVÄLLEN. Den sista natten. Jag försöker andas in doften av vårt hem och behålla den inom mig. Jag står länge i badrummet och spolar i handfatet. Porslinet är sprucket, vattnet rinner ut, det försvinner i avloppshålet. Tvålen är rosa och löddrar vilt i mina händer, den luktar ros och vanilj och jag funderar på om vi ska ta med oss den, den är av märket Lux och händerna blir torra om man använder den för mycket men huden luktar gott och rent efter att jag torkat mig. Jag ser mig själv i spegeln. Jag kommer aldrig mer att se mig själv i ögonen just här, mina tjeckiska ögon stannar kvar i denna badrumsspegel. Blir mitt tioåriga jag kvar här också? Till och med det trånga badkaret känns som en gammal god vän. Här har jag badat otaliga gånger, som nyfödd, som tvååring, som allt större, som jag i min nuvarande storlek. Jag ser framför mig glittriga *Badedas*-bubblor med tallbarrsdoft från Tuzex, tjeckiska badskum skummar inget vidare, men det gör de tyska. Det slitna ljusgröna kaklet med sandfärgade fogar tycks viska tröstande till mig, *det gör inget, det kommer att ordna sig*. Det klumpiga gulmålade elementet på väggen, där mamma brukar torka handdukar, är skrovligt mot mina fingertoppar, jag känner hur det varma vattnet pulserar i dess innandömen. Vårt lilla långsmala badrum är tomt nu. Schampoflaskorna är borta, liksom pappas raklödder och mammas hårspray. Jag borstar tänderna överdrivet långsamt, jag vill dra ut på den här sista tandborstningen så länge jag kan.

– Vad gör du där inne egentligen? Kom ut nu, det är läggdags!

Mamma knackar otåligt på dörren.

Den sista natten. När lamporna släckts och lägenheten blivit stilla ligger jag länge och stirrar mot fönstret. Jag kan inte sova. Staden där ute låter som vanligt. Några fyllon som skriker, det är trots allt julafton, klart de måste dricka extra! Průběžnágatan brusar, staden lever. Gatlyktornas sken faller in genom de mönstrade gardinerna och det är ofattbart att jag redan nästa natt kommer att sova någon annanstans, i en främmande säng, med en annan stad utanför mitt fönster.

Den sista morgonen. Nattens sömn som grus i munnen. Hade vi sovit något alls? Hade vi drömt? Vad drömmer man egentligen, så här i gränslandet mellan nu och då? Sakta drar jag på mig kläderna.

En sista kopp te i vårt kök. Koppen ska diskas, sedan tas med. Bordet står kvar. Faster ska ta över det efter att vi har åkt. Vem ska bo här när vi är borta? Det vet vi inget om just nu.

Juldagen. Klockan är strax över sju på morgonen. Prag är stilla, gatorna ligger öde. De flesta sover, stinna av karp, schnitzel, vaniljkakor och alltför mycket sprit. Bara vi är vakna. Det är kallt i bilen och vi sitter tysta medan vi för sista gången lämnar Průběžnágatan och våra gamla kvarter.

– Skulle vi inte åka den tjugoåttonde? frågar jag.

– Det var just det vi inte skulle, säger pappa och grinar belåtet mot mig.

På högsta ort sov man tryggt. "Familjen" skulle inte lämna Prag på några dagar än. Han hade märkligt nog avslöjat sina exakta planer i telefon för en gångs skull. Underrättelsetjänsten kände sig lugn.

De Mörka Kostymerna hade vunnit. Granntanten kunde fira, hon kunde dekorera hela huset med röda fanor om hon ville, det skulle bli fantastiskt, vilken fest. Nyårsfyrverkerierna skulle smälla lite extra.

Det vintervita Tjeckoslovakien blinkade yrvaket mot oss. Sömniga små stugor, vänliga runda kyrktorn, ett landskap som målat av nationalkonstnären Josef Lada. Här och där knotiga pilar som böjde sina bekymrade huvuden över frusna bäckar. Ibland mötte vi en vilsen Škoda eller en Drabant som kämpade i den tilltagande snöyran.

Jag kände mig trots allt rätt bra till mods. Vi skulle klara oss. Jag höll hårt i Síba, "ockupationshunden" som mamma kallade den eftersom hon hade köpt den till mig som tröst för allt det som hände i augusti 1968, det fanns rosa och blå att välja mellan och jag valde den rosa, och ockupationshunden hade tröstat mig varenda dag sedan jag fick den. Nu var den rosa färgen borta, bara under ena örat kunde man fortfarande se en rest av hur den en gång sett ut, och nosen började också bli misstänkt anfrätt, men hunden fanns där i mitt knä och höll mitt humör uppe, den verkade blinka uppmuntrande mot mig med sina blanka svarta ögon av glas.

Vi hade klarat oss.

Vägen låg fri.

Snart skulle vi nå gränsen.

Snart skulle vi vara ute ur vårt älskade land.

Kanske kunde vårt liv bli annorlunda, kanske kunde vi börja andas? För trots sorgen och saknaden kände jag också något annat, jag var trött på att ständigt behöva vara orolig och rädd, eller kanske var jag mest trött på att mina föräldrar alltid var oroliga och rädda. Och lögnerna var inte heller särskilt lustiga längre, jag kunde inte skratta åt att pappa en gång i tiden brukade visa en tom hand i stället för sin legitimation för bibliotekarien på sitt gamla institut. Det var inte kul att bli hånad för att jag inte var en pionjär med röd halsduk, "tror du att du är nåt, va, för att din farsa är en jävla mallapa", skrek de andra ungarna åt mig ibland, eller de kanske aldrig sa så, men de tänkte något liknande. Jag ville inte längre vara udda, friheten kanske kunde ordna det åt mig.

Jag kramade ockupationshunden.

Snart skulle vi nå gränsen.

Snart skulle vi vara ute ur vårt förtryckta älskade land.

Att vara speciell. Det var inget man valde. Eller kunde välja bort. Jag präglades av det som hänt. Det kunde aldrig bli på något annat sätt.

SNÖN FORTSATTE ATT falla och dagen led mot sitt slut. Vi hade redan rest långt, passerat många tjeckiska orter och städer och närmade oss nu gränsen mot Tyskland. Framför oss, en nedfälld bom. Den lilla byggnaden, gränsposteringen, såg alldeles övergiven ut. Pappa bromsade in och tutade.

Ut klev en huttrande yngling i militäruniform. Han bligade yrvaket på vår bil, kliade sig i det ljusa kortklippta håret. Jag tyckte nästan synd om honom. Här satt han kanske och åt sin julmat som hans snälla mamma skickat till honom, drack ett glas av plommonbrännvinet Slivovice, la patiens eller läste en tidning med lättklädda damer i, och så skulle vi komma och störa? Det var ju ingen julefrid precis.

Pappa vevade ner rutan och sträckte fram våra pass.

– God middag, sa han vänligt. Mycket snö så här års.

Gränsvakten tog emot våra pass, öppnade det översta. Det var pappas.

– Jaha..., sa han tveksamt.

– Ja. Vi är fyra personer, sa pappa.

Gränsvakten skakade oförstående på huvudet. Som om

han inte riktigt kunde tro sina ögon.
– Är det nåt problem, försökte pappa hjälpa till.
Gränsvakten föreföll oerhört brydd.
Så såg han på pappa med en blick fylld av förvirring.
– Men – ni skulle ju inte åka förrän den tjugoåttonde?
Nu såg jag åter pappas belåtna leende, det där leendet han haft på läpparna de senaste veckorna.
– Ändrade planer, svarade han lätt.

Vakten tog våra pass och bad oss sedan att stiga ut ur bilen. Vi fick följa med in i byggnaden. Han kastade sig på telefonen och började febrilt slå olika nummer. Var fanns hans överordnade som hade kontroll på läget och som hade lagt upp riktlinjerna för hur allting skulle skötas? Han själv var ju bara en liten kugge i maskineriet, en tjänsteman utan mandat att fatta några avgörande beslut. Nu stod han här och höll på att bli indragen i en inrikespolitisk skandal. Högsta ort hade nämligen lagt upp det hela mycket stiligt och raffinerat. Den tjugoåttonde december skulle vi stoppas vid gränsen, förnedras, förhöras, bilen skulle genomsökas och hela familjen skulle visiteras in på bara kroppen. Kanske skulle vi skickas tillbaka, för att sedan nådigt beviljas utresa på nytt. En hel stab skulle avresa från Prag den tjugosjunde för att gränsposten skulle ha full bemanning.

Timmarna gick men det fanns ingen som kunde förhöra oss som planerat. Extrapersonalen som inkallades från den närliggande byn rotade oengagerat bland våra tillhörigheter. Några papper beslagtogs, liksom en väska fylld med böcker. Gränsvakten verkade gång på gång bli utskälld per telefon. Efter ytterligare fyra timmars telefonerande till Prag och ett valhänt försök att spela överlägsen kom så beskedet:

– Låt dem åka.

Utan ett ord stämplade han våra pass och gav dem tillbaka till pappa. Han gjorde inte honnör, däremot såg han svårt plågad ut medan han vevade upp bommen. Vi satte oss i den iskalla bilen. Pappa vred om nyckeln och motorn gick igång. Jag spände fast mig i sätet bredvid honom. Mamma satt med lillebror i knät i baksätet. Han hade somnat av ren utmattning.

Bilen slirade lite, hjulen fick inte riktigt fäste i nysnön.

Jag var nervös. Tänk om de skulle ändra sig i sista sekund? En helikopter full av soldater kunde ju plötsligt dyka upp och sätta oss i fängelse. Bommen kunde fällas ner innan vi hann ut. Men bommen stannade uppe och snöflingorna föll mot bilrutan, glaset immade igen trots att vi höll andan. Det enda som hördes var motorljudet. Jag vågade inte titta på pappa.

Så rullade vi ut. Sakta lämnade vi vårt hemland. Det luktade redan annorlunda, en svag doft av något lättsamt och vänligt. Trots att jag kände mig sömnig ville jag hålla mig vaken.

Den tyska landsvägen ligger öppen framför oss. Samma himmel, samma snö, men ändå. Något är förändrat. Skyltarna hälsar oss *Willkommen*. Det är *Auf wiedersehen* till vårt tjeckiska liv, till det förflutna, framför oss finns bara mörkret. Men samtidigt är det ljust.

Vi kör en lång stund under tystnad.

Som om vi inte vågar säga något.
Som om vi fortfarande inte tror att det är sant.

DE FÖRSTA DAGARNA låtsades jag att vi var på semester. Jag behövde hitta ett sätt att låta bli att känna så mycket. Vi var tillfälliga turister. Vi hade äntligen lyckats komma ut. Vi var här, i det friska nuet, i den härliga splitternya verkligheten, i *väst*. Jag måste vänja mig. Jag måste glömma.

Jag koncentrerade mig på leksakerna. Det var det enklaste. Nu skulle jag kunna komplettera min Barbies garderob, jag skulle få köpa skor, kammar och accessoarer! Jag skulle säkert få nya fina kläder i moderna snitt, nya skor i sköna färger, jag skulle bli en västflicka, inte gamla öst-Katia. Bara mamma och pappa tjänade lite pengar. Bara vi kom fram och började om på nytt.

Det luktade plast, det luktade frityr, det luktade Coca-Cola. Det luktade annorlunda, asfalt blandat med mjölk, neonskyltar mixade med putsade fasader, rena gator och snabba blanka bilar, BMW, Toyota, Mercedes... Butikernas upplysta skyltfönster frestade, de hypnotiserade mig med blinkande ljus, varor, reklamparoller, bländvita leenden. Juicy Fruiten smakade mer frukt, och hur länge man än tuggade kändes den ny. Förpackningarna med soppor från Knorr fick det att vattnas i munnen på mig. Så många glada barn överallt, de log mot mig från alla påsar och flaskor och kartonger. De utländska varumärkena, som jag bara flyktigt stiftat bekantskap med tidigare, trängde sig på från alla håll, lockade och lovade.

Jag tyckte att tyskarna såg betydligt bättre ut än tjeckerna. De hade vackrare hår och vitare tänder. Gatorna i den tyska småstaden där vi först hade hamnat såg trevliga ut och husen verkade välskötta. Jag kände mig förvirrad. Vi var ute ur fängelset, upplevelsen var yrselframkallande. Mamma sa att vi var fria. Pappa också. Jag försökte känna mig glad, lättad, lycklig. Men jag kunde inte känna något annat än skräck.

Inte filmskräcken, den svarta trädgårdens skräck, monsterskräcken och *meluzína*-ångesten. Ingen rädsla som varslade om död och förintelse, om övergrepp och smärta. Min lugna fina vackra frihetsskräck syntes inte på ytan, den speglades inte i leendena, den lurade inte i mörka hörn. Den gick bredvid mig vart jag än skulle, den höll mig sällskap på bilfärderna. Den omslöt mig och invaderade mig och förlamade mig. Jag hade förlorat ett liv och var rädd för att jag aldrig mer skulle hitta ett annat.

Hade det varit så hemskt hemma i Prag? Skulle vi verkligen inte ha kunnat stanna? Jag viskade mina frågor i örat på ockupationshunden när jag skulle somna, tyst så att mamma inte skulle höra. Jag visste att jag var en förrädare som ens vågade tänka tanken. Det var ju här livet var, det var nu vi skulle börja leva. Men jag var rädd att jag aldrig skulle lyckas börja om.

Jag ansträngde mig för att fungera varenda minut av de

där första dagarna. Sova i en främmande säng. Äta en främmande frukost. Äggskalen som knackades av från det hårdkokta ägget, smöret som breddes på smörgåsen, teet som jag drack i små klunkar. Smakerna trängde in i mig och fastnade. Skräcken ville inte släppa taget.

Hur smakade luften? Hur doftade städerna? Hur såg träden ut, och husen? Människornas ansikten? Vad hade egentligen förändrats, förutom att vi hade lämnat vårt land?

Till en början skulle vi bo några dagar hos pappas vän M. Han hade lämnat Tjeckoslovakien redan 1968 och visste hur det kändes att resa för att aldrig mer komma tillbaka. Han hade gift sig med en tyska och de hade inga barn, men väl en stor elegant och mörk sekelskiftesvåning samt ett hembiträde som tog emot oss och visade in oss till det rum där vi skulle sova.

Så annorlunda allt såg ut. Så ovant det lät inne i den främmande våningen. Vädret utanför deras fönster var egentligen detsamma som det hade varit utanför våra fönster i Prag, men här kändes det obekant. Dagsljuset skimrade på ett nytt sätt. Solens bleka strålar tycktes skarpare, vassare. Jag lät ett finger löpa längs med fönsterkarmen. Vitt trä. Blommor i krukor. Varenda detalj fastnade i min blick.

Dubbelsängens randiga överkast, jag och lillebror på en madrass. Väggfasta sänglampor. Tidningar på tyska. Gardiner i tung sammet, sammanhållna av guldfärgade snoddar. Det var som att gästspela på en främmande teater. Jag ville stanna kvar. Jag ville därifrån fortast möjligt.

De där främmande hemmen med sina otaliga gästrum!
Vår utresa kom att kantas av dem, de är för alltid inpräntade i mig. Vi fick sova på bäddsoffor, i utdragssängar, på madrasser på golvet. Gästfriheten tycktes aldrig sina. Vi bodde hos diverse tyskar, tjecker, fransmän, holländare... Flyktigt kom vi att stifta bekantskap med heltäckande mattor, mönstrade lakan, stickiga filtar, syntetiska täcken. Olika frukostvanor, kokta ägg hos vissa, grovt bröd hos andra. Söta yoghurtar med bär i, juice. Hemma drack vi aldrig apelsinjuice till frukost, frukostdrycken var te. I de olika familjerna drack man allt från vatten till kaffe. Mjölken smakade annorlunda. Ibland fick vi gröt. Jag minns röda möbler och fönster från golv till tak. Fyrkantiga villor och trånga små lägenheter. Att bo på hotell var sällan en utväg. Pappa förlitade sig helt på sitt nätverk av diverse forskare och politiska kontakter och deras familjer.

Hos den kände exilförfattaren Gabriel Laub blev det extra spännande. Hans hembiträde tog emot oss och harklade sig besvärat. Någonstans inifrån den enorma våningen i centrala Hamburg hörde man ljud, som från en bäver som gräver i sin fördämning. Det var redan sent på eftermiddagen men herr Laub hade just stigit upp. Hans randiga slitna frottémorgonrock räckte honom knappt till knäna och gick inte riktigt runt hans korta satta kropp. Han välkomnade oss översvallande trots att han var halvnaken och slog sig sedan ner på en antik stol för att höra pappa redogöra för resan. Han satt bredbent och kliade sig på flinten. Under morgonrocken hade han ingenting. Jag kunde inte låta bli att stirra. De håriga benen... de liksom bara fortsatte och fortsatte och om jag inte vände bort blicken skulle jag snart få se...

Lyckligtvis tog han ingen notis om mig. I stället berättade han om sitt kärleksliv. Medan hembiträdet serverade förfriskningar beklagade sig herr Laub över damers outgrundlighet och frekventa falskhet. Han hade nyss kastat ut en sådan lycksökerska, erkände han villigt, och hade det inte varit för – här sänkte han rösten och sa något viskande till mina föräldrar – "så visste man aldrig vad man skulle kunna tro". Det sista förstod jag tyvärr inte. Herr Laub verkade trots allt vid gott mod. Han skrattade så att magen hoppade åt något som pappa sa. Sedan skickade han iväg mig.

– Gå och säg hej till grabben, sa han uppmuntrande. Han behöver lära sig ett och annat om unga damer!

Jag gick vilse i den illa upplysta våningen, men så småningom hittade jag till ett rum där en trumpen kille i min egen ålder satt vid ett skrivbord och stirrade ner i bordsskivan. Han såg ut som sin pappa, fast yngre, och med mer hår på huvudet och mindre på kroppen. Efter en stunds pinsam tystnad började vi prata. Han var lite jobbig men på det hela taget ganska snäll. Han berättade om sitt liv i Tyskland, om att det kunde vara okej att flytta, byta värld. Hans ord gav mig ett visst hopp. Det var synd att vi inte kunde förbli vänner, att han inte skulle finnas till hands för mig i det nya livet som väntade mig.

De där främmande lägenheterna och husen och känslan av att vilja stanna kvar. Alla de där generösa människorna och deras barn i olika åldrar. Kantstötta tallrikar och porslin med sirliga rosor och guld, små mörka kök och stora salar. Jag tappade räkningen på alla. Jag slutade att grubbla över var jag skulle sova nästa natt.

Den barnrika familjen i höghuset, där jag fick ris med pommes frites till och där rummen lystes upp av neonskyltarnas rödaktiga sken, fanns den? Italienska familjen med sina vackra flickor och pappan som tillagade *calamari*, jag fick två vykort i plast med rörligt motiv, det var Disneys Törnrosa, och tre vita kattungar i en korg mot ljusblå bakgrund. Jag minns lukten av plast och känslan av Barbiedockornas glatta nylonhår mot fingertopparna. Våningssängar och klänningar i rosa spets. Alltid dessa främmande hus. Alltid denna rädsla för avsked.

Jag tänkte aldrig på oss som hemlösa då. Men hemlösa hade vi blivit. Vi drev norrut genom Europa i en liten vinröd skraltig bil. Det gällde att inte fästa sig för mycket vid något ställe.

Vi kunde ha rest i tjugofyra timmar eller i tjugofyra år. En del av mig befinner sig fortfarande där ute, halvsovande i bilen som bromsar in framför nästa främmande hus. Pappa borde ha varit matt av stress och känslor. Eller så kanske han var euforisk, red på utvandrarvågen. Mamma höll mest lillebror i knät och vaggade honom till ro. Han skrek inte särskilt mycket. Han hade på sig små skinnskor och byxor med hängslen. Jag hade min tuffa röda jacka med de vita dragkedjorna.

Mamma såg trött ut. Lite plågad. Men hon klagade inte. Pappa klagade inte heller. Och kunde de låta bli att klaga, så skulle inte jag göra det heller.

VI ANLÄNDE TILL KÖPENHAMN och den lilla sjöjungfrun tog emot oss där hon satt på sin sten, blickande mot det kalla grå havet. De slippriga blanka stenarna, lukten av tång, det skimrande diset, allt kändes så nytt och ovanligt. Det regnade jämt. Regnet gjorde gatorna blanka och havet knottrigt och jag förlät staden att den inte var Sydney eller São Paolo och bestämde mig för att älska den som den var. Köpenhamn påminde mig dessutom på något sätt om Prag, trots att det egentligen inte fanns några större likheter.

Genom sina internationella känningar hade pappa ett arbete att komma till, på Niels Bohr-institutet. En tegelröd byggnad framför en bred aveny kantad av kala träd. Vi åkte med honom i bilen och väntade medan han steg ur och gick in för att "ordna formaliteterna". Jag hade läst pappas bok, *Med id-kort till världens tak*, om hans resa till Pamir, och visste att han och den ryska expeditionen bestigit en icke namngiven 6 000-meters bergstopp och döpt den till just Niels Bohr. Danmark och Köpenhamn och vi hörde ihop. Niels Bohr och pappa var ett vinnande lag.

Gästfriheten verkade dock ha upphört när vi kom längre norrut, för i Köpenhamn fick vi för första gången långtidsbo på hotell och där stannade vi tills pappa hittade ett hem åt oss. Eller så orkade ingen ha oss boende hos sig i flera veckor. Jag hade inget emot hotellet. Jag gillade det faktiskt. Här fanns dämpande jaktgröna mattor, möbler i polerat mörkt trä, det var lite inrökt, insuttet, danskarna kunde slå sig ner i den murriga restaurangen och beställa *en lille en* och till det *smørrebrød med rostbiff, rostad løk och remoulade*. Jag fascinerades av de röda korvarna och av att brödet smakade sött. Varje morgon åt vi frukost i matsalen, uppassade av en äldre servitris som lillebror döpte till fru Please. Fru Please tog hand om oss fast vi inte förstod ett ord av vad hon sa. Jag insåg att jag genast måste lära mig danska. Vem skulle annars ta hand om familjen? Tjeckiska, ryska och engelska kom jag inte så långt med här.

Första verkliga bakslaget drabbade mig när vi började packa upp. Ingenstans kunde jag hitta min Zuzankabok. Jag rotade i alla lådorna, jag grät och jag anklagade mamma för att hon hade plockat ut den i smyg och med flit lämnat den kvar. Jag tvingade pappa att ringa till Prag och be faster gå hem till vår gamla lägenhet för att leta. Jag drömde mardrömmar om min bok. Varför försvann den? Varför hade den egentligen betytt så mycket?

Vårt nya hem blev ett radhus i brungult tegel, med fyra trånga små våningar, på Maglemosevej i utkanten av Köpenhamn, närmare bestämt i Hellerup. Längs den vindlande Strandvejen kunde man komma ända in till centrum och jag skrevs in på den internationella Bernadotteskolan där allehanda diplomatbarn gick tillsammans med danska barn som gärna ville lära sig engelska. Bernadotteskolan var tvåspråkig, med många helt engelskspråkiga klasser, och en måndagsmorgon fick jag infinna mig i min nya klass, som befolkades av bland annat Seoun Young från Korea, Elena från Spanien, Raffaela från Italien och Yrdagül från Turkiet. Läraren hette Edith och hade ostyrigt gråsprängt hår, slappa snickarbyxor, ett mjukt och snällt leende och vänliga ögon som pryddes av runda glasögon. Klassrummets väggar var handmålade och dekorerade med graffiti, i ena hörnet stod en voljär med kanariefåglar i, alla satt i ring och man fick fritt välja vilka ämnen man ville lära sig. På schemat stod bland annat stenålderslära – undervisningen skedde på plats i en stenåldersby – simning, matte, dans, teater, väggmålning, origami, batik, kroki, växtfärgning, engelska, astronomi, geografi, gymnastik, balett, litteratur, djurskötsel, hemkunskap, *social studies* (kamratskap), debatt, massage, träslöjd, keramik, syslöjd, religionskunskap, musikal, historia, skrivarverkstad, naturkunskap... och kanske ytterligare ett trettiotal ämnen. Man fick pricka in fem och ville man slippa matte och engelska så slapp man. Här fanns inga inrutade scheman eller bänkar i strikta rader. Jag stirrade förvånat. Kunde *detta* verkligen kallas för skola?

Men jag vande mig snabbt. Snart fylldes dagarna av förberedelser för musikaler, krukdrejande, simning och bakning. Jag prövade på origami och kroki och blev en anhängare av väggmålningar. Jag valde bort matte och grammatik och bestämde mig för att allt sådant var överflödigt, även om pappa gnällde över att jag inte hade några skolböcker och att jag skulle hamna efter i historia och geografi. Vilken *historia*? Jag hade ju ingen... Han lugnade sig betydligt när han märkte att jag redan efter ett par veckor började prata engelska.

I klassen över mig gick Andrew, en afroamerikansk kille som var ett par år äldre än jag och en av mina första förälskelser i den nya världen. I den gamla hade jag haft en hel radda, allt från en 19-årig son till mina föräldrars vänner som jag blev kär i redan som fyraåring och som jag bittert insåg att jag aldrig skulle kunna få eftersom han var för gammal och troligen bara intresserad av tjejer i sin egen ålder, sådana som hade slutat på dagis och som dessutom för länge sedan fått bröst och som klädde sig i högklackat, rökte cigaretter och gjorde allt det där som Jára berättat om för oss i skogen där på landet den där sommaren för en miljon år sedan. Jag var intresserad av killarna i klassen, av killarna på gården – eller kanske mest deras storebrorsor – av nonchalante Ondřej, det fanns många kandidater på min kärlekslista... Men Andrew fick minnena av de tidigare svärmerierna att blekna.

Han var kaxig och skrattade med ljudliga och ogenerade hästgnägg, han glodde ogenerat på tjejers bröstkorgar och spottade långt och hade gympadojor och slitna jeans och svängde gärna på sina smala höfter när han sicksackade över skolgården. Han hade en äkta mikrofonfrisyr och hans ögon var svarta och gnistrande. Han var minst tretton, kanske till och med fjorton, jag vågade aldrig fråga. Enda sättet att närma mig honom var att bli lika störig som han. Jag lärde mig snabbt att ropa *"hey, Andrew"* och sedan aldrig vika med blicken när han vände sig om. Jag försökte spotta likadant som han, men lyckades sällan lägga loskan lika elegant och lika högt upp på väggen. Jag försökte svänga på rumpan och tjatade på mamma att få ha slitna jeans i stället för de där hopplösa gamla manchesterbrallorna. Men det var svårt att hävda sig hos Andrew.

Jag hade aldrig träffat någon som han. Killarna jag tidigare hade haft omkring mig var mestadels kortklippta, blyga, barn av öst. Andrew blev en kille att se upp till, jag ville vara som han, jag ville vara med honom. Andrew lyssnade på Beatles, Bob Dylan och Stones, självklart måste även jag genast lyssna på samma musik, jag tiggde om en bandspelare och förmodligen tyckte pappa synd om sin lilla prinsessa, berövad sitt hem, så han köpte en liten bandspelare av märket Hitachi till mig och även de kassetter jag önskade, Beatles *Eight days a week* och *Yellow Submarine* och jag begravde mig i drömmar uppe på mitt nya rum i radhuset på Maglemosevej 29.

Ett eget rum, bara en sådan sak! I Prag delade vi sovrum, jag, mamma och lillebror. Min säng hade stått inklämd mellan spjälsängen och skrivbordet och garderoben, rummet var så fyllt av möbler att det knappt gick att röra sig där inne. Nu fick jag ett helt eget nästan tomt rum att göra vad jag ville i, utan gnälliga småsyskon, utan en mamma som sov en meter ifrån mig, jag kunde stänga dörren om mig, jag kunde till och med *låsa* den, jag kunde göra vad jag ville, det var himmelskt.

Och min följeslagare, skräcken, bleknade, den flöt in i

väggen, löstes upp någonstans bakom sänglampan. Jag öppnade fönstret och andades in den regntunga luften och släppte samtidigt ut den lilla skuggan av rädsla som hade funnits i rummet tillsammans med mig. Hejdå, skräck.

Men med ensamheten kom också längtan. När sänglampan släckts och gardinerna dragits för kände jag mig plötsligt osäker och orolig, jag blev rastlös i benen och torr i halsen. Jag ville något mer. Jag ville inte bara ligga där. Där ute, där fanns havet och gatorna och människorna. Där fanns skolan och festerna och allt det okända, det förbjudna. Jag ville ut till det, det som frestade bortom mitt lilla sovrum i ett radhus i utkanten av Köpenhamn. Jag ville vara något viktigare än bara ett barn till en mamma och en pappa som hade lämnat sitt gamla land och flyttat till ett nytt. Jag behövde något större än mitt instängda lilla jag och mina begränsade tankar.

I grannhuset bodde ytterligare ett objekt att slösa fantasier på. Mortens sovrum låg vägg i vägg med mitt och han var ofta ensam hemma, han bodde med sin mamma. Hans pappa, som aldrig syntes till, kom från Brasilien. Min mamma avslöjade att Mortens mamma hade berättat att Mortens pappa försvann strax efter sonens födelse.

Bara lite betong skilde oss åt och när han bjöd hem mig och sköt fram en skål full av gröna och röda godisnappar, samtidigt som han försökte pussa mig mitt på munnen, insåg jag att mitt nya liv ändå skulle kunna bli riktigt bra.

Lusten att frossa i känslor växte i mig. I skolan hittade jag också Samuel som gick i en annan klass, han var *very jewish* med sitt lockiga hår och sina tjocka ögonbryn och han blev röd och blyg när jag tittade på honom, han hade en rörande tandställning och jag trivdes i hans sällskap eftersom han fick mig att känna mig speciell. Jag sprang på en dansk grannpojke som jag föll för men som senare visade sig vara en flicka (hur hade jag kunnat veta, han/hon var ju kortklippt och såg ganska pojkaktig ut, och han/hon stirrade på mig så intensivt att jag till slut var tvungen att närma mig honom/henne, och vi inledde något som verkligen liknade en flirt, nej, en passion, vi kunde se på varandra i timmar utan ett ord och sedan le och röra vid varandras händer – eller var det bara så att han/hon inte förstod vad jag sa, inte ville avslöja sig, eller var han/hon efterbliven? Något hos honom/henne lockade mig i alla fall, kanske var det en jakt på bekräftelse bara... Jag fick en chock när hans/hennes föräldrar kom för att hämta honom/henne och jag insåg att min flirt hette Bettina. Inte Bert).

I grannhusen på andra sidan gatan bodde drösar av blonda killar som var ute och kastade sten, cyklade runt på nya blanka hojar, de ropade snuskiga ord och jag ville så gärna vara med men insåg att de inte accepterade mig. Jag var tjej. Jag var inte en av dem. De var födda här på Maglemosevej medan jag var en nykomling. Det spelade ingen roll att jag kunde kasta sten lika bra som de, att jag hade gympaskor och klättrade i träd, jag hade ingen cykel och kunde inte följa med till Dyrehaven dit de alltid drog i jakt på äventyr.

Inte långt ifrån vårt radhus låg havet, grönblått, skimrande och lockande. För en landsförvisad varelse som fötts i ett land utan kustlinje var det rena paradiset. Havet, så nära radhuset och hemmagatan! Vågor som skiftade färg, doften av tång och smaken av salt, den obrutna horisonten som bara ibland stördes av en segelbåt eller ett lastfartyg. Det var bara att ta för sig, och på den mjuka sandbotten kröp livs levande krabbor. Jag fångade dem i en hink och när jag såg upp hittade jag Ole, med ögon kantade av ljusa ögonfransar, lika grönblå som havet vi vadade i.

Ole. Aldrig fanns det så blonda barn i Prag! Min tidiga barndoms ungar var råttfärgade eller svarthåriga. Nån var rödlätt. Men aldrig fanns de här halmgula håren nånstans. De här spretiga luggarna, de här solkyssta slingorna som lyser likt fullmoget vete runt huvudet. Ole, du har ett rufs jag skulle kunna ge hela mitt tioåriga liv för. Dina ögonbryn är vita och ögonfransarna ser ut som utblommade maskrosfjun. Du skrattar med en mun full av lite sneda tänder och din bröstkorg är mager men du är solbränd och fri och du är det vackraste jag nånsin sett. Ole. Låt mig få lukta på dig, dra in din doft. Jag vill krama dig och vara nära dig. Jag vill känna ditt ljusa hår, ta i det, låta fingertopparna möta det blonda, jag vill låta det rinna genom händerna och känna dess lockande värme. Är ditt hår strävt Ole? Hur känns det att vara så ljus? Jag själv är stripig och trist och min solbränna lyser inte alls lika klart. Fånga en krabba åt mig, låna mig din håv. Jag vill hålla din hand.

Jag grät efter honom och kramade kudden och sprang till havet så fort jag fick en möjlighet. Ibland var han där. Ibland inte. Ole var en fri själ som kom och gick som det passade honom. Hade han något hem, hade han föräldrar? Det var oklart. Jag såg dem i alla fall aldrig. Ole tycktes höra ihop med sanden och vattnet. Kanske var han född där, i vågorna, kanske var han bara en hägring.

Jag förstod inte riktigt allt han sa, men jag förstod hans skinande leende och jag förstod att jag tyckte om att vara i hans närhet. Han accepterade mig. Jag fick till och med för mig att han uppskattade mitt intresse. En liten flicka som aldrig hade levt vid havet. En flicka som aldrig fångat en livs levande krabba. En flicka som knappt kunde danska. Han kunde göra sig lite förmer inför mig. Han växte. Han slängde med den blonda luggen och spände de ljust turkosa ögonen i mig. Han visste att jag skulle slå ner min blick.

Livet fylldes av så mycket nytt att jag inte fick plats för minnen och saknad, jag stuvade undan känslorna likt vinterkläder när våren kommer. Maglemosevej blommade, i vår lilla trädgård på baksidan öppnade rhododendronen sina nobla violetta blomansikten mot solen, vi hade en egen terrass, en gräsmatta att springa på. Visserligen var den minimal, men den var vår. Det var fantastiskt.

Jag kände mig oskriven och fri, min historia var borta och jag tog in nya vänner, enkelt och utan att tänka mig för. Jag var hämningslöst öppen för Ole, jag skulle ha gjort allt han bad mig om, om han haft vett att be mig. Det hade han inte. I stället slutade han att komma till stranden, en dag var han bara borta.

Jag hade bråttom att leva. Man kunde aldrig veta när skräcken skulle komma tillbaka, när allt det nya roliga skulle tas ifrån mig. Jag blev kompis med Sanne, som bodde i ett av radhusen på Maglemosevej. Hon blev snabbt min bundsförvant och vi låste in oss i hennes flickrum och dyrkade David Cassidy och Bay City Rollers och vi mimade till Sweet, hon var Brian, jag var Mick, eller kanske Steve. Vi turades om. I Prag fanns på sin höjd de tjeckiska countryrockarna Greenhornes och ett gammalt kassettband med Stones, som pappa hade spelat in. Men jag hade aldrig gråtit för en musikers skull. Nu blev det plötsligt väldigt intressant med unga snygga rockpojkar med långt hår och smäktande röster, vi drömde om hur vi gick på en livekonsert, vad som hände sedan. Sanne ålade sig i sängen med en kudde. "David Cassidy, I love you", sjöng hon och jag rodnade, lite generat.

När mina föräldrar somnat stack jag ut huvudet genom fönstret och pratade med Morten, och vi planerade hur vi skulle kunna klättra in till varandra. Efter de här samtalen var det svårt att somna. Han låg vägg i vägg. Jag tryckte mig mot väggen, på andra sidan fanns Morten i den tunna pyjamasen, jag blundade. Ville hålla om, krama. Jag hade aldrig kramat en pojke i pyjamas. Jag undrade hur det skulle kännas.

Ibland plockade jag fram fotona från min gamla klass. Dockorna i landskapsdräkt. Jag var otrogen mot dem nu. Jag visste något de inte visste. Jag levde ett annat liv, de var kvar i det förflutna. Jag skulle vidare, inget kunde stoppa mig. Vad visste de om Bob Dylan och Beatles, om hur en amerikansk kille såg på världen, hur det kändes att mima till *Ballroom Blitz*? Å andra sidan hade de varandra. De var kvar, de skulle aldrig få veta.

Samtidigt kunde jag bli rädd. Tänk om vi plötsligt fick återvända. Tänk om livet skulle bli som det varit. Jag visste inte om det var en önskan eller en mardröm.

Mina tjeckiska lärare hade varit klädda i strikta dräkter och de tillät sig aldrig särskilt mycket vänlighet gentemot sina elever. Vi skulle drillas, betygen var det viktigaste. Så annorlunda det var på Bernadotteskolan! Min älsklingslärare blev amerikanska Nancy, en äldre kvinna med långt rött hår, klädd i batikfärgade kaftaner, som basade över verkstaden. Drottningen över vävstolen, chefen över drejskivan, hon visste exakt vilken temperatur ugnen skulle ha för att det grå pulvret skulle smälta till vacker blank röd och blå legering på de kopparsmycken vi tillverkat. Hon kunde allt om keramik, växtfärgning och hur man gjorde prydnadssaker med hjälp av spillbitar från plast, tyg, glaspärlor och trä. Jag var galen i de där verkstäderna. Vi tillverkade egna mönster som vi sedan tryckte på tyger, med färger vi själva hade blandat. Vi fick sy kuddar och dukar, vi gjorde tavlor och prydnader. Vi lagade också mat och fick experimentera med kryddor och grönsaker, med linser och gryn.

Skolgården pryddes av en lång vägg, som ständigt målades och förnyades av elever i alla klasser. Även lärarna deltog i skapandet av detta levande konstverk. Vi kunde alltid hämta målarfärg och penslar och dekorera skolgården med fantasifulla blommor, regnbågar, människor och djur. Och när vi tröttnade spelade vi basket, *king*, hoppade hage eller rep. Att få gå ut på rasterna hade varit otänkbart i min gamla skola. Tjeckiska skolbarn fick ju bara cirkulera i korridorerna, likt fångar. Här kastades vi ut i friska luften oavsett väder.

Någon skolbespisning fanns inte, utan det var lunchlåda

som gällde, och de där matlådorna var likt ett tvärsnitt genom världens matkulturer. Raffa hade alltid *canneloni*, Seoun Young ömsom *bulgogi*, ömsom en underlig bläckfiskrätt i svart bönsås, de turkiska killarna hade spännande väldoftande kötträtter, amerikanerna släpade med sig mackor med jordnötssmör och stackars danska Tue svor över sitt trista rågbröd. Mamma packade ner kött och potatis med sås i min lilla stålbox. Jag var dödligt avundsjuk på Seoun Young, vars exotiska vällagade mat jag ibland fick smaka. Dess sötstarka kryddor tog mig till en annan värld.

Där jag tidigare bara haft friheten att vara ute på gården i Prag, utsträcktes nu mina territorier till att omfatta halva Köpenhamn. Jag fick gå till och från skolan, hela Strandvejen var bara min och ville jag kunde jag ta en omväg vid havet på hemvägen. Ofta kändes vägen lång men jag hade inte de två kronorna som behövdes för att jag skulle kunna hoppa på bussen. Så jag gick, utefter små spännande butiker med vackra handsydda mjukdjur i lockande klara färger, längs med fiskgrossister, grönsakshandlare, konditorier, delikatessaffärer, godiskiosker, möbelhallar, dammsugarhandlare, bilverkstäder, tills jag kom till kvarter med radhus av smutsgult tegel och kunde svänga in på Maglemosevej.

På Bernadotteskolan invigdes jag också i hur det kändes att gå på ett äkta tonårsparty, trots att jag bara var tio år gammal. Det var *fællestime*, en skolfest som firade att vi var klara med musikalen, och det var mindre klassfester, då de vuxna lyste med sin frånvaro, Beatles vrålade på högsta volym och de äldre tonåringarna hånglade i mörka hörn.

Andrew var givetvis mitt drömhångel men så långt gick det aldrig, för Andrew hade spanat in amerikanska Vicky från Kalifornien, en blond tjej med bred rumpa, stora bröst och underbett. Hon var minst fjorton och liksom lite mer på Andrews våglängd, jag svor och hatade men kunde inget göra. Andrew hade snott en flaska vin någonstans och nu satt han och Vicky och halsade, på golvet, med korslagda ben, och hon fnissade sitt enerverande kalifornienfniss och svängde med det blonda håret och jag ville vara hon, det var ju jag som skulle sitta där på golvet med Andrew och dricka vin och sedan skulle han ta mig på brösten och kyssa mig.

I stället tändes plötsligt ljuset och Andrews flaska togs ifrån honom. Jag blev hämtad i bil av mina föräldrar. Den kvällen knackade jag förgäves på väggen för att locka ut Morten, han stack aldrig ut huvudet för att flirta med mig. Jag somnade och drömde om att Andrew och jag var ett par och att jag skulle gifta mig med honom när jag blev stor.

ÅRET I KÖPENHAMN blev intensivt. Jag lärde mig både danska och engelska hyfsat bra, tillräckligt så att jag skulle förstå vad Sanne sa och så att jag obehindrat kunde käfta med Andrew. Jag lärde mig att äta rågbröd och att gilla den gula currymajonnäsen på *smørrebrøden*, jag fick bada i havet många gånger och rida på ponnyerna i Dyrehaven i alla fall en gång. Vi åkte till Louisiana och Helsingør och mina föräldrar gick på fester hos nya danska vänner. Jag fick veta att Nancy var sjuk och att hon kanske måste sluta ta hand om verkstaden och genomled därmed ännu en sorg.

Men jag växte och blev allt större och tyckte om förändringarna. Att vara tio var värdelöst. Jag längtade efter att bli äldre.

Hösten kom med regn och oväder och vinden slet av bladen från strandpromenadens träd. De blonda killarna på andra sidan Maglemosevej började klä sig i tjocka vita fiskartröjor och jag började äntligen slappna av lite. Jag skulle bli en ganska lyckad dansk. Jag behövde bara lite mer tid.

Då. Då kom det. Mina föräldrar förkunnade helt osentimentalt att så här var det: vi skulle inte stanna. Det fanns flera skäl. Klimatet var fuktigt, lillebror ständigt sjuk, det var något med luftrören, mamma var arbetslös, Köpenhamn var helt enkelt inte vad mina föräldrar hade tänkt sig och nu hade pappa en möjlighet att komma till Sverige, så det var dit vi skulle.

Jag brydde mig inte ett dugg om vilka skäl de hade. Jag ville inte flytta igen! Så snart! Och till *Sverige* av alla ställen, ännu längre norrut! Jag sprang upp på mitt rum och smällde igen dörren. De var inte kloka. Gud vad jag hatade dem. De skulle förstöra allt, varför? Nu var det inte längre något "politiskt", nu var det bara vuxennycker och jävelskap och skit och helvete.

Jag ville rymma.

Jag ville lämna dem, straffa dem, göra dem illa för allt vad de gjorde mot mig. De struntade fullkomligt i mina känslor, i att jag hade fått vänner, i att jag trivdes! De var sådana egoister. De tänkte bara på sig själva. Luftrör! Löjligt.

Den natten pratade jag länge med Morten. När vi hade sagt god natt lovade jag mig själv att jag minst måste ligga naken i hans säng innan vi reste.

SVERIGE LÅG PÅ andra sidan havet. Vi hade varit på utflykt i Malmö och handlat där en gång. På fula Tempo. Namnet stod på en vit skylt med gula bokstäver och varuhuset kändes nästan ryskt. Mamma hade hört att de hade billigare varor i Sverige, så vi åkte iväg med färjan och hon köpte tvål och en toalettborste.

– Ska vi bo i det här Malmö? frågade jag.

Malmö kändes som en håla. Mycket mindre än Köpenhamn.

– Nej. Vi ska till Stockholm, svarade pappa. Jag tycker att du kan börja lära dig svenska.

Han fattade ingenting. Vi hade tre kanaler på teve. Danska teven, som bara hade en enda kanal, plus Sveriges Television, TV 1 och TV 2. Varenda dag satt jag efter skolan och tittade på barnprogrammen, det var *Fem myror är fler än fyra elefanter*. Vilken idiot som helst hade kunnat lära sig svenska på det sättet.

– *Ett, två, tre, fyra, fem, sex, sju, åtta, nio, tio, elva, tolv, tretton, fjorton, femton, sexton, sjutton, arton, nitton, tjugo*, räknade jag på svenska.

– *Å, Ä, Ö*. Vad vill du mer höra, sa jag nonchalant.

Pappas tävlingsinstinkt inspirerade mig. Han ville alltid komma först. Han föddes till och med två månader för tidigt för att han hade så bråttom till världen. Jag ärvde det där. Jag skulle knäcka honom. Jag skulle alltid ligga steget före.

Han såg förvånat på mig.

– *Fem myror är fler än fyra elefanter.* Vet du inte det?

– Vad kan du mer? frågade han.

Jag ryckte på axlarna.

– Det mesta. Jag kan redan svenska, förstår du, sa jag med låtsat ointresse medan jag studerade hans reaktion.

Han var imponerad.

Det var ju inte riktigt sant det där, att jag verkligen kunde det mesta. Men sant var att det var lätt att lära sig svenska med hjälp av Magnus, Brasse och Eva.

Regnet slår mjukt mot rutan i mitt flickrum på Maglemosevej. Bob Dylan sjunger hårt och skoningslöst från min lilla röda kassettbandspelare, *Subterranean Homesick Blues*, han är lika *homesick* som jag, han spottar ur sig orden: *"Johnny's in the basement, mixing up the medicine, I'm on the pavement, thinking 'bout the government…"*

Jag är Bob Dylan, jag har stort hår och coolt ansiktsuttryck och har genomskådat allt och *sooner or later, one of us must know…* Jag sjunger protestsånger – *"don't follow leaders"* – och en flagga brinner, gatstenar kastas, världen är upp och ner. Jag är en partisan och gömmer mig i skogen. Jag är en politisk kämpe och mitt hem står i lågor. Bakom mig mörker. Framför mig, det okända. Inom mig, tomhet. *"Never meant to do you no harm…"*

Inte gråta. Inte väcka skräcken på nytt.

Det svider i ögonen och helst av allt vill jag ge efter och bara låta tårarna komma. Jag är en flyttfågel, en nomad, jag har ingenting och ingen och jag hör inte hemma någonstans. Jag ser ut som alla andra men jag känner mig inte som de. Jag har inget som håller mig kvar någonstans. Det jag älskat är borta. Det har aldrig funnits.

Bob Dylan lyckas svepa in mina känslor i en mjuk dimma av musik. Jag ligger på min säng och ser regndropparna jaga varandra på fönsterrutan. Snart kommer någon annan att ligga här, snart tillhör fönstret en annan person, huset en annan familj.

Varför måste allt som är bra gå förlorat?

FÖRSTA GÅNGEN ÄR det en chock.

Andra gången har man vant sig.

Tredje gången kanske man rentav gillar det?

Jag blev likgiltig. Uppgiven. Jaha. Nu ska allt ner i lådor igen. Nu ska vi packa.

Jag hade inte hunnit fästa mig vid mitt rum, vid radhuset, vid trädgården. Men jag hade verkligen fäst mig vid Sanne, vid Morten, vid fräkniga Raffa, vid Edith, vid Nancy, älskade underbara Nancy... Avskeden blev så många att de flöt ihop. Tårarna sinade. Till slut orkade jag inte ens vara ledsen längre.

Det blev rätt enkelt att ta *goodbye* av Andrew, av Tue, av Seoun Young, de skulle kanske inte heller bli kvar särskilt länge utan resa tillbaka till andra länder, som diplomatbarn var de också rotlösa, födda utan fast punkt i tillvaron, jag försökte lära mig av dem, inga sorger bakom mig, bara ett nytt liv i morgon.

Jag skulle bli en erfaren resenär som kunde dra från land till land utan att gräva ner mig i sentimentalitet. Det insåg jag när en tjeckisk familj ringde på vår dörr. Det var en lång mager författare som pappa umgåtts en del med i

Prag, här stod han med några resväskor och med fru och två barn, David och Eva, David några månader yngre än jag, Eva något år äldre än lillebrorsan. De var på *transfer*, skulle vidare till USA, hade flytt från de politiska kriserna där hemma, det hade blivit allt mer ohållbart, självklart kunde de bo hos oss en tid, vila ut inför den långa resan.

Jag kunde spela världsvan inför David. Nu var rollerna ombytta. Han var nykomling, nyss utsläppt ur diktaturens klor. Jag hade frodats i flower power-friheten i snart ett år, mitt hår var långt, jag hade virkade mössor med blommor på, slappa brallor, jag kunde mina Beatleslåtar och hade (okej, nästan) legat naken i en säng med en kille. Vad visste han, snorungen, om livet? Innerst inne var jag självklart avundsjuk på att de skulle till USA. Till Ohio! Ohio lät spännande och internationellt. Jag skulle ha gett min högra hand för att också min pappa kunde få in lite vett i skallen och ta med oss till Ohio. Eller till New York. Till och med Florida skulle duga. Många exiltjecker flyttade ju till Amerika, eller till Kanada. I Ohio fanns en tjeckisk koloni, också i Kalifornien kände pappa andra fysiker, till exempel på CalTech, sådant hade jag tagit reda på i min förhoppning att också vi kanske kunde lämna denna nordliga avkrok av världen och ge oss av, ut i den stora världen. Han skulle kunna få jobb någon annanstans än bara i Sverige! Men nej. Han ville nödvändigtvis klamra sig fast i sitt kyliga hörn av Europa.

– Jag kan inte överge dem där hemma, sa han alltid som förklaring när jag tjatade på honom. Jag måste vara i närheten. USA är för långt bort.

David skulle snart vara borta han med. På natten smög

han in till mitt rum och vi låg i min säng och höll om varandra. Det såg inte ut att bli något med Morten. Då fick David duga. Trots att han var yngre och egentligen under min värdighet.

– Har du nånsin varit med en tjej? frågade jag.

– Ja...

Han lät inte helt övertygande.

– Har du? Varit med en kille?

Jag var äldre. Mer erfaren. Jag skulle aldrig säga som det var.

– Självklart har jag det. Vad tror du?

Vi låg stilla en stund. Tänk om de vuxna kom? Vilket liv det skulle bli. Lika bra att agera.

– Jag börjar, sa jag snabbt.

Jag drog ner byxorna.

– Titta då.

– Du får titta du med, sa han, och drog ner sina.

Så låg vi där, en bit ifrån varandra, med nerdragna pyjamasbyxor. Han flackade med blicken. Jag visste inte vad jag skulle göra. Skulle man göra något? Vi rörde inte vid varandra. Vad var det Jára hade sagt? Nej, det var inte roligt. Mest ville jag bara att han skulle gå. Jag drog upp byxorna och kände mig dum.

– Du får inte säga till nån att vi gjort det här, sa jag. Inte till nån! Lova!

– Inte du heller, avkrävde han.

Var det så här att bli vuxen? Det var väl inget särskilt att se fram emot.

Några dagar senare reste de sin väg. Till jävla Ohio. Jag avskydde honom för att han fick komma dit, och inte jag. Dessutom var jag förbannad för att han hade lämnat mig på det här sättet, ensam med oro och skräck. Fanns det någon risk att man kunde bli med barn om man låg halvnaken med en kille i sängen? Jag ville inte fråga mamma precis. Så i tre veckors tid våndades jag och hade ångest. Jag var inte redo att bli mor, elva år gammal.

Jára hade visst glömt att ge oss några viktiga detaljer under sina lektioner om vuxenlivet.

SÅ BOMMAS DET DANSKA RADHUSET igen. Och vi sätter oss i bilen och pappa trampar gasen i botten. *Farvæl* frihetens plugg, hejdå regnblanka gator, Köpenhamn i vårdräkt, i sommarklänning, i höstskrud, i vinterkyla, tack för det som varit, tack för tolv lärorika månader!

Den lilla Fiaten sniglar sig upp mot nordligare breddgrader medan jag längtar söderut så att jag håller på att dö. Jag vill inte norrut, jag vill till värmen, mitt hjärta kommer att förfrysa, jag vill inte se mer snö och mörker. Jag hatar vintern och jag hatar det som väntar mig.

Allt kommer att bli bra.

Någon gång kanske.

Fiatens säten har börjat spricka litegrann, plasten känns gammal. Jag sitter i framsätet. Min plats är bredvid pappa. Det är jag som är kartläsaren, navigatören. Det är jag som håller ögonen på vägen. I baksätet mamma och lillebror. Pappa kör koncentrerat. Jag ser hans profil, skarp men lugn. Händerna på ratten. Det är tryggt att sitta bredvid. Han kör säkert.

Vi reser igen, ensamma i vår rostskadade bil. Runtomkring oss skramlar våra tillhörigheter som de alltid gjort. Zuzankaboken är borta. Jag kramar min hund. Kommer vi verkligen att hitta *hem*?

Hem. Ordet låter bekant. Men jag vet inte längre vad det betyder. Att höra till. Att vara trygg. Jag visste det en gång, men nu har jag glömt.

Och oavsett hur många språk jag lär mig kommer just det ordet alltid att klinga tomt.

Sverige

SORGEN VÄLLDE ÖVER mig, den sorg som stått på standby i ett helt år, den sorg som tack vare färgglada Hippiehamn stannat upp och gett mig känslomässig frist. Nu slog den till med full effekt, satte klorna i mig, slet och drog. Känslan av vanmakt blev starkare för varje svinkall dag.

Jag tittade allt oftare på fotografierna med klasskompisarna från Omská, smekte underskrifterna. Jag skrev långa brev till Martinka men det dröjde för länge innan jag fick svar från henne. Jag ville krama henne, sitta nära, viska och prata. Jag ville inte vara med längre. Jag var trött på alltihop. Var fanns Nancy, som lät mig använda vävstolen, som kom med brownies, som lyssnade på mig och smekte mig över huvudet när jag kände mig ledsen? Här fanns ingen Andrew att vara kaxig mot, ingen Morten att prata med mitt i natten, inga blonda killar med glugg mellan tänderna, inga krabbor på en vit havsbotten... Här rådde bara ogästvänlighet. Staden som mötte oss var främmande och gråblek. Stockholm. Husen verkade slutna. Människorna såg ensamma ut.

Jag ville inte ha fler nya upplevelser. Jag ville vara ifred.

Sjuttiotalets Sverige. Så märkligt likt hemlandet bakom järnridån. Köpenhamn hade varit ett litet paradis i jämförelse med detta. Jag såg inga gulliga radhus, inga skojiga småbutiker, ingen strandpromenad, ingen spretig frodig graffiti, ingen Bernadotteskola, inget liv. Åter var det dags för anpassning, normer och klassrum med raka bänkrader. Matematik och rättstavning på schemat. Matsalen var en utfordringsanstalt, bricklunchen ett faktum. Här serverades märkliga rätter som mest påminde om sopor och luktade värre än så. Blodpudding. Pölsa. Kålpudding. Lapskojs. Magnus, Brasse och Eva hade inte lärt mig vad detta innehöll och att det överhuvudtaget fanns. Däremot kunde jag stava till ordet T-Å-R-T-A, uttalat som *t-ooo-rrr-tt-a*, med Evas skånskt skorrande "r".

Vår klasslärare Ulla var klädd i brun dräkt, kjol och kavaj. Hon hade stadiga skor med systerklack, hudfärgade nylonstrumpor och håret i svinrygg. Hon luktade auktoritet och tålde inget bråk i klassen. Men bråk blev det ändå. Auktoriteterna hade tydligen inte lika mycket makt här. Det kastades sudd (*"kautschuk"*, som Ulla sa för att tillrättavisa oss, eller möjligen *"radergummi"*), det viskades ljudligt, det gjordes grimaser bakom Ullas rygg. Ibland hördes ett "jävla kärring". Men jag antar att vi fortfarande var för små för att verkligen ta i. Detta var trots allt ett par år före teveserien *Lära för livet*.

Mina föräldrar valde mellan flera olika bostäder, bland annat några lägenheter i Stockholms innerstad, men tydligen hade kommunismen präglat dem så illa att de beslöt sig för att bosätta sig i en förort byggd på sextiotalet, stela betonghus i disciplinerade led, hur ocharmigt och tråkigt som helst. Men det var *praktiskt* och *lättskött* och mina föräldrar föreföll oerhört nöjda med sitt fynd. Det fanns sopnedkast på varje våningsplan i trapphuset, glasdörrar med fyrkantiga plattor till handtag, anslagstavlor och tvättstuga. Tvättstuga! Med rymliga maskiner, torkskåp, mangel och en tavla där man fick skriva in sina tider. Tvätt var strängt förbjuden på söndagarna, då detta var helgdag och vilodag. (Märkligt, tyckte pappa.) Varje familj tilldelades även ett numrerat källarförråd och en garageplats mot tillägg på hyran. Bredvid källaren fanns skyddsrummet, i händelse av krig. Dit skulle vi kunna vandra om nu atombomben föll.

Lägenheternas dörrar hade brevinkast, inte alls som postfacken hemma i Prag, som satt nere i porten och var ständiga föremål för stöldförsök och vandalisering. Jag brukade fantisera om att säkerhetstjänsten hade en extranyckel till vår postbox så de kunde hålla koll... Jag föreställde mig hur de sedan satt i sin sambandscentral och ångade upp kuverten. Kanske fotograferade de innehållet och sparade i arkiv, à la teveserien *Mission Impossible* (som just var populär i början av sjuttiotalet). Nåväl, något sådant skulle bli svårt när posten kastades direkt in genom brevlådan.

På det hela taget verkade allt perfekt. Raka linjer. Inget tjafs. Laminerade trädörrar med handtag i plast, parkett i vardagsrummet, helkaklat badrum, städskåp och hatthylla vid ingången. Ytterdörrens nederlås hade en inbrottsskyddande plåtkåpa plus säkerhetskedja. Om man ville kunde man dessutom montera in sjutillhållarlås. Mina föräldrar beställde genast ett sådant, så småningom även en inbrottssäker entrédörr i stål och ett kassaskåp för viktiga dokument.

– Det är trevligt här och massor av frisk luft, förklarade mamma när jag elva år gammal ifrågasatte vårt nya svenska boende.

– Det är en rymlig lägenhet och du ska få ett stort fint rum. Med balkong, tillade pappa.

Det hade inte spelat någon roll om jag fått en egen djurpark på taket. Från första stund visste jag att jag aldrig skulle känna mig hemma här. Utsikten från "balkongen", eller snarare från det franska fönstret, var ytterst deprimerande. En liten klunga ledsna träd, en sandlåda, några taggiga buskar... och så rader av identiska sexvåningshus så långt ögat nådde. Nu saknade jag verkligen både Průběžnágatan och Maglemosevej. Det skulle inte bli annat än hemskt att bo i det här opersonliga huset.

Mellanstadieskolan jag skulle börja i var inhyst i en rätt trivsam byggnad, en äldre skola som såg ut att ha blivit byggd runt sekelskiftet. Men mitt emot hade man smällt upp en högstadieskola i enplansmodell, i mörkgult tegel, med små fönster, asfalterad skolgård och rökrutor.

– Vad bra. Skolan ligger så nära, sa mamma.

Hon sa det på allvar och hennes ögon såg helt klara och tillitsfulla ut. Hon tyckte verkligen att detta var bra. Hon trodde på det. Hon ville att vi skulle växa upp här, äta våra middagar i den här lägenheten, i det rektangulära köket med sina räta vinklar. Hon ville att vi skulle få ett liv här, skaffa oss nya vänner, andas in den friska luften. Hon ville att vi skulle åka pulka i backen som fanns utanför köksfönstret och spela fotboll på den inhägnade fotbollsplanen, klättra i ställningarna i lekparken och berätta våra barndomshemligheter för andra barn på de strategiskt utplacerade sittbänkarna. Hon var allvarlig när hon tyckte att allt var i sin ordning. Att det var det här som skulle prägla oss.

Vilka var de egentligen, mina föräldrar? Pappa var ju uppväxt i ett jugendhus, han hade bott trettio år i en charmig gammal stadsvåning, han var en finsmakare. Mammas barndom hade präglats av bitvis usla förhållanden under andra världskriget. Men fortfarande hade hon en mor och far i Moskva. Lägenheten på Ulica Alabjana var ungefär en miljon gånger mysigare än det som väntade oss nu.

– Det ligger nära universitetet där vi ska arbeta, förklarade pappa som hade börjat bli trött på mina klagomål.

– Det är låg hyra här och vi har inte råd att vara kräsna, påpekade mamma.

De vackra husen i Stockholms innerstad, som de också hade tittat på, låg ju annars ännu närmare, om de nu ville räkna kilometrarna. Dessutom skulle det ganska snart visa sig att bilköerna ringlade långa in till staden på morgnarna. De skulle få tillbringa långa timmar i bil för att komma till Frescati och till Institutet för atomfysik där pappa hade fått jobb. Att åka kommunalt var aldrig något alternativ för pappa.

Men ingen lyssnade på mina åsikter.

Mina argument bemöttes inte ens.

– Du ska få en egen lärare som ska lära dig svenska, sa mamma i stället. Vi har talat med skolan.

– Måste vi stanna här? frågade jag.

Jag skulle gladeligen emigrera igen, och igen, och igen,

bara för att slippa stanna i Sverige. Jag la mig på sängen och grät. Helvete! Det här var ju värre än något annat.

Nu efteråt kan jag förstå att de tyckte att lägenheten var flott. Full utrustning, kyl, frys, ett badrum och en gästtoalett med dusch som var så nära lyx man kunde komma om man jämförde med de hygienutrymmen vi hade haft i Prag. Stort vardagsrum, stort kök, stort, stort, stort! Och grönområden och så mycket frisk luft som det någonsin gick att få, detta var innan en hårt trafikerad väg en bit därifrån blev ännu hårdare trafikerad. Närhet till skola och dagis. Närhet till ICA. Närhet till ett bibliotek. Närhet till förortscentrum. Närhet till en kvarterspizzeria också, men den besökte vi aldrig. Pizzan som serverades där var bara ett torftigt alibi för att förortens alla dagdrivargubbar skulle få konsumera mellanöl i obegränsad mängd.

Till en början hade vi inte särskilt mycket möbler. Vårt nya svenska hem var stort. De möbler vi hade med oss från Köpenhamn räckte inte på långa vägar.

– Det får ta sin tid, sa mamma.

Men jag skämdes. Åh, vad jag skämdes.

– Katia, skolan vill att du börjar i fjärde klass, för att hinna ikapp. Men vi tycker att du ska börja i femman direkt, så att du inte missar ett enda år av din skolgång. Vad tror du om det? frågade pappa.

Jag ryckte på axlarna.

– De tror att du inte kommer att klara språket. Men vi sa att du skulle försöka. Man kan ju inte ge upp innan man har sett hur det är, eller hur?

Jag nickade.

– Jadå, sa jag lugnande. Det kommer nog att gå jättebra. Oroa dig inte.

Jag tog på mig mina föräldrars bekymmer. Jag ville ta hand om deras oro. De vuxna verkade så sköra. Deras saknad var större – de hade närmare till döden. De var värnlösa och naiva. De har tappat kontakten med sin barndom och därmed också förmågan att se livets magiska sidor. Som barn behövde man visa hänsyn. Ens närstående vuxna skulle inte behöva oroa sig i onödan. Det måste ha varit då som jag började tycka synd om mina föräldrar. De passade inte in i sitt nya hemland. De borde ha lyssnat på mig. De borde åtminstone ha bosatt sig i Australien. Inte envisats med Sverige.

Det blev femte klass och klasskamrater som alla var ett år äldre än jag. Jag hade ju börjat i skolan som sexåring – de här barnen började först vid sju. Jag gillade känslan av att vara yngst. På något sätt gav det mig ett övertag. Jag hade ett år till godo. Jag skulle fixa det.

– Mamma, det är inga problem, sa jag när jag kom hem. Svenska är ett ganska enkelt språk. Jag tror jag kommer att lära mig det snabbt.

– Katia, tror du verkligen det, utbrast mamma. Är det säkert?

– Det är helt säkert, nickade jag.

Och det var så det kändes.

SPRÅKET SKULLE INTE BLI något att kämpa med. Inte själva undervisningen, matten, biologin, de Onödiga Ämnena, OÄ.

Det var mina klasskamrater som skulle bli det svåra.

Första veckan i skolan hade jag ett helt hov runt mig. Alla ville de stå i närheten av mig, alla ville de ha en bit av den spännande nya, *utlänningen*, som jag kom att kallas. Kommunen vi flyttat till var fattig på invandrare, vi var ungefär de enda förutom ett par finnar som redan bott här i flera år och därför inte hade något direkt nyhetsvärde.

– Är det säkert att du kommer från Jugoslavien? frågade de och studerade mig nyfiket.

– Nej, från Tjeckoslovakien, svarade jag.

– Vad hette det? Bulgarien?

– Tjeckoslovakien.

– Är inte det samma sak?

– Nej.

Det spelade ingen roll hur mycket jag förklarade. Det var ändå ingen som verkade förstå att det fanns ett land som hette Tjeckoslovakien, jag antar att det i deras öron lät som Tintinländer alltihop. Ungern, Rumänien, Balkan, skit samma. Tjecko-vad? Det var för långt borta och för okänt och för krångligt och för långt att komma ihåg. En jävla svartskalle var vad jag var, trots att mitt hår var cendréfärgat.

Men jag var ny. Spännande. Exotisk. Mitt språk var annorlunda. Jag såg på dem och de såg på mig och det var som att släppa in en främmande art i en bur full av djur som levt samman i många år.

Första veckan var det i alla fall kö för att få komma hem till oss. Tjejerna i 5B, som var klassen jag hamnat i, formligen slogs om att få gå med mig hem. Jag vet inte vad de hade väntat sig att få se? Uppgrävda parketter, tält i vardagsrummet, en brasa mitt på köksgolvet? Kanske trodde de att mina föräldrar klädde sig i hudar och hade en benbit genom näsan. Eller att vår lägenhet var belamrad med växter, eller marsvin, eller ödlor. En levande get i badrummet? Ett terrarium i badkaret?

Och jag skämdes mera. Det var riktigt obehagligt och besvärligt, men samtidigt kunde jag ju inte säga nej när de frågade om de fick komma. Mamma skulle kanske bli glad och lugn om jag hade med mig svenska barn hem. Hon skulle förstå att jag hade blivit accepterad. Att det inte var några problem med något. Jag skulle passa in och inte skilja mig från mängden, jag skulle smidigt flyta in i gemenskapen och bli älskad från första stund. Mamma, oroa dig inte för mig. Jag kommer att klara mig fint.

Nej, här fanns inga levande getter. Bara kala rum och linoleumgolv, fyra gula plaststolar i köket, och två föräldrar som inte kunde ett ord svenska. Jag märkte att klasskamraterna blev besvikna. Jag kunde inte riktigt acceptera det. Jag blev argsint.

Efter den första veckans rusning blev det därför ganska ensamt.

Utlänningen blev en *jävla* utlänning. Och det började viskas och tisslas. Kolla, hon har ju hemgjorda brallor! Så jävla fult. Och håret.

Mitt axellånga hår med mittbena såg inte ut som deras. Deras hår hade en annan stuns, en annan volym, det liksom lyste och doftade om deras hår. Medan mitt låg platt och livlöst. Jag gick inte till frisören. Mitt hår fick bara växa på. Jag minns knappt att det någonsin hade blivit klippt. Mamma litade inte på salonger och tog alltid hand om sitt eget långa hår själv. Likadant var det med mig. Mitt hår hade inte sett någon sax på flera år. Knappt schampo ens, kändes det som.

Min virkade kaftan passade inte heller in. Och de stickade västarna som matchade byxorna! Jag hade en rutig kappa med luva och träknappar och fyrkantiga skor med snörning, herre jisses så jag såg ut. I Köpenhamn såg alla lite märkliga och speciella ut men ingen hade några synpunkter. Nu fick jag långa ogillande blickar. Och elaka kommentarer. Den främmande fågeln skapade oro i kollektivet. Den främmande fågeln skulle hackas på, den skulle tämjas. Utlänningen skulle lära sig att gå ner på knä.

Jag hade aldrig brytt mig särskilt mycket om mitt utseende tidigare. Nog för att jag hade funderat en del på huruvida jag var tillräckligt söt för Andrew, men det var ändå som om sådana saker var ovidkommande. Jag hade varit fullt övertygad om att det var min personlighet, inte min klädstil, som var avgörande för om han skulle tycka om mig.

Jag hade fel.

Men så var jag fortfarande bara elva.

1975 var året då byxorna skulle vara utsvängda och blusarna broderade, man bar slinkiga silkespolon under vida bussaronger och helst av allt skulle man ha träskor på fötterna.

– Så opraktiskt, sa mamma föraktfullt.

Jag tvingades tjata länge innan jag fick ett par svarta träskor, sådana som de andra i klassen haft sedan de gick i lekskolan. Lagom tills jag fick de svarta hade alla andra införskaffat vita. Och målat förgätmigej på.

Min speciallärare i svenska hette Margareta och kallades för Maggan. Hon var ung och snäll och såg ut som Agnetha i ABBA och jag gillade henne så fort jag såg henne. När det blåste snålt i plugget var det varmt och mysigt i hennes närhet. Det var Maggan som lärde mig att stava och hennes beröm gjorde att jag ville studera ännu hårdare för att imponera på henne. Maggan var förvånad över hur snabbt jag lärde mig svenska, att jag kunde uttala även det svåra sje-ljudet utan att darra på rösten, att jag omgående lärde mig att skilja på de olika prepositionerna, att jag inte gjorde de vanliga grammatiska misstagen som att stava *också* med *ch*, som hälften av alla i klass 5B gjorde. Jag gjorde läxorna och mer därtill, jag glodde på Magnus & Brasse tills ögonen värkte, jag lånade böcker på det lilla biblioteket, fast besluten att bli bäst i klassen i svenska. Än sen att jag var utlänning! De andra var dumma i huvudet om de inte visste skillnad på Tjeckoslovakien och Bulgarien, och jag skulle ta revansch.

Jag tvingades bli stor snabbare än vad jag hade tänkt mig. Det är tufft att byta land två gånger på ett år. Förutom den inre otryggheten som finns där helt automatiskt, drabbas man också av en yttre. Jag blev tvungen att ifrågasätta allt.

Jag kände mig inte längre som ett barn. Men alla såg mig som det. Jag såg liten ut, ansiktet barnsligt, armarna alldeles för långa. Håret hade börjat bli fett. Kroppen var fortfarande konserverad i barnformen men den förberedde sig ändå för puberteten. Mest märktes det på humöret.

Det var som om ingen tog mig på allvar och det gjorde mig arg.

Dessutom fick jag nu för första gången veta hur ful jag var.

Det hade jag inte tänkt på tidigare.

Nej, det är klart, jag såg ju inte ut som Barbie. Sakta började jag inse att jag aldrig skulle göra det heller.

Men de stickade brallorna måste bort omgående.

Strunt samma att mamma tillverkat dem själv, på den exklusiva stickmaskinen som var högsta mode i Tjeckoslovakien anno 1973. Strunt samma att jag ostraffat kunde se ut så i Prag. Att se ut så i Sverige var tydligen en kardinalsynd.

DEN NÅGOT UNDERSTIMULERADE socialnämnden i vår norra kommun måste ha jublat. Titta, nu ska vi få nåt att göra! Äntligen, något riktigt och viktigt och politiskt korrekt, som en kontrast till alla andra vanliga socialfall.

Kommunen mina föräldrar valt att bosätta sig i var villatät och befolkades till största delen av övre medelklass/överklass med goda årsinkomster. Barnen var välklädda, med röda kinder, starka tänder (skicka tack till fluortanterna och till Folktandvården!) och friskt blankt hår. Deras familjer hade inte bara mexitegelvillor vid vattnet, utan även sommarstugor, segelbåtar, dyra bilar samt tillbringade ofta semestrarna utomlands, på Kanarieöarna, Rhodos eller Mallorca. På vintrarna åkte de skidor i Storlien eller i Chamonix. Vad skulle vi här att göra, egentligen?

Vi skulle bo i ett av de få höghusen som fanns. Vi skulle skapa arbetstillfällen åt uttråkade socialsekreterare.

Det dröjde inte länge förrän de fått kännedom om oss. Sekretessbelagda uppgifter om landsförvisade familjen måste ha hamnat uppe på socialkontorets bord med snabb verkan. Det talades ivrigt om oss i fikarummet.

– *Han har fru och barn och ingen av dem kan svenska. Vi har de lägsta invandrarsiffrorna i länet! Han måste integreras och hjälpas in i det svenska samhället. De är politiska flyktingar. Från Jugoslavien.*

– *Nej, de är inte från Jugoslavien. De är från Ryssland.*

– *Vad spelar det för roll? Alla de där länderna låter så lika. I alla fall så behöver de hjälp.*

– *Jag har hört att de inte alls är flyktingar. De åkte tydligen först i godan ro till Köpenhamn där de bodde i eget radhus. I ett helt år.*

– *Eget radhus? Nej, men nu tror jag att du har fått fel uppgifter. Du vet väl hur hård diktaturen är i öst. Jag tror att de har det svårt. De hade väl inte råd att åka direkt till Sverige, helt enkelt, utan tvingades att stanna på vägen. Du vet dessutom ingenting om hur radhuset såg ut. Det kanske hade stampat jordgolv.*

– *Pappan är i alla fall hitbjuden av Svenska Vetenskapsakademin. Han är professor.*

– *Vadå?*

– *Ja, i kärnfysik.*

– *Det spelar ingen roll. Han är en flykting, punkt slut. Du vet ju att vi inte får särbehandla nån på grund av bakgrund, utbildning eller klass! Vi har dessutom budgeterat för detta ändamål. De pengarna har stått orörda i princip sen 1971.*

– *Oj. Ja, men då är det kanske bäst att vi sätter igång med detsamma.*

En eftermiddag i mars ringde det på dörren. Utanför stod en stressad kvinna med båglösa glasögon i Ove Rainermodell. Hon log osäkert och sträckte fram handen. Hon presenterade sig som Sigbritt Pettersson, sa att hon kom från Socialkontoret, och lovade att hon skulle hjälpa oss att få kläder på kroppen.

Det var ett så kallat hembesök. Mamma bjöd in henne och serverade te och Mariekex. Sigbritt Pettersson slog sig ner och bredde ut sina papper på bordet. Det fanns regler för hur detta skulle gå till. Allt var redan avgjort och man hade beslutat att tilldela oss en summa på sexhundra svenska kronor var för att utrusta oss med en basutrustning kläder. *Startpaket.* Jag tror att det var så hon sa.

I startpaketet ingick till exempel gummistövlar, nattkläder samt mer representativ klädsel som kjol, klänning eller kavaj. Vi ombads på förhand uppge vilka plagg vi tänkte välja. Sedan måste rekvisitionerna skrivas under, godkännas av socialnämnden, och så småningom skulle vi tillsammans med Sigbritt införskaffa allt detta.

Pappa kunde inte riktigt förstå att man ville ge oss kläder från staten. Det *behövdes* ju inte. Samtidigt var det väldigt generöst. Mina föräldrar konstaterade att Sverige verkligen var ett mycket bra land.

Vi fyllde i våra rekvisitioner och skickade dem till Sigbritt.

Hon ringde redan efter fyra dagar. Tid och plats bestämdes. Vi skulle få handla på PUB vid Hötorget.

Jag hade kryssat för ett nattlinne, tjocktröja, stövlar och långkjol. Mamma tog en klänning, en blus, underkläder och skor. Pappa valde en kostym samt skjorta. Lillebror skulle få jeans och jacka, samt t-tröja och en mössa.

Vi åkte in i gemensam trupp, ledda av vår general Sigbritt, och det var spännande att handla tillsammans med henne. Hon synade plaggen noga, i jakt på de billigaste, som samtidigt skulle vara av hållbar kvalitet. Nattlinnet med spetsar på som jag tyckte var finast ratades, i stället fick jag ett i bomull och t-tröjemodell, svensktillverkat, med ett mönster av människor som påminde om Munchs *Skriet*. Långkjolen jag fick var gjord som ett lapptäcke, sydd av flera olikmönstrade tyger i ljusare och mörkare blå nyanser. Den hade volang nertill och jag tyckte den var riktigt snygg. Fiskartröjan påminde om de danska killarnas och jag använde den också flitigt så länge jag kunde ha den. Även mammas kläder var ett lyckokast. Klänningen blev en favorit som hon använde tills hon inte längre stod ut med att se den, och skänkte den till en rysk nyanländ flykting någon gång i början på åttiotalet.

Mina nya kläder väckte dock inget större jubel i klassen. Tvärtom. Syntes det på dem att de var inköpta under en socialassistents överinseende? Såg de billiga ut? Jag sa i alla fall ingenting om hur jag hade fått dem. Men klassens tjejer såg på mig med förakt.

Flera killar tyckte det var väldigt skojigt att härma min tjeckiska brytning.

– Jävla utlänning, du ska inte tro att du är nåt, ropade de över skolgården.

– Lär dig svenska, din tönt. Man kan ju inte fatta vad du säger.

– Stick tillbaka till ditt jävla land. Dra åt helvete.

Jag la ännu mer energi på svenskastudierna. Jag pluggade mitt nya lands språk dag och natt och övade mig på att uttala orden korrekt. Jag härmade hallåorna i teve och repeterade viktiga ord tyst för mig själv innan jag somnade. Framför allt svordomarna. Att säga *"javvvla"* och låta som ett dumhuvud dög inte. Jag var tvungen att säga *"jäävla"* helt korrekt, lite nonchalant och släpigt, kasta det i deras ansikten med utstuderat lugn. Det var färdiggråtet. Jag var väl fortfarande en indian.

Tuffaste killen i klassen var Lasse. Han var svarthårig, ett huvud längre än alla andra, muskulös och ett år äldre än vi, han hade gått om en klass, egentligen skulle han börja i sjuan. Till och med lärarna verkade lite rädda för honom. Egentligen var han ganska snygg och hade saker varit annorlunda hade jag förmodligen blivit lite kär i honom. Men nu fanns kärlek inte med i bilden. För självklart blev jag måltavla för Lasses hån. Innan dess hade han mobbat tjocka Karin, och retat blyga Marita.

En fiende kan känna din rädsla. Visa aldrig ett uns av osäkerhet! Om fienden vittrar din tvekan slår han till skoningslöst. Var därför aldrig rädd.

Lasse skulle aldrig få märka att jag var livrädd för honom. Jag skulle dölja min nervositet. Jag skulle låtsas vara hård och aldrig ge mig.

Nästa gång han knuffade till mig i matsalen bestämde jag mig för att stå emot. Jag tittade bara på honom och vägrade vika undan med blicken. Lasse skrek "vad fan glor du på din jävla utlänning". Jag svarade inte, utan fortsatte bara att stirra.

Han blev röd i ansiktet.

Jag flinade.

Inte visa din rädsla.

Jag märkte att han började bli osäker.

– Jävla utlänning, skrek han igen. Åk hem till ditt jävla Turkiet!

Jag fortsatte bara att stirra på honom.

Då hände det.

Han kastade sig fram och slog mig i huvudet med en gaffel. Jag försökte slå tillbaka men han var för stark. Han knuffade mig hårt och vred min ena arm bakåt. Smärtan fick det att tåras i mina ögon.

Men jag skulle inte gråta framför honom.

– Vafan göru? Eru kaxig din jävel, fräste han.

Jag slog ner blicken.

Han släppte taget om mig.

Jag vände om och gick ut. Först när jag kom utom synhåll ökade jag på stegen och sprang in på toaletten. Jag började gråta så fort jag låst dörren. Förnedring blandat med hat. Vidriga, vidriga Lasse. Vidriga skola. Kunde ingen ta bort mig härifrån? Jag ville inte vara kvar här.

När rasten var slut och vi var tillbaka i klassrummet skrattade Lasse mig rakt upp i ansiktet.

– Kaxar du upp dig igen så får du mer spö.

Men det blev inga fler slagsmål mellan oss.

Jag valde att hålla mig undan i stället för att utmana honom.

PAPPA ARBETADE JÄMT. Jag kunde fascineras av hans förmåga att direkt börja jobba, på ett nytt institut, i ett nytt land. Han kunde nästan ingen svenska och tänkte inte gå någon kurs heller. Han kunde göra sig förstådd på engelska och därmed var det bra. På något sätt kändes det som om han inte deltog i den andra verkligheten, vår familjeverklighet, där vi kämpade för att bli svenskar. Hans värld bestod av fysik, politiska debatter, forskare från andra länder och internationella angelägenheter. Hans arbetsrum fylldes med papper, tidningar, dokument, mappar och böcker i drivor. De där banala sakerna som disk, tvätt och brist på dagisplatser var inte riktigt pappas problem. Pappa hade annat för sig. Han skulle få kända konstnärer att skriva sina memoarer. Han var engagerad i kärnkraftsfrågan. Han hade täta kontakter med den kände ryske författaren Alexander Solzjenitsyn. Han brevväxlade och pratade i telefon med Andrej Sakharov som hade fått Nobels fredspris. Vi andra hörde inte riktigt hemma i hans värld, lika lite som han hörde hemma i vår.

Det blev på något sätt tydligare uppdelat, vi och han, på ett sätt jag inte hade märkt av när vi bodde i Prag eller i

Köpenhamn. Mamma, jag och brorsan rörde oss nere på marknivå. Vi var familjen, en inramning till den kände forskaren och frihetskämpen. Han som gjorde så mycket gott för mänskligheten, för alla andra, men som liksom inte såg oss. Var vi inte tillräckligt spännande? Var jag inte längre hans lilla prinsessa? Det hade gått lång tid sedan jag sist pratat med honom om vad som skulle hända om solen slocknade och frågat om teorierna bakom Big Bang. Det var som om han inte hade tid längre. Eller intresse.

Jag kunde reta mig till vansinne på honom ibland, på hans förmåga att höja sig över oss, på hans röra. Papper som låg slängda överallt, telefonsamtal från alla håll. Att han stängde in sig i arbetsrummet och knackade på sin skrivmaskin, skrev brev, essäer, medan mamma tog hand om hushållsarbetet.

Socialnämnden måste ha blivit besviken. Pappa uppfyllde inte kriterierna för hur en utlänning skulle se ut och bete sig. Han kom till sitt nya land och hade mage att klara sig väldigt bra! Hade jag varit i deras kläder hade jag också blivit irriterad.

Annat var det med mamma. Mamma var mer tacksam att stötta. Visserligen var hon akademiskt bildad och med en fin titel som forskare, men ändå lagom förlorad, och framför allt, utan fast tjänst till en början. Mor till två barn, knappt fyllda trettiofem, hon var en potentiellt perfekt svensk. Det svarta håret, den markerade näsan samt de mörka ögonen fick man betrakta som ett olycksfall i arbetet. Hennes själ skulle i alla fall kunna assimilera sig, om hon bara fick rätt form av stöd.

Mamma fick ett sjuttiokort betalt av socialkontoret, och

de ordnade en kurs i svenska för invandrare på ABF i centrala Stockholm. I illa uppvärmda klassrum (det rådde fortfarande energikris) trängdes nu min mammas vackra svarta hårman med alla andra mörka huvuden, de flesta spansktalande. Det var bra så. Mamma fick en lärobok och började lära sig det svenska språket.

– *Vad heter du?*
– *Jag heter Carlos.*
– *Var kommer du ifrån?*
– *Jag kommer från Chile.*

Tje-cko-slo-va-kien. Det var så svårt för svenskarna att uttala. Och att förstå. Ett sådant litet land, inklämt mellan så många andra som var större, mer kända. Fanns det ens? Eller var det bara ett påhitt? Chile fanns och var stort och verkligt, med diktatur och våldsamma politiska problem. De chilenska flyktingarna hade varandra, de behövde inte förklara sig. De var starka i sin spansktalande verklighet. Vi var det inte.

Mamma lärde sig i alla fall ordet "daghem" och mycket snabbt därpå "dagisbrist". Det låg en barnstuga mitt bland höghusen, men där fanns ingen plats för min snart fyraårige bror. Inget annat återstod därmed för mamma än att ta med honom till svenskakursen i city. Där fanns ett daghem för invandrare i samma hus. Tyvärr var det till för de spansktalande barnen, inte för en tjeckisk liten snorunge som var i klar minoritet. Brorsan satte sig genast på tvären, och nu började mammas jakt på dagmammor som kunde ta hand om hennes yngste, så att hon skulle kunna lära sig svenska utan att ständigt bli avbruten.

Pappa åkte iväg till sitt institut, med pappren flygande runt sin gestalt, med portföljen full av viktigheter och huvudet upptaget av världen, medan mamma började stifta bekantskap med dagmammedjungeln i vår närhet. När jag gav mig av till skolan på morgonen, satte hon sig för att slå i telefonkatalogerna, i desperat jakt på passande dagmamma till brorsan.

Dagmammorna skulle behöva en helt egen bok. En var pensionerad och krävde total underkastelse. En annan var besatt av vegankost och en vistelse hos henne ledde till att brorsan fick tas in på sjukhus med akut diarré. En tredje hade inte bara dagbarnsverksamhet, hon tog även hand om grannskapets samtliga hundar. Men vad skulle sjuttiotalets pressade småbarnsmammor göra annat än att tacka ja till den barnomsorg som bjöds? Brorsan blev dagbarn hos djurkvinnan. Där fanns förutom hundar också ödlor, katter, möss, marsvin, hamstrar plus akvariefiskar och en och annan papegoja. Någon klinisk ordning var det aldrig tal om. Ibland när jag tycker att min bror beter sig märkligt erinrar jag mig denna del av hans barndom och säger inget mer. Pappa tog dessutom strid för att han skulle få börja skolan som sexåring han med. Någon dagisplats blev aldrig ledig så länge min bror behövde den.

Utlänning, invandrare, svartskalle. På något sätt föreföll det ganska trevligt och trivsamt att tillhöra en större invandrargrupp. Människor från hela världen kunde komma till Sverige och bilda egna små enklaver. Ute i Rinkeby hade de egna världar, egna butiker, egna samhällen. Där såg man färre ljusa barn och fler mörka. Deras hemland flyttade med dem, de bildade enad front mot det som var främmande.

Så kunde inte vi göra. Vi satt ensamma på en kobbe mitt i svenskheten. Vi hade ingen tjeckisk gemenskap att söka stöd hos. Vi tillhörde en minoritet bland minoriteterna, försvann bland alla finnar, turkar och chilenare. Jag kommer ihåg att jag alltid kände mig lika förorättad när det var *Språka på turkiska* på teve. Språka på tjeckiska, ville jag säga till dem. Jag har ingen nytta av era invandrarprogram som jag inte fattar! Tänk att man kan känna sig så diskriminerad också på den fronten. Socialens information för invandrare fanns minsann både på spanska och på arabiska och ibland till och med på ryska, men aldrig att de kunde skriva en enda bokstav på tjeckiska. Det språket fanns inte. Det var inte viktigt.

Jag behöver inte längre få någon information på tjeckiska för att förstå. Men det där sitter kvar i mig. Jag bär på känslan. Trots att svenska är det språk jag skriver på och tänker på och talar med mina barn, så finns en skärva av barndomens språkutanförskap kvar i mig, den kommer aldrig att försvinna. Därför blir jag fortfarande alltid lika glad när jag läser innehållsförteckningar på godisförpackningar eller bruksanvisningar på IKEA-lådorna eller kanske texterna på tvättmedel, på leksaksemballage, på smink. För språken har utökats och ofta finns där nuförtiden tjeckiska beskrivningar. Östeuropa växer, åtminstone på detta sätt. Vi har också rätt att få läsa vad en choklad innehåller på vårt eget språk. Vi är trots allt femton miljoner. Vi finns.

DET GICK SNABBT att bli vardagsmat i klass 5B. De vande sig vid mig och att jag var den jag var. Det gjorde dem icke desto mindre fientliga. Jag lärde mig mellanstadievärldens sociala regler. Det fanns en ledare, som hade de populäras gäng som sitt hov och i klass 5B hette hon Bettan. Bettan var höghusbarn liksom jag, med en mamma som sålde kläder i en butik nere i centrum, och en pappa som jobbade på kontor. Hon var inget villabarn, hennes föräldrar ägde varken segelbåt eller sommarstuga. De hade en vanlig Saab och inte särskilt mycket pengar. Ändå var det Bettan som bestämde över alla i klassen. Villa eller höghus spelade ingen roll här. Det fanns andra saker som var viktigare. Att man kunde tugga tuggummi på ett utstuderat sätt, att luggen var lockad med tång, att man hade fått bröst redan som elvaåring, att man kände killar i sjuan. Bettans makt var svår att förklara. Det låg något okuvligt och elakt över hennes person. Jag tror att de andra helt enkelt var rädda för henne. Inte för att hon var särskilt stark fysiskt. Men hon var hård inuti. Och det märktes.

De populära lydde Bettans minsta vink. Om Bettan var

sjuk kunde en av dem ta hennes plats för några dagar. Men när hon kom tillbaka återställdes ordningen. De populära var alla villatjejer. De behövde Bettans styrka. Hon ville å sin sida komma åt deras materiella status.

Sedan fanns rövslickarna. Det var alla de vars kärna var av det mjukare slaget. De var beundrarinnorna, ögontjänarna, lakejerna. De var besatta av Bettan och hennes gäng och hoppades att en plats i deras närhet skulle ge dem lite av popularitetens glans. De kämpade för att få vara med och ibland log lyckan mot dem, ibland upptogs de nådigt för en kort stund eller under en lite längre tid, beroende på omständigheterna och på Bettans lekhumör.

Ytterligare två andra sorter fanns, och det var de vanliga och de osynliga. De vanliga klarade sig bra utan Bettan & co. De brydde sig inte om att försöka vara något som de inte var. På något märkligt sätt vann de på detta sätt Bettangängets respekt. Det var också bland de vanliga som jag till en början hittade mina vänner. De vanliga spelade inte spel, de skakade av sig elakheter och gliringar, de ryckte på axlarna åt klassens intriger. Så såg det åtminstone ut på ytan. I verkligheten var de vanliga inte så vanliga alls. Men de ansträngde sig för att ge ett oberört intryck.

De osynliga var blyga, mesiga och uppgivna. En del av dem var plugghästar, andra var bara tysta och frånvarande i sin själ. De befolkade de bortre bänkraderna, räckte sällan upp handen under lektionen, började aldrig ett samtal och svarade knappt på tilltal. På rasterna såg man dem aldrig, jag undrade ibland vart de tog vägen? Kanske satt de inne på biblioteket och pluggade, kanske låste de in sig på toaletten.

Jag själv kom att ingå i kategorin mobbingbarn, ihop med två överviktiga killar i klassen som var föremål för allas förakt. Min målsättning var självfallet att bli något annat. De osynliga var jag inte intresserad av. Rövslickarna föraktade jag. Jag insåg att jag inte hade en chans att bli en av de populära, jag ville inte heller ingå i deras gemenskap, intalade jag mig. Vilket förstås var ren och skär lögn. Hade jag bara kunnat ordna så att jag fick lockigt blont hår, blå ögon, en dutt mascara på fransarna och läppglans som doftade tuttifrutti, hade jag kunnat skaffa mig likadana kläder och göra så att jag var född svensk, hade jag utan en sekunds betänketid tackat ja. Jag ville också vara snygg och självsäker och röra mig obehindrat på skolgården. Men de populära gav jag snabbt upp.

Återstod de vanliga. Okej. Jag skulle försöka bli en av dem. Någonstans måste jag ju börja.

Vi är hopfösta i ett klassrum. Allas positioner är givna. Rollerna är utdelade. Ingen har något att säga till om. En del väljer att kämpa. Många ger upp med en gång. Det är ingen idé, tycks de osynliga tänka. Jag gömmer mig bakom en grå tröja och en lugg som täcker ögonen. Om jag inte säger något lägger ingen märke till mig. Jag kan segla igenom helvetestiden obemärkt. Livet är inte här och nu. Livet blir sedan. När vi lämnat detta klassrum, när vi slagit igen bänklocket för sista gången.

Mellanstadiet. Den världen är för alltid en del av mig. Fortfarande känner jag orättvisorna spraka inombords. Fortfarande kan jag tycka att jag inte fått tillräckligt mycket tillbaka. De där åren är förlorade. Jag har släppt taget, jag kan till och med le åt det som var då. Men vuxenhetens kontroll är ett genomskinligt skydd mot barndomens sorg.

Det gick bra för mig i skolan. Prövotiden visade att jag klarade av att gå i femman. Att behöva gå ner en klass och börja i fyran skulle ha varit total förnedring. Jag tänkte stanna kvar. Jag skulle inte ge upp.

Men samtidigt blev jag förvirrad inför mina egna känslor. Längtan och saknaden blandades med habegär och avundsjuka. Varför kunde inte vi bo i en trevåningsvilla med maffiga lädersoffor, gillestuga och egen trädgård? Varför kunde inte vi ha sommarhus och segelbåt?

Jag ville inte bo i höghus, i ett fult hem utan möbler.

Jag ville vara svensk.

Jag ville vara född här.

– Min pappa har en vit Mercedes, sa Mia överlägset när vi skulle byta om till gympan.

– Men min pappa är direktör, trumfade Kicki över.

Min pappa är professor i atomfysik och jag skäms för att vi inte kan bra svenska och våra kläder har vi fått av socialen och jag hatar er allihop.

Jag sa det inte. Men det var så det kändes. Jag försökte föreställa mig hur det skulle vara att bo i ett hus med egen swimmingpool, att ha en pappa som var stenrik och åka runt i en vit Mercedes. Jag försökte föreställa mig hur det skulle vara att inte komma från ett annat land.

Bettan märkte min osäkerhet och utnyttjade den skamlöst för att skaffa sig ännu mer makt i klassen.

– Fy fan vad ful du är, sa hon till mig utan att vänta på svar.

Jag blev så överrumplad att jag inte visste vad jag skulle säga.

Bettan. Lika mycket som jag ett höghusbarn, men med den lilla skillnaden att hon var född här, hade växt upp här, hade sin bakgrund som en trygg ryggrad som höll henne uppe. Vi var på Bettans hemmaplan. Hon kände inte till något annat än höghusen, men det var hennes revir. Hon ägde dem. Hon ägde oss. Hon ägde *mig*.

Jag visste exakt vilka fönster som var Bettans. Deras höghus var närmast skolan, och varje gång jag gick hem såg jag upp mot hennes fasad.

Egentligen var det ingen större skillnad på våra förutsättningar, i alla fall inte ytligt sett. Vår lägenhet var till och med större, Bettans familj hade tre rum och kök medan vi hade hela fem. Men hennes föräldrar hade bollfransgardiner, virkade dukar, Flitiga Lisa i vita krukor i fönstren och en sovrumsmöbel med inbyggd stereo och rött satängöverkast. (Det hade Marita berättat.) Till skillnad från mina föräldrar, som hellre skulle dö än ha röd satäng hemma, som ansåg att alla krusiduller var "kitsch" och därmed inte skulle få komma över tröskeln till vårt hem. Bettan led kanske också av att inte vara ett villabarn. Men så kom jag till klassen och sänkte hennes status ytterligare genom att hon tvingades ha mig till granne.

Till och med killarna tystnade när Bettan krävde det. Lasse var kär i Bettan misstänkte jag och kände mig svartsjuk på hennes makt. Men efter en tid märkte jag en rivalitet mellan dem. Så småningom förstod jag att Lasse avskydde Bettan. Märkligt nog fick det mig att nästan börja tycka om honom. Lasse var kanske inte så dum i alla fall. Jag fantiserade om hur jag skulle få med mig honom och hur vi skulle brotta ner Bettan och tvinga henne att böna och be om ursäkt för sin existens.

Det var svårt att inte höra till, på alla möjliga olika sätt. Jag hade aldrig varit med om något liknande. I Prag var jag född, i mina skolor där var vi mest snälla mot varandra. I Bernadotteskolan blandades barn från alla världens hörn och ingen kunde hävda att just hans eller hennes upplevelser var de enda värdefulla, korrekta. Men i min svenska mellanstadieklass fanns det bara ett sätt att vara på. Om Bettan hade svarta jeans och bussarong, måste alla ha svarta jeans och bussarong. Täckjackor med muddar. Gå utan mössa på vintern. Man skulle lyssna på ABBA, man skulle titta på *Sveriges Magasin*, äta Päronsplitt och hålla käften. Om man aldrig hade hört en enda ABBA-låt var man hopplöst ute. Om man råkade ha andra tankar och åsikter än Bettan, var man nere för räkning.

Jag hade problem att hänga med. Jag visste ju inte vad de pratade om, och de visste inte vad jag hade varit med om. Inte utan anledning kände jag mig ofta som om jag kom från en annan planet.

– Det kommer att ge sig, tröstade Maggan. Du är så himla begåvad! Du kommer att vänja dig.

– Jag hör inte hemma här, sa jag trumpet. De är så taskiga.

– Taskiga, det heter sjaskiga, rättade hon.

– De säger *taskiga*.
– Det är ett slangord.

Sedan berättade hon att hon hade en fästman som sålde bilar. De skulle gifta sig om några år. Maggan behandlade mig som en jämlike, hon förstod. Jag kände mig bra i hennes sällskap. Hon var min enda svenska vän.

Men det blev trist att kämpa ensam. Så jag fick svälja förnedringen och ty mig till de osynliga. Där fanns Karin, mullig och tystlåten. Där fanns Marita, som bodde i en villa en bra bit från skolan. Där fanns Lena, som var lite för tråkig för att platsa ens bland de vanliga. Och där fanns Annika, snäll och vänlig men falsk. Henne kunde jag inte riktigt lita på. Men det var fortfarande bättre att vara med dem än att alltid gå ensam.

Gården var förstås också full av ungar, och bland dem var det enklare att hävda sig än bland klasskamraterna, märkligt nog. Kanske var det min uthållighet i leken om röda vita rosen som gjorde att jag lyckades skaffa mig vänner från höghusen runtomkring. Ett säkert kort var de barn som var något yngre, de hade inte mycket att sätta emot elvaåriga mig, i stället sprang de och ringde på hos oss stup i kvarten och undrade om vi inte skulle leka. Faktiskt dök det upp några invandrare till, Bogdana från Jugoslavien och Bente från Danmark, av alla ställen. Bente var ett år yngre och blev min bästa vän. Hon var allt jag själv inte var, tio år gammal hade hon redan fått bröst, hon hade långt blankt hår och glittrande Barbieögon och killarna i hennes klass var tokiga i henne. Att vara med Bente gav även mig en viss status, även om jag inte direkt blev någon killmagnet för det. Så småningom flyttade det in en ny familj högst upp i vårt hus, en frånskild kvinna med fyra barn och en ny man. Den näst äldsta dottern och jag fann varandra snabbt. Vad behövde jag bry mig om gängbildningen i klassen? Jag klarade mig bra ändå.

Gården bland höghusen påminde inte alls om gården i Prag, men jag fick ändå en liknande känsla av frihet när jag lämnade lägenheten och gav mig ut. Vi skvallrade, hängde på klätterställningarna, utmanade killarna och lekte ute långt in på kvällarna. Även de svenska mammorna ropade från köksfönstren om att maten var klar och vi rusade in, kastade i oss middagen, för att snabbt åter sammanstråla nere på gården.

Vi blev rastlösa av den tidiga vårens löftesrika doft. När vinterhimlen började ge plats åt ljuset kunde vi inte sitta inne. Kvällarna blev allt längre och träden började knoppas. Vi upptäckte nya världar. Vi lärde oss spela nya sociala spel.

Bettan gav sig inte så lätt. Hon missade aldrig ett tillfälle att säga något elakt till mig. Fientligheten tilltog.

– Jävla utlänning, fan vad du ser ut, var hennes vanliga hälsningsfras på morgonen. Var har du hittat dina jävla kläder? I soptunnan?

Hon skrattade åt mig i omklädningsrummet efter att vi hade haft gymnastik, sa att jag var äcklig. Hon kommenterade mitt hår och undrade om jag inte visste vad schampo var. Hon härmade mitt uttal och knuffade mig när hon kom åt. Hon kastade sudd på mig på lektionerna. Hon la häftstift på min stol.

De andra verkade inte bry sig lika mycket. Ibland verkade de till och med ha glömt att jag var en utlänning. Eller *"tjeckjävel"* som Lasse hade döpt mig till. "Är du nå tjeck, då", brukade han roa sig med att skrika till mig. Vad skulle jag svara. "Haha. Javisst. Är du så jävla ball själv din töntiga svenne", högg jag till med när jag lärde mig mer. Hans iver att vara otrevlig mattades en aning efter det.

Det planerades för klassfest. Vi fick stencilerade inbjudningar att ta med hem. Jag blev nervös. Nu skulle jag tvingas att umgås med de andra också utanför skoltid.

– Klassfest, vad trevligt, sa mamma intet ont anande när jag visade henne lappen.

Jag berättade aldrig för henne vilket helvete jag hade om dagarna. Det var inte hennes bekymmer, ansåg jag. Jag höll masken, jag skulle klara av det här själv. De hade det jobbigt nog som det var. De behövde inte höra gnäll från sin stora dotter dessutom. Jag hade fattat alla beslut åt mina föräldrar. Jag bestämde att jag skulle behålla alla mina privata små bekymmer för mig själv. Vad visste mina föräldrar förresten? För deras del kunde jag lika gärna vara en bebis fortfarande, klä mig i stickade brallor och fullkomligt strunta i min frisyr.

– Ja, det ska bli kul, nickade jag.

Det här var en tid då jag fick svårt att sova. Jag kunde bara inte somna på kvällen. Sömnlösheten var jobbig, plågsam, jag låg och vred mig och stirrade på väckarklockans siffror. Det fanns ett magiskt klockslag som hette 22.22. Om jag var vaken när klockan var tjugotvå minuter över tjugotvå, visste jag att jag skulle ligga sömnlös största delen av natten.

Jag såg inget samband mellan det som pågick och mina sömnproblem. Jag kunde inte, ville inte, förstod kanske inte heller att koppla ihop företeelserna, analysera. Jag kunde bara inte sova. Kanske var det för många tankar som inte gav mig någon ro.

– Vad ska du ha på dig, ville mamma veta. En klänning kanske?

Klänning, hon var inte klok. Ingen normal människa som var elva hade klänning. Bettan skulle skratta ihjäl sig.

– Men den fina långkjolen som du har från PUB då, föreslog mamma. Du är så söt i den. Med en vit blus till. Och så kan du tvätta håret.

Jaja. Jag resignerade. Det fick bli den blå kjolen. Men jag såg inte fram emot klassfesten. Det enda jag visste var att jag var tvungen att gå. Kanske väntade de sig att jag inte skulle komma. Den skadeglädjen skulle jag inte bjuda på.

– Du kommer väl Katia? frågade Marita.
– Jag kommer.
– Kan vi inte gå tillsammans?
– Jo.

Jag var inte ensam om att vara osäker. Samtidigt var jag inte helt övertygad om att det var ett smart drag att göra entré med mesproppen Marita. Men okej. Kanske var det bättre än att komma helt ensam.

Jag längtade till min gamla skola, till vårt gamla liv. Den här förbannade kylan och alla elakheterna, det var så knäckande. Jag behövde lära mig att hantera det. Jag behövde bli bättre på att bita ihop. På att bli hård. På att spela spelet.

När jag gick hem från skolan var jag Drakflickan. Stark. Modig. Onåbar. Jag bredde ut mina vingar, lyfte mot himlen. De andra blev kvar där nere.

Jag skulle ge igen.

Aldrig förlåta.

TELEFONEN RINGER. Jag hör en främmande kvinnoröst i luren. Den bryter på ett språk jag inte känner igen.

– *Åk hem, jävla kommunister! Avskum! Svin!*

Jag blir torr i halsen.

– Vem är det? frågar jag.

– *Slödder! Pack!*

Den okända kvinnan andas stötvis.

Jag tittar på mamma. Hon ser blek ut.

– Vem är det, Katia? frågar hon.

Jag räcker henne luren.

– Ja, säger mamma.

Jag hör den andra rösten på avstånd.

– *Snyltare! Kommunistsvin! As! Åk hem!*

Mamma biter ihop.

– Sluta ring oss, väser hon i luren.

Hon lägger på. Hårt, bestämt. Runt hennes ögon har det bildats små arga veck.

– Vem var det? frågar jag.

– Nån som hatar pappa, säger hon.

En gång ringde det när jag var ensam hemma. Så snart jag

hörde den främmande kvinnorösten – de gånger jag hörde samtalen var det uteslutande kvinnoröster som hackade fram de kränkande orden – så for själva fan i mig. Som om hatet mot alla dem som jävlats med mig kom tillbaka och gav mig stålkraft.

Hon hann knappt börja.

– *Svi...*

Jag tog sats.

Så vrålade jag i luren, på hyfsad svenska, alla de svordomar jag lärt mig under min korta tid som mellanstadiebarn i min nya svenska skola.

– Håll käften, din jävla kärring, ge fan i att ringa oss! Ge fan i det, hör du det! Förbannade jävla idiot. Du ska dö.

Personen i andra änden kom av sig. Jag hörde henne andas. Hon hade inte fått nog.

– Du ditt jävla luder! Din fega jävla fula skitkärring, dra åt helvete!

Mammas ansikte. Mammas ledsna ögon. Mammas ångest.

Hon var visst kvar i luren.

– Har du fattat vad jag säger, skrek jag. Jag hatar dig. Jag hatar dig. Jag hatar dig.

Jag fick inget svar.

Det kom bara en spärrton.

Nu hade hon lagt på.

Jag måste ha tagit i. Det kändes lite ömt i halsen. Jag stod med luren i handen och skakade, men det kom inga tårar i ögonen. Jag skulle inte gråta för den där röstens skull! Mest kände jag mig förvånad för att jag faktiskt inte fick någon respons, att människan i andra änden av luren inte försökt överrösta mig, att jag inte fick något hot tillbaka.

– *Vi ska ta dig, din lilla barnrumpa, och göra dig illa. Akta dig för att skrika till oss! Du vet inte vilka vi är. Vi är många, hemliga, mäktiga, och vi kan skada dig, vi har makten, det har inte du...*

De hade kunnat väsa elakt i luren. De skulle kunna stå och lura på mig efter skolan. Komma in i lägenheten på natten, ta mig med, kidnappa mig, döda mig. Men de gjorde inget av det.

Jag sa inget till mamma om telefonsamtalet. Jag städade köket, bakade en sockerkaka enligt recept på sockerpaketet, jag plockade undan pappas papper, gjorde läxorna och tittade en stund på *Språka på serbokroatiska*.

När mamma och pappa kom hem kramade jag dem extra länge och dukade sedan till middag. Vi satt på våra gula stolar och åt spaghetti och pratade om dagen som varit, som en helt vanlig familj.

Allt var lugnt.

Allt var under kontroll.

Där utanför gick förorten sakta till vila, kvällen föll och lamporna tändes i fönstren, människor tittade på *Rapport* och Palme pratade om utrikespolitiken, allt var tyst och stilla och vanligt, det var så vanligt så det nästan gjorde ont.

Den natten drömde jag att ytterdörren ansattes av vampyrer. Jag försökte hålla emot men sakta gav dörren vika. Bakom mig fanns bara svart mörker. Jag ropade till mamma och pappa, men de var borta, min bror var också borta, jag var ensam i en svart ödslig lägenhet och dörren knakade, krafterna där ute var starkare än jag. Först gav säkerhetskedjan efter, sedan det vanliga låset, kåpan som skulle skydda det sprack likt ett äggskal. De hade yxor och slog mot dörren. Jag skrek på hjälp men min röst ekade bara i lägenhetens mörker. Yxorna högg igenom dörren, träflis yrde. Nu hörde jag dem, hur de väste där ute, jag kände deras andedräkt, snart skulle de ta mig, de var vampyrer med långa huggtänder som var ute efter mitt blod, de skulle mörda mig, våldta mig...

Jag vaknar med ett skrik.

Jag är helt kallsvettig och täcket har snott sig runt min kropp och ansiktet är vått av tårar, jag är livrädd, så rädd att jag skakar.

Vampyrerna i drömmen har mina föräldrars ansikten.

Vi pratade inte särskilt mycket om de där anonyma telefonsamtalen. Mina föräldrar verkade mest av allt bara vilja låtsas som om inget hade hänt. De ville troligen inte oroa mig.

Vi hade hemligheter för varandra.

Vi skulle skydda varandra från allt ont.

Efter mitt utbrott den där eftermiddagen får jag i alla fall inga fler anonyma samtal. Kanske ringer de i fortsättningen bara när jag inte är hemma. Kanske ringer de bara till pappas jobb. Kanske märker jag inte att de ringer överhuvudtaget.

Eller så slutade de helt enkelt att ringa.

Jag frågade aldrig.

KLASSRUMMET ÄR DEKORERAT med ballonger. Några föräldrar plockar med borden och stolarna och ställer fram muggar och läsk. En bandspelare står uppställd på katedern.

Kvällen för klassfesten har kommit. Det är vår klass, 5B, som också bjudit in 5A. Lyset i klassrummet släcks. Nu sätter någon på musiken. Det är Slade. Några osäkra killar står i ett hörn. Föräldrarna lämnar oss och går till lärarrummet för att vi ska få vara "ifred".

Vi är fyrtio stycken elvaåringar som nu ska dansa och dricka Fanta. De vuxna misstänker inte några oegentligheter. Det är bara det att Steffe har smugglat med sig Magnecyl, som han löser upp i Colan. Och Niklas har snott en mellanöl av sin farsa.

Nu kommer Bettan ihop med Kicki, Mia och Sussie. Jag ser också Nettan. De har sminkat sig, deras ögonlock lyser av glitter. Mamma har bara en enda ögonskugga hemma, den är av märket Helena Rubinstein och den fick jag inte låna. Bettan har läppstift och en bussarong som jag aldrig har sett. Hennes mörka lugg är fönad utåt och hon flinar överlägset mot mig.

Tjejerna börjar dansa. De halsar Steffes Magnecylspetsade läsk.

Jag och Marita och Karin står i ett hörn. Vi blir inte uppbjudna av någon. De osynliga killarna vågar inte gå fram till oss och vi vill inte ha dem. Eller, jo, det vill vi, men vi låtsas inte om det.

– Hur går det hörni?

Det är Stig, Karins pappa. Han har hjälpt till att ordna festen. Nu tittar han in för att kolla att alla har det bra. Vi ler snällt mot honom. Allt är under kontroll.

– Ja, jag ser att ni fixar det här bra på egen hand, säger han. Om det är nåt så sitter vi i lärarrummet.

Alla vet att föräldrarna sitter i lärarrummet som ligger en trappa upp, där det finns randiga plyschsoffor och pappersnäsdukar och kaffetermos. Karins pappa är övertydlig. Det är helt otänkbart att min egen pappa skulle få följa med till skolan och vakta klassfesten. Jag blir avundsjuk på att Karins pappa är svensk. Men vad skulle han annars vara, kines? Det verkar så skönt att slippa skämmas för sina föräldrar. Men Karin verkar skämmas ändå. Trots att hennes pappa har hockeyfrilla, jeans och rutig skjorta och pratar perfekt stockholmska utan att bryta det minsta.

– Gud vad han är pinsam, viskar hon.

Bettan dansar utmanande mitt i rummet. Hon skrattar högt och slänger med håret. De andra i hennes närmaste gäng försöker göra likadant. Kicki har tajta vita jeans på sig. Jag försöker lägga dem på minnet. Hon ser bra ut. Tänk om jag kunde se ut som hon. Lika blond, lika fint fräknig. Hon liknar min Barbie.

Bettan snurrar mitt på golvet och ibland ser hon åt mitt

håll, det ser nästan ut som om hon gör grimaser. Jag försöker att inte titta på henne. Men det är svårt att låta bli.

Killarna står och stampar på samma fläck medan de dansar. De sätter ena foten bakom den andra och upprepar denna rörelse, det ser ut som om de trampar vatten.

Nu kommer en lugn låt. *Angie* med Rolling Stones. Jag kan den här låten. Den är bra. Jag gillar den.

Några börjar dansa tryckare. Bettan dansar med Niklas. Jag har aldrig dansat så där med en kille, men jag minns att Andrew dansade så med Vicky och att hon dagen efter hade en scarf runt halsen. Tänk om någon skulle bjuda upp mig. Skulle jag dansa då? Jag är inte helt säker. Jag ser på Karin att hon tänker något liknande. Vi tittar på Bettan och Niklas och Nettan och Lasse, och vi känner oss superbarnsliga och utanför och jag tror att vi båda är hundra procent säkra på att ingen av oss någonsin kommer att dansa en tryckare.

Plötsligt kommer det fram en kraftig kille. Det är Mange från 5A. Han är värsta mesen, alltid ensam på rasterna. Jag har sett honom. Vad vill han mig?

– Har jag chans på dig? frågar han.

Jag förstår inte riktigt.

– Har jag chans på dig, säger han högre och lutar sig mot mig en aning.

Karin ler uppmuntrande.

– Han vill bli ihop med dig, viskar hon.

Jag förstår fortfarande inte.

– Säg nåt då, knuffar Karin till mig.

Jag rycker på axlarna.

– Visst.

Han nickar lätt och går därifrån. Jag ser hur han pratar med Fredde och Perra, två ganska hårda killar i 5A. Så tittar de alla tre mot oss. Är det bara inbillning att Fredde gör en hånfull min?

– Jag har aldrig haft nån kille, säger Karin.

Kille. Betyder detta att Mange är min kille nu? Andrew hade gärna fått bli min kille, liksom Ondřej, eller Morten. Ole var också söt och jag ville pussa honom. Till och med barnslige David hade kunnat duga. Men Mange? Mange kan väl inte vara min kille. Plötsligt känns allting otroligt förnedrande. Jag har sagt ja till en kille jag inte ens känner, en kille jag aldrig pratat med. Jag sa ja för att jag inte visste vad jag annars skulle svara.

– Jag måste göra slut, säger jag till Karin.

Världshistoriens kortaste "romans" behöver genast raderas ut.

– Nä, du är ju knäpp! Du sa ju ja för två minuter sen.

– Men i alla fall. Jag känner faktiskt inte honom.

– Det spelar väl ingen roll.

Vi dricker Cola, vet inte om det är Magnecyl i eller inte. Någon mår illa. Det är Steffe. Han kräks. Karin springer för att hämta sin pappa och lysrören tänds och någons mamma står och luktar på flaskorna.

Jag hör hur de pratar upprört.

– *Men de är ju bara elva år! Vi borde inte ha lämnat dem ensamma.*

Jag ser inte Mange någonstans och kanske är det lika bra det.

När jag går hem genom den ljusa kvällen känns det ändå ganska spännande, att någon har frågat chans på mig.

Dagen därpå kommer Fredde fram till mig på skolgården. Han har en högröd Mange med sig i släptåg. Jag undrar vad de tänker säga. Jag öppnar munnen för att säga att jag inte vill vara ihop. Men jag hinner inte.

– Mange vill göra slut, säger Fredde.

Jag missar mitt tåg med en halv sekund. Kan jag säga att jag ville göra slut först?

– Jaha, säger jag bara.

– Tänkte bara att du ville veta, fortsätter Fredde.

Mange säger ingenting. Han skrapar med fötterna i gruset. Han ser gråtfärdig ut. Vilken jävla tönt.

Så vänder de om och går sin väg.

De är töntar båda två. Men det är ändå skönt att det är över. Jag försöker känna efter om jag är ledsen. Nä. Inte någonstans. Jag känner mig bara störd för att det inte var jag som fick säga det först.

– FY FAAAN, HUR KUNDE DU vara så jävla dum och tro att Mange ville vara ihop med *dig*?

Det är Bettan såklart. Bettan har fått reda på min korta affär och njuter nu av att basunera ut den över skolgården. Och i klassen.

– Hörde ni? Utlänningen trodde att en svensk kille skulle vilja vara ihop med henne på riktigt! Jamen hur jävla dum får man bli? Fattar du inte att Mange drev med dig? Det var ju Fredde som hittade på alltihop. Han ville se om du gick på det.

Jag känner skammen krypa i mig. Ja, vad dumt. Hur kunde jag tro att någon ville vara ihop med mig. Med fula, misslyckade, utländska mig. Med mitt fula hår. Med mina äckliga kläder.

Det ringer in. Ulla kommer, slår med pekpinnen mot svarta tavlan.

– Tyst i klassen! Elisabeth, sätt dig på din plats omgående! Katia, ta upp böckerna! Vi börjar med diktamen.

Bettan sätter sig motvilligt.

Jag vill gråta, men får inte fram några tårar.

I stället skriver jag ursinnigt, alla orden som sägs tecknar jag ner på pappret. Hur kunde jag vara så dum? Hur kunde jag tro att en svensk kille ville ha chans på *mig*?

Bettan sitter bakom mig och petar på mig med en linjal.

– Jävla dumhuve, viskar hon så bara jag hör. Jävla nolla. Du är så jävla ful. Fula, fula, Katia-tönt.

Klockan tickar.

Jag skriver.

Försöker inte ta notis om linjalen i ryggen.

Skriver inte Bettan? Hur hinner hon peta på mig?

– Elisabeth, koncentrera dig, säger Ulla.

Jag skriver.

Förståndig. Sjukhus. Vardagsrum. Granbarr. Också.

– Tänk att du gick på det, tänk att du gick på det, visksjunger Bettan svagt bakom min rygg. Hon fortsätter att peta på mig med linjalen.

Mörda. Hat. Utlänning. Främmande. Avsky.

– Hahahaha, skrattar hon tyst. Jävla mongo-Katia.

Jag fortsätter att skriva.

Vedergällning. Spöstraff. Exil.

Linjalen i min rygg. Hennes viskande i mina öron. Det dunkar i tinningarna. Hjärtat slår ett extra slag. Andhämtningen blir snabbare.

Seger. Hämnd. Revolt.

Jag vänder mig om så hastigt att effekten blir explosiv. Jag kastar mig mot henne och hinner se att hennes mun öppnas men sedan är jag över henne, min kropp faller mot henne, jag tar tag i hennes hår, i hennes hud, jag sliter och drar. Hela jag är inställd på att förinta och krossa och kväva och jag känner knappt hur hon rör sig under mig. Vi faller liksom bakåt, jag är över henne, jag täcker hela henne och hon upphör att finnas och jag tar tag i hennes armar och trycker dem bakåt. Vi faller, sakta närmar vi oss golvet, jag undrar varför jag inte hör hur vi slår i det, men så kommer dunsen, försenad, hon landar på rygg, hon är under mig och jag är över henne och jag dunkar hennes skalle mot golvet och jag säger något, eller skriker jag? Hon ligger spretande under mig som en skalbagge med den oskyddade magen blottad. Jag stirrar henne i ögonen och slår henne rakt över ansiktet.

Det är knäpptyst i klassen.

Jag känner lukten av din rädsla. Jag känner din svaghet. Drakflickan öppnar sina vingar och lyfter. Nu är det din tur att känna smärtan.

Oändlig tid förflyter. Klassen sitter fastfrusen, orörlig. Jag sitter grensle över Bettan och trycker hennes händer mot golvet.

Din jävel. Du rör mig aldrig mer.

Så hör jag ljudet av en pekpinne som ursinnigt slår mot svarta tavlan.

Gång på gång.

Ett hackande ljud. Ett platt, hackande vasst ljud som får ögonblicket att lösas upp och klassen att tina upp ur sin chock.

Ulla försöker återta kontrollen.

Flickor som slåss. Man har väl aldrig sett maken. Den där invandrarflickan är ju inte helt normal. Att ge sig på en klasskamrat så där. Elisabeth kan ju visserligen vara lite provocerande, men detta?

– Vad är det frågan om? Katia! Gå genast och sätt dig på din plats!

Jag böjer mig ner och viskar, på perfekt svenska, i Bettans öra:

– Du rör mig aldrig mer. Din jävel, rör du mig igen så dödar jag dig.

Elvaåringar säger inte så. Elvaåriga flickor använder inte sådana ord. Elvaåringar är ju bara barn, barn hotar inte varandra! De är elaka, de mobbas, men de beter sig inte på det här sättet. Det är inte möjligt att det var så det gick till.

Jodå. Det är fullt möjligt. Jag kan ha sagt något ännu värre. Jag såg att Bettan blev röd och att det kom tårar i hennes ögon. Efter att hon satt sig på stolen sa hon inget mer. Hon skrev inte klart sin diktamen. När lektionen var slut sa hon att hon hade ont i magen och gick hem.

Hon kunde också vara svag. Hon for i golvet. Hon fick igen.

Drakflickan sög i sig rädslan. Drakflickan växte, blev mer säker. Hon skulle klara det. Hon skulle inte låta sig knäckas. Svårigheterna var nödvändiga. Men hon kunde också kämpa. Hon skulle inte ge upp så lätt.

Jag behövde aldrig prata med någon om det som hänt. Jag berättade inget hemma. Ulla tog inte heller upp det. Den här dagen upphörde helt enkelt att existera. Den skulle glömmas bort. Och den glömdes bort. I alla fall på ytan. Jag skickades inte till kuratorn. Eller till skolpsykologen. Ingen analyserade hur invandrarflickan mådde, hennes reaktioner och aggressioner. De sopades under mattan, de löstes upp och försvann.

Men något förändrades trots allt. Det var kanske mest Bettan. Hon blev lite tystare. Hon höll sig på sin kant.

Först slog hon ner blicken när vi möttes. Hon pratade inte med mig mer. Hon låtsades som om jag inte fanns.

Snart blev hon nästan sitt vanliga jag. Tuggade tuggummi och skrattade sitt störiga lilla skratt, slängde med den mörka luggen och sa taskigheter till de osynliga.

Men mig rörde hon inte fler gånger. Hon slutade att kommentera mitt utseende. Jag blev lika osynlig som de verkligt osynliga. Sådana som inte fanns.

Sedan hände något annat. En dag började Kicki prata lite med mig. Mia frågade om jag ville hänga med henne hem. De populära. De sökte sig till mig. Jag förstod inte varför.

Bettan lät dem hållas. Hon såg bort när jag kom och skyndade alltid hem från skolan så vi slapp gå samtidigt. Men en dag hann hon inte. En dag råkade vi ha sällskap.

Så småningom bytte vi till och med ett par ord.

Det var nog då jag insåg att också Bettan kunde ha det jobbigt.

Dessutom hade hon en ganska söt och väldigt snäll lillebror. Han gick en klass under oss och hette Chrille.

AV NÅGON ANLEDNING ringde mina föräldrar sällan hem till Prag. De få gånger de gjorde det blev samtalen ansträngda. Mamma grät ibland. Kanske var det därför som de slutade att ringa. Det var meningslöst på något sätt. Avståndet minskade knappast tack vare dessa samtal. Tvärtom verkade det bara bli större.

Farmor var sjuk, så mycket visste jag. Hon återhämtade sig aldrig riktigt efter farfars död. Att hennes älskade *Dáda* var tvungen att lämna landet var nästa stora slag för henne. Hon åkte in och ut på sjukhus och ingen kunde riktigt avgöra vad som fattades henne. Förmodligen höll hon på att sörja ihjäl sig.

Jag tror att det var svårt för pappa, samtidigt som han aldrig visade sin oro öppet. Han bet ihop och skulle vara "stark". Vad hade det hjälpt om han själv brutit samman? Jag tror att han resonerade så, trots att jag aldrig frågade. Känslor var omoderna. I synnerhet för en man.

Någon gång under det första året i Sverige fick han besked om att han blivit fråntagen sitt tjeckiska medborgarskap. Nu var han en statslös världsmedborgare på riktigt. Han och lillebror, familjens två karlar.

Det var annorlunda för mig och mamma. Officiellt var vi inte tjecker. Utan ryssar.

Det börjar som en berättelse om min mormor, min morfar och ett stycke rysk-tjeckisk kärlekshistoria med många romantiska inslag. Men för att kunna berätta den måste jag introducera mormor Jekaterina. Och morfar Kolman, med förnamnet Ernest.

Mormors mor Lea Abramovna levde i Cherson i Ukraina och tillhörde stadens fattigaste. Leas man Avrum Ajzikov var suput, precis som så många andra ukrainska oduglingar till män. Barn på barn föddes i familjen, fyra söner och tre döttrar.

Lea var tvätterska. Hon och andra fattiga kvinnor i byn tog hand om de välbemedlades tvätt och såg till att den blev ren.

Jag stiger upp medan det fortfarande är mörkt. Mina fingrar värker, ryggen likaså. Golvet är smutsigt, när ska jag nånsin skura också hemma hos mig? Men jag är upptagen. Alltid upptagen med att ta hand om andras smuts. Blötlägga och gnugga, vrida ut och blötlägga igen. Mina händer är röda och spruckna, naglarna korta. Det sitter smuts i sprickorna. Ibland blir huden så torr att den blöder. Men vem hinner tänka på sånt? Jag har andra bekymmer. Varje dag detsamma, vad ska vi äta? Jag har vant mig vid barnens gråt, de gråter av hunger. Jag har vant mig vid smutsen, vår smuts. Jag har vant mig vid såpan som tränger in i sprickorna i mina fingertoppar, vid mina nariga knogar. Jag har vant mig vid att vara tjock, nu väntar jag nummer sju. Det enda jag vill är att slippa tänka. Tankarna plågar mig bara.

När Lea hade tre månader kvar på den sista graviditeten söp maken ihjäl sig och Lea blev ensam med sju barn, det yngsta min mormor som fick det judiskt klingande namnet Gittel men som senare bytte till Jekaterina.

Änkan Lea fick stöd av sin syster, tant Dora Abramovna. Svältdöden hotade. Enda utvägen var att sätta de stackars faderlösa barnen på barnhem. Mormor hävdade att det var på så sätt hon överlevde. Annars hade hon troligen dött av hunger.

Så småningom flyttade Lea och barnen till Moskva, till äldsta dottern Maria. Bostadsbristen i Moskva var skriande och löstes genom att flera familjer fick dela på en och samma lägenhet, ett slags påtvingat kollektivboende, ofta i större paradvåningar som konfiskerats från välbemedlade. Maria delade bostad med sex andra familjer och ansågs privilegierad eftersom hon fick disponera hela två rum. Köket var gemensamt och där stod sju små bord uppställda. Våningen sjöd alltid av liv. Det var ständiga familjebråk, skrik, anklagelser och avundsjuka. Familjerna bevakade varandra och unnade varandra ingenting. Hade familjen M. fått fläsk till middag? Bitterheten växte i det trånga köket, där kackerlackorna var så många att de föll från taket rakt ner i barnens tallrikar. En av kvinnorna saknade ett ben, men hade likväl lyckats gifta sig med en frisk man och blev mor till flera barn. Självklart var hon föremål för allas skvaller. Liksom alla de män som söp upp lönen. Marias bostad var på intet sätt unik, det var i själva verket så här vardagslivet såg ut för de flesta familjer i tjugo- och trettiotalets Moskva.

Och mormor var ung och skulle leva sitt liv. Självklart tillbringade hon så mycket tid som möjligt utanför hemmet. Hon träffade en ung man, Petja, och blev gravid, men snart värvades Petja till fronten och försvann ur hennes liv. Mormor blev ensam kvar. I de två små rummen bodde alltså hela hennes familj bestående av mor, syskon, Marias familj samt nu också ett nyfött spädbarn. Den förstfödde fick sova i en badbalja och togs om hand av de äldre kvinnorna som hade tid. Mormor försörjde sig som redaktör och journalist, men det gick knackigt. Hon skrev bland annat en barnbok, om en liten flicka som går på dagis, om de ryska daghemmens förträfflighet och om hur det känns när man först inte riktigt vill ingå i kollektivet men hur man sedan vänjer sig och till och med börjar tycka om det. Jag har ett vattenskadat, trasigt exemplar av denna söta illustrerade bok där staten och det arbetande folket förstås är närvarande.

Sådan var mormor. Hon kunde skriva och skriva. Men att stå vid spisen avskydde hon och hon misslyckades också ständigt med sina matprojekt. Mormor kunde knappt koka ett ägg så att det blev rätt, makaroner kokades för länge så de blev deg och kött kokades i all oändlighet så det blev segt som en skosula, höna förväxlades med tupp och blev efter två timmars tillagning oätlig, det där var ett ständigt problem för stackars mormor. Hennes mors syster, tant Dora, var hennes raka motsats. Med små medel kunde hon trolla fram fantastisk mat, främst judisk, små piroger med köttfyllning, med kål, med ägg eller med sylt, *gefüllte fish*, en klassisk judisk fiskrätt med sötaktig sås och grönsaker, sallad Olivier med rysk majonnäs, äpplen och potatis, stekt kyckling i ugn. Hon bakade också gärna, färskostkakor med russin, små lätta saker med pudersocker på, kringlor och plättar. Hon ville gärna göda dem hon älskade, maten var ett sätt att visa kärlek, och mest tyckte hon om sin syster och barnbarnen, så småningom också min mamma.

Bland Moskvas intellektuella träffade den ensamstående mamman Jekaterina den sjutton år äldre Ernest. Han hade också barn sedan tidigare och flera längre relationer bakom sig, men eftersom traditionella äktenskap avskaffats förekom främst samboförhållanden mellan fria kommunistkamrater. Morfar hade fått tre söner med två olika kvinnor. Men först när mormor kom in i hans liv blev det tydligt vem som var den rätta.

Hon är så lätt att tala med, denna Jekaterina Abramovna Koncevaja. Denna kvinna, så klok men ändå så lättsam! Snäll är hon, god, ödmjuk, sliter för sin lille son, man ska veta att hon inte alltid haft det så lätt. Hon är en förträfflig redaktör, hon brinner för sitt författarskap men ändå är det mest livet som är hennes begåvning. Så full av kraft, av optimism! Hennes motto är "allt kommer att bli bra". Sånt mod att ha den attityden i våra svåra tider. Hon är en sann inspirationskälla.

Kärlek, vem talar om kärlek? Vad är kärleken, egentligen? Vi måste stanna upp inför dessa känslor som sägs tillhöra oss men som vi egentligen inte vet något om. Stark sympati skulle jag vilja kalla det. Stark sympati och samhörighet. Älskar jag henne? Ja, naturligtvis. Jag är henne lojal och hängiven. Jag är trött på osäkerhet och kringflackande, på att leva från dag till dag. Jag ska leva vid hennes sida och vi ska följas åt. Jag svär att vara henne behjälplig med allt. Även med matlagning. Trots att vi båda kan lika lite om denna outgrundliga konst.

Någon har fångat dem på ett svartvitt foto från Sotji eller från någon annan semesterort vid Svarta havet. Mormor och morfar står där, sida vid sida, ännu är de bara i yngre medelåldern, uppfyllda av livet. De är svartklädda båda två, han ser ut som en politiker eller konstnär, hon är hans smäckra musa, ett halvt huvud högre, betydligt yngre än han. I bakgrunden vajar palmerna och de ser in i kameran med blicken hos två människor som funnit varandra, som vet att de har hittat rätt. Båda har varit med om en del i livet, båda har gått igenom kärlekar som inte överlevt, ingen av dem har några illusioner kvar. Men här står de tillsammans och hör ihop. Självförtroendet i deras ansikten går inte att ta miste på. Och så finns där något mer. Kanske är det lycka.

Oavsett känslorna var mormor fast besluten att inte ge upp sin karriär. Hon var Författare. Dagtid arbetade hon på förlag, kvällstid satt hon och skrev. Noveller, barnböcker, små berättelser, försök till romaner. För mormor existerade inte parallella världar. Det var Antingen Eller. En arbetande kvinna kunde inte samtidigt nedlåta sig till att sköta hus och hem.

Författare. En författare befattar sig icke med något så prosaiskt som kök, hushåll. Kokkonst? För vem? Det är något inskränkt med dessa kvinnor som står vid spisen, kutryggiga, förtryckta. Jag är en fri själ. Hemsysslorna tillhör livets nödvändiga ont. För att kunna skapa måste anden vara fri och den blir knappast lätt av att ständigt vistas i ånga, stekos, bland slammer och strimlor av kål. Dessa soppor, grytor, stekar och piroger! Jag önskar att jag kunde ta något medikament mot hunger, mot oreda, mot smutsiga kläder. Tänk att ägna sig åt skrivarbete allena, tänk att aldrig mer behöva diska en smutsig tallrik. Hämta vatten, värma vatten, skura och gno. Kvinnor, inte undra på att vi är ett förtryckt släkte. Hemmets eviga sisyfosarbete tynger oss, beskär oss, stympar vår tankekraft. Den sanna revolutionen måste äga rum i hemmen. Det är kvinnorna som måste frigöra sig från plikternas förtryck. Den tänkande klassen bör slippa hushållets slaveri.

Det är oroligt i världen när mormor blir gravid med sitt andra barn i början av 1939. I november föds min mamma, de bådas första och enda dotter. Hon får sitt namn efter mormors äldsta syster, men framför allt efter den andra kvinnan i Bibeln.

Morfar hade överhuvudtaget lustiga idéer angående namn. Hans första son fick heta Ermar, en förkortning för *Era Marxisma* – Marxismens Era. Den andre hette Piolen – *Pionjer Leninismu*, alltså, Leninismens pionjär. Den tredje hette Elektrij, med smeknamnet Elik, något som kom ur ordet *elektricitet*.

Morfar Ernest var en sträng patron som hade svårt för barn, för barn störde och förde oljud. Morfar måste också främst arbeta! Ägna sig åt matematik, filosofi, politik, tjocka böcker och tättskrivna blad. Han satt alltid vid sin skrivmaskin, vid ett bord som täcktes av papper. Han var redan gammal när jag föddes och jag lärde aldrig känna honom särskilt väl.

Morfars familj är av det mer oklara slaget. Han föddes 1892 i Prag i en judisk familj, pappan var posttjänsteman, mamman hade inget yrke utan var maka och mor, precis som så många andra kvinnor på den tiden. Förutom Ernest fanns ytterligare två barn i familjen, systern Marta, som blev operasångerska och som 1944, fyrtiotre år gammal, avrättades i gaskammaren i koncentrationslägret Ravensbrück. Brodern, poeten Rudolf, avrättades i Stalins gulag i slutet av trettiotalet trots att han var inbiten kommunist – troligen för att han blev misstänkliggjord som "folkets fiende". Men ingen vet, ingen kan berätta.

Morfar själv var matematiker och marxistisk filosof. På ett gammalt svartvitt foto syns han där han står bredvid Lenin. Han kände såväl Lenin som hans hustru, Nadejzda Krupskaja.

Men självklart kunde han inte hålla inne med kritik mot den tjeckiska partiledningen. För detta greps han i Prag, ett samarbete mellan ryska KGB och den tjeckiska underrättelsetjänsten, och fördes till det fruktade Lubljankafängelset i centrala Moskva. Där fick han sitta i dryga tre år, under det att han outtröttligt förhördes och torterades både psykiskt och fysiskt. Under den tiden förvisades mormor och mamma och fick tillbringa flera år i Uljanovsk, Lenins födelsestad vid floden Volga. Inte Sibirien, men närapå. Det var ren tur att de klarade sig, eftersom de tvingades bo under vedervärdiga förhållanden på en före detta toalett utan vare sig värme eller vatten.

Mammas dagdrömmar handlade mycket om sol. Om värme. Om en ren mjuk säng. Om klara färger, långt borta från grått och svart. Om vitt, ljusblått, och rosa. Men självklart också om mat. Mest om det, faktiskt.

Min längtan handlar om bakelser och bröd. Men inte om det

svarta, hårda, korniga bröd som är det enda vi kan få, det bröd som aldrig möglar, som är hårt som sten, vars smak jag har i munnen när jag somnar och vaknar. Utan jag drömmer om vitt doftande finbröd, om sockerpudrade kringlor och flottyrglänsande munkar, om piroger vars lena yta stelnat av ugnsvärmen och nu glimmar förföriskt av penslad äggvita och smör, inuti döljer sig mjuk röra av köttfärs och finhackad lök, kryddad med salt, peppar och paprika. Jag drömmer om röd sylt som rinner mellan mina fingrar när jag biter i en pösig kaka, om pajer med frukt och gelé, om konfekt och strudlar. Jag är osäker på om jag nånsin ätit allt detta men tankarna på allt det söta, goda, mäktiga ger mig tröst och kanske kommer det att finnas till för mig nån gång, längre fram. För det är väl ändå inte meningen att vi ska tillbringa hela livet i det här eländiga mörka hålet som inte ens förtjänar att kallas "hem"? Jag minns inte solen eller att himlen nånsin varit blå. Jag minns inte värme eller en ren säng. Jag minns inte dagar av mättnad eller dagar av ro. Jag minns inte att jag haft skor som passat. Att jag varit ren, att håret haft en doft av tvål. Att jag inte frusit. Att jag fått sova skönt eller att jag ätit nåt som smekt min tunga med en vänlig smak. Jag stänger av. När de ska raka mitt huvud och hälla fotogen över för att döda lössen blundar jag och försöker föreställa mig havet. Nånstans finns det ett hav och barn vars hår får växa fritt. Jag ber om att få leva tills vi kommer härifrån. Jag ber om att få leva tills jag blir vuxen.

Men tillvaron ljusnade. Morfar blev frisläppt och kunde återförenas med familjen. På en skidresa strax efter andra världskrigets slut mötte han så en ung pojke som han kom i samspråk med. Gossen var blott femton år gammal men redan livligt intresserad av matematik, politik och forskning. De två männen fann varandra trots den enorma åldersskillnaden – fyrtioett år – och blev så nära vänner att de beslöt att hålla kontakt. Så småningom kom han även att undervisa den unge vetgirige mannen i matematik.

Den unge tonåringen var min pappa.

Min mamma var då bara sex år gammal. Inte var hon särskilt intressant för en tonårskille! Men när åren hade gjort sitt möttes de igen, och plötsligt hade mamma blivit en tjugotreårig skönhet. Visserligen förlovad med en annan, men det var bara en liten detalj i sammanhanget, ansåg pappa, som aldrig slösade någon tid. Han friade osentimentalt.

– Jag ska ge dig ett bra liv, sa han.

Hur skulle hon kunna motstå?

När jag föddes hade mamma således fortfarande kvar sitt ryska pass. Och eftersom jag följde med till Moskva, på den tiden innan de flesta främst önskade komma därifrån, beslöt mina föräldrar att jag som baby inte behövde något eget pass utan gott kunde skrivas in i mammas. Man gjorde så, skrev in sina barn i passet. Kanske för att ungar inte var värda ett eget resedokument? Det ryska medborgarskapet kom att bita sig fast. Det var inte bara att avsäga sig det. Den mäktiga sovjetstaten släppte inte sina medborgare ifrån sig så lättvindigt. Även om det bara rörde sig om odugliga små barn.

Därmed var den ena halvan av familjen statslös och den andra ryska medborgare. Farmor var kvar i Prag. Mormor och morfar levde i Moskva. Ingen kunde komma till oss. Och vi kunde inte komma tillbaka.

Men att bråka med politiker är liksom lite av en tradition i familjen, något av en hobby. Jag antar att pappa började känna sig en aning uttråkad för att det aldrig längre hände något. Jag misstänker att han kanske till och med saknade avlyssningsapparater och hemliga agenter. Han skrev debattartiklar och samlade in pengar för att stötta oliktänkande i Tjeckoslovakien, snart skulle han vara med och dra igång Charta 77-stiftelsen och bli dess ordförande i Sverige, men ändå var det relativa lugnet förmodligen ganska tråkigt.

Därför drog mina föräldrar igång Operation Rädda Mormor och Morfar.

Nu blev det fart. *Rapport* och *Aktuellt* kom hem till oss och Olof Palme blev självklart inkopplad på fallet. Med hjälp av kontakter på högsta politiska nivå skulle han väl ändå kunna rubba politrukerna och ordna utresetillstånd. Morfar var gammal, skulle han inte få återse dottern och barnbarnen? Det var djupt omänskligt att inte låta ett par gamla människor resa ut för att återförenas med sin familj i deras nya hemland.

Morfar skrev ett öppet brev till Breznjev. Det blev rubriker. På bilderna i tidningarna sitter jag med fett hår och hemstickad tröja (en av de gräsligaste) i vår soffa hemma i förorten och det är synd om oss, vi är invandrare och förföljda och mamma ser åter gråtfärdig ut och pappa är skönt skäggig och manchesterklädd.

Och minsann. Publiciteten gjorde susen. Mormor och morfar fick utresetillstånd och politisk asyl i Sverige.

Hur det måste ha känts, att i hög ålder byta liv, kan jag inte riktigt föreställa mig. Morfar fann sig aldrig riktigt tillrätta, men mormor lärde sig rätt bra svenska och anpassade sig. Hon fick många nya vänner och blev medelpunkten i en rysk cirkel, som ofta träffades för att lyssna till hennes smäktande och sorgliga folksånger. Så något slags lyckligt slut får man ändå lov att säga att det blev, på den delen av vår ryska historia.

JAG DRÖMDE OFTA OM hur jag kom tillbaka hem. Om mottagandet i skolan. Hur jag oannonserat knackade på dörren till klassrummet och sedan steg in. Lärarinnan som tappade talförmågan av förvåning. Ansiktena i bänkarna som vred sig mot mig, sedan chockade utrop. Jag skulle ställa mig längst fram och med allvarlig röst berätta om mina upplevelser. Eller bara kasta mig in och omfamna dem alla, springa från bänkrad till bänkrad och skratta, dela ut Barbiedockor och Juicy Fruit och bubbla om alla mina upplevelser.

De hade lika gärna kunnat vara döda.

Jag skulle aldrig träffa dem igen.

Aldrig samlade. Aldrig på samma sätt. Vi skulle aldrig mer gå i skolan tillsammans. Det hade redan gått flera år. De var äldre nu. Kanske skulle jag inte ens känna igen dem. Kanske var de inte längre mina vänner. Vad hade jag betytt för dem? De kanske hatade mig. För att jag hade fått chansen att resa bort. För att jag inte längre var en av dem.

Martinka hade skickat ett foto på sig själv, hon såg inte heller ut som jag mindes, plötsligt hade hon fått jättestora bröst och hon skrev något om att hon brukade träffa en kille, hon var ju ett år äldre än jag och självklart hade hon redan kommit i puberteten. Jag kände inte henne heller längre.

I drömmarna som kom om natten var jag fri. Då återvände jag till Průběžnágatan och till vår gamla lägenhet och varje gång såg den annorlunda ut men jag visste ändå att jag kommit hem, trots att rummen låg på ett annat sätt, trots att möblerna täcktes av damm, trots att fönster saknades och allting hade förvridna proportioner. Jag gick från rum till rum och ibland kände jag igen mig och ibland inte. Lägenheten var ofta fylld av andras liv och av andra människor, som en vålnad gick jag ut och in genom deras samtal och deras vardagssysslor men de såg mig inte, jag var där men hörde inte till. Människorna som fanns kvar var vi, men ändå inte, de levde vårt liv som det kunde ha varit men som det aldrig blev, de öppnade munnarna men det kom inga ord, de log men deras ansikten var stela. Allt var förändrat.

Jag drömde om spårvagnarna och gatorna i Prag, om kyrkor och höga portar genom vilka jag gick igenom och hamnade i andra världar. Jag drömde om sjukhus och slott och mina gamla skolor och trappor som antingen var kolossala och omöjliga att gå upp för eller små och hopkrympta, inte gjorda för mänskliga fötter, trappräckena var alltför hala för att man skulle kunna hålla i sig, trapporna klättrade brant eller planade ut i oväntade riktningar. Man kunde komma in i husen och gå på gatorna men samtidigt fanns det alltid ett hinder, glödheta stenar eller översvämningar. Spårvagnarna stannade inte vid hållplatserna, de skenade förbi, ljuset var starkt och skadade ögonen, staden tedde sig hotfull eller exploderade. Som gamla journalfilmer jag sett för länge sedan där man rev byggnaderna, där väggarna bara föll ihop, där den en gång omsorgsfullt planerade staden kollapsade och förvandlades till stoft.

Jag drömde om hus som slukade människor levande och rum som försvann, väggar som gick att flytta och dörrar som inte ledde någonstans, fönster bakom vilka det endast fanns sten och kök där det inte gick att andas. Jag drömde om hus som var platta och om hus som var tusen våningar höga, om runda rum och rum som snurrade allt hastigare, hus som talade och hus som expanderade och förminskades. Det var hus som levde sina egna liv, de fanns inte längre i Prag utan på en främmande plats och jag sprang ensam från rum till rum och letade efter någon, alltid detta sökande, någon eller något, men jag hittade aldrig det jag var ute efter och för det mesta vaknade jag frustrerad och med en klump i halsen.

Andra gånger drömde jag att jag flög. Jag stod högst uppe i ett torn och nedanför bredde natten ut sig, mörka vatten och outgrundliga djup, och jag var inte en drake utan en helt vanlig flicka, som stod och frös i den svarta kylan. Det är bara en dröm, viskade en röst inom mig, flyg! Och jag kastade mig ut i det okända och luften bar mig, jag föll inte utan steg uppåt, långt där nere brusade havet. Ovanför mig samlades hotfulla moln, men jag kunde inte blicka uppåt, inte heller ville jag titta ner. Jag behövde känna att jag klarade av det.

Jag behövde våga.

Jag behövde tro.

LÄNGE VAR JAG ÖVERTYGAD om att jag skulle bli gymnastikstjärna. Eller premiärdansös. I Prag fanns det gott om kurser i gymnastik och akrobatik och klassisk balett. Jag tränade på kvällarna, i en gammal teaterlokal i Vršovice. Varje eftermiddag fylldes den pampiga lokalen med förväntansfulla pojkar och flickor. Vi fick byta om i den breda marmortrappan, omklädningsrummen var ofta för fulla. Det luktade krita, svett och något speciellt. Kanske tävlingsinstinkt? Kanske en vilja att åstadkomma något? Det var brus och buller överallt, det hördes skratt och skrik, visselpipornas signaler skar genom luften. Jag älskade det där huset och alla dess sjudande aktiviteter.

Här var det ingen som ifrågasatte vår vilja att bli bäst. Här skulle man tävla. De utan ärelystnad och tävlingsinstinkt gjorde sig icke besvär, de kunde sluta direkt. Bara de som verkligen var redo att kämpa, som ville betala priset i svett och tårar, skulle bli kvar. Vi skulle tänja kroppen intill bristningsgränsen, sträcka ut, böja, inte ge upp om smärtan högg till. Först uppvärmning, sedan akrobatik. Redskap, bom och matta. Tränarna var stenhårda. Ner i spagat, ner i split, den som maskade fick gå hem. De som visade sig mest begåvade kanske skulle få komma med till uttagningen till elitgruppen.

Min idol hette Olga Korbut och när jag såg henne tävla tappade jag talförmågan. Smeknamnet "Sparven från Minsk" var på kornet. Hon var verkligen en liten fågel, men så vig och stark! Jag hade aldrig sett en så liten flicka vara så skicklig. Det såg ut som om hon inte hade några ben i kroppen. Hon svingade sig upp i luften, gjorde frivolter på bom, i fristående var hon den mest eleganta i världshistorien. Olga, mina drömmars Olga! En annan förebild var rumänskan Nadia Comanecci. En smula mer bastant, men likväl en överjordisk varelse, gjord av idel muskler och begåvad med en gudomlig koordinationsförmåga. Men den verkliga stjärnan i sammanhanget var den tjeckiska olympiska guldmedaljören Věra Čáslavská. Hon hade vunnit hela sju guld, men fick avstå från den åttonde medaljen under de olympiska spelen 1968 till förmån för ryskan Larisa Petrik. Efter detta tog hennes idrottskarriär slut. Čáslavská skrev en bok om sitt liv och den inspirerade mig oerhört. Jag levde mig in i hennes beskrivning av hur hon tränade gymnastik i en hemmasydd orange dräkt och fick smeknamnet "Apelsinen", hur hon hatat detta och därför till slut klippt sönder dräkten och gömt undan den för att slippa sitt förhatliga smeknamn. Redan som liten hade hon varit extremt vig och en tydlig talang, hon gjorde flikflak utan problem som fyra-femåring, hon var född till gymnast.

Ett hus fyllt av drömmar och svett har sin speciella atmosfär. Där finns stråk av förväntan och besvikelse. Barnkropparna tänjs och sträcks. Barnkropparna far genom luften och faller, ibland lätt, ibland tungt, ner i de tjocka mattorna. Vissa kroppar besitter ett större mod än andra. De våghalsiga hoppar högst och voltar ivrigast. De andra, däribland jag, är redan begränsade av rädsla för skador och smärta.

Men hemma hos farmor gick det bättre att öva. Där fanns inte tränarnas kritiska, krävande blickar. I farmors rum var det perfekt, lite dunkelt, snällt och tyst. Jag brukade plocka fram strykbrädan. Den fick agera bom.

Jag är Korbut, Comanecci, Čáslavská. Strykbrädan står inte helt stadigt men det gör inget, jag väger inte så mycket. Via en stol klättrar jag upp och försöker att gå ner i spagat på strykbrädan. Sedan snurrar jag runt och viftar med benen i luften. Det är nära att jag tappar balansen, publiken tar ett djupt andetag... Men jag rättar upp hållningen och så – en volt, en skruv, en trippel i luften. Ett nedslag med lysande skärpa. Jag svankar, sträcker upp armarna i luften, ler segervisst. Kamerablixtarna smattrar. Jag är stjärna, och den tjeckoslovakiska nationalsången ljuder mot mig. Jag har på mig en vit gymnastikdräkt och händerna värker, alla musklerna i kroppen skriker, men jag höjer huvudet och tar emot folkets jubel. Jag är en världsmästare. Jag gjorde det.

Andra drömmar stavades *Svansjön* och *Nötknäpparen* och befolkades av långbenta dansöser med luftiga tyllkjolar, med smäckra halsar och gracila handrörelser. Dessa fågelliknande varelser som liksom svävade över teaterscenen på sina tåspetsklädda fötter... Mormor tog med mig till Bolsjojteatern i Moskva och jag satt andlöst och såg Isdrottningen och Farbror Frost inta scenen och kunde sedan själv inte sluta dansa när vi kommit hem. Besvikelsen var dock stor när mormor köpte ett par tåspetsskor till mig. De var ju så hårda! Det var omöjligt att dansa i dem! Hur gjorde premiärdansöserna?

– De sliter ut tio par såna skor på en föreställning, berättade mormor.

Jag trodde henne inte. Sådana här skor kunde man inte slita ut på en livstid. Jag bet ihop och trädde dem på fötterna, men efter bara två tre steg grät jag nästan. Tårna höll på att gå av. Jag skulle aldrig bli någon balettstjärna. Jag skulle för alltid stå i salen och göra plié ihop med de andra småtjejerna, med mjuka små skinntofflor på fötterna.

Eller skulle konståkning kanske kunna vara något? Pappa ordnade privatlektioner i en ishall i centrala Prag och körde mig dit varje lördag förmiddag. Det var en äldre man som var min tränare. Han var ett gammalt hockeyproffs som på gamla dagar drygade ut sin ekonomi genom att lära barn åka skridskor. Jag minns honom inte så noga, bara att han var vänlig och doftade tobak och ylletröja. Vi åkte runt, runt på isen och han lärde mig att hålla balansen och att åka baklänges, några enkla piruetter och att skjuta hare. Det var övning, övning, övning. Fötterna värkte och jag blev svettig. Så småningom fick jag bättre självförtroende, skridskorna blev en förlängning av fötterna, jag kom att känna mig trygg på isen och slutade vara så förtvivlat rädd för att ramla.

Men konståkningsglamouren ville aldrig riktigt infinna sig. Jag ville ju ha en kort kjol med paljetter, nylonstrumpor, en åtsmitande topp, håret lagt i luftiga lockar, ögonskugga, jag skulle hoppa högt och dansa med lätthet över den blanka isen... Skridskorna skulle vara nyslipade och kanske inte ens vita, utan ljusblå eller rosa. Det var alla de vackra accessoarerna runtomkring som lockade.

Jag är en ensam primadonna på isen, och jag flyger fram till musik. Läktarna är fyllda med åskådare och min tränare ser spänd ut. Men han vet att jag inte gör honom besviken, han vet att vi tränat tillräckligt för att jag ska klara av även de svåraste hoppen, trippel-Salkow, trippel-axel, dödshoppet, inget kan stoppa mig, och efteråt får jag 10 poäng av alla de internationella domarna.

Gymnastik, balett och konståkning. Allt det här tog slut när vi flyttade från Prag. I Köpenhamn åkte jag inte skridskor en enda gång och balett var det inte tal om. Tåspetsskorna låg i garderoben och möglade. Ibland tog jag fram dem och smekte deras blanka satinerade yta. De var inte ens i närheten av att bli utslitna. De skulle aldrig bli det.

När vi kom till Sverige förstod jag snart att detta inte heller var landet där jag skulle kunna jaga mina drömmar. I vår förort fanns inga elitklubbar för akrobater eller kurser för blivande konståkerskor. Här tävlade man helst inte alls.

– Det är inte viktigt att vara bäst. Huvudsaken är att alla får vara med, att alla får ha roligt, sa gymnastikläraren i skolan med viss skärpa i rösten. Det är inte viktigt att vinna.

Alla sa likadant. Alla verkade tycka det. Det viktigaste var att man hade roligt. Det viktigaste var inte att komma först.

Inte viktigt att komma först? Jag kunde inte förstå det. Själv var jag uppväxt med en annan ideologi. I min gamla värld hade det varit viktigt att komma på första plats. I min gamla värld skulle man kämpa, ge allt. Bara om man ansträngt sig bortom alla gränser kunde man vara nöjd. Vad blev det av en om man inte ville vinna?

Mamma hittade till slut en kurs i balett åt mig. Det var en privat studio, inhyst i källaren till ett hyreshus. Läraren var en gammal dansös som gått i pension och som lärde ut balettpositioner till förväntansfulla småflickor.

Gymnastik fanns det inte några kurser i. Inte heller konståkning. Jag fick öva på spagat hemma. Och åka skridskor under vinterhalvåret, på fotbollsplanen mellan höghusen, den spolades åtminstone till iskana så fort det blev minusgrader.

På dansskolan ställdes inga krav. Vi skulle ha "roligt". Det var inte viktigt att vara bäst. Vi skulle göra "så gott vi kunde". Jag var besviken. Alla fick ha på sig vad de ville och vi var en brokig skara odisciplinerade ungar, som alla stod och gjorde sina pliéer som det passade oss. Vi var inga ämnen för Balettakademin, som trots allt fanns i detta land. Jag själv hade börjat dra iväg på längden och tillhörde inte längre de mest finlemmade. Balettflickorna var anorektiska. Trots att jag var smal var jag inte tunn nog för att platsa bland dem. Inte heller kunde jag röra armarna med någon vidare grace. Insikten var en verklighetschock, som blev ännu tydligare när vår lilla dansgrupp fick göra bort sig på en dansuppvisning i förortscentrumet. Våra föräldrar kom. Pappa tog kort. Jag grät när jag fick se dem. Jag såg klumpig ut och min dräkt var gräslig. Jag passade helt enkelt inte till dansös. Jag skulle aldrig slita ut tio par tåspetsskor på en enda kväll.

Mina balettdrömmar avled stilla i en svensk källare, någon gång i mitten på sjuttiotalet.

– KATIA, SKULLE DU VILJA åka iväg och bo hos en svensk familj i sommar? frågade pappa en kväll när vi satt och åt middag i köket.

Det var vårt andra år i Sverige. Vi hade fått det rätt skapligt inrett, trots att jag fortfarande tyckte att det var väldigt omysigt jämfört med hur det såg ut hemma hos mina klasskamrater. Deras hem hade mönstrade tapeter på väggarna, krimskrams och prydnadssaker i fönstren och i deras kök fanns det kryddhyllor. Vi hade visserligen konst, men det var glest mellan tavlorna och mina föräldrar hade hängt målningarna onödigt högt. Vårt kök var av sextiotalsstandard, med grågröna köksluckor och linoleumgolv som också gick i grått. På väggarna i köket hade vi ingenting. Och fönstren täcktes av smalbladiga persienner. Det fanns inte ens en krukväxt att glädjas åt.

– Vad är det för några? frågade jag.

– Vi känner dem inte, men du har fått en möjlighet att åka iväg. Det är genom socialkontoret.

Mamma såg bekymrad ut.

– Vi vet ju faktiskt ingenting om vad det är för människor, suckade hon.

Pappa vägrade som vanligt att oroa sig.

– Jag är säker på att det är en bra familj, sa han bara och därmed var samtalet avslutat.

Några dagar tidigare hade socialsekreteraren ringt och erbjudit mig platsen som sommarbarn hos en familj i Västmanland. Det var vanligt att invandrarbarn skickades iväg på detta sätt. Under några trevliga sommarveckor skulle vi få möjlighet att lära känna en svensk familj, en chans att bli bättre på svenska. Vi skulle få se hur man levde i Sverige och hur det gick till när man var svensk. Vi skulle stifta bekantskap med svensk kultur på många olika vis. Svensk matkultur. Svensk språkkultur. Svensk familjekultur.

Smart tänkt, faktiskt. För aldrig lär man sig mer om ett land än när man lever tätt ihop med dess invånare. När man blir familjemedlem, och får göra exakt som svenskarna själva. Inte på det sätt som man är van vid. Utan på det andra sättet, på det rätta sättet, på det nya landets sätt.

Jag blev lite nervös. Men samtidigt kändes det spännande. Eller, ärligt talat vet jag inte längre hur det kändes. Jag vet bara att det beslöts att vi skulle tacka ja till erbjudandet och att jag skulle få komma iväg till familjen Larsson i mitten av juni 1976.

Jag var ju van vid att åka bort. Detta skulle bara bli en kort tripp, några veckor, i det land där vi redan bodde. Det var inget konstigt. Vi östbarn var vana vid att skiljas från våra föräldrar och skickas runt. Vi tillbringade loven hos våra farmödrar, mormödrar, hos diverse släktingar eller på sommarläger. Man ville väl inte binda oss för hårt vid föräldrarna. Vi skulle klara oss själva så långt det gick. Att vara alltför fäst vid den egna familjen var inte sunt. Vi skulle klara av att separera, gång på gång på gång. Varför skapa sentimentala, klängiga ungar? Bättre med ungar som kunde ta vara på sig själva.

Kanske är det därför som jag hatar att säga hejdå. Jag har så svårt för avsked. Jag tror att varje avsked är det sista, att jag aldrig mer ska få se den som jag just sagt adjö till. Jag tycker inte om att skiljas, jag är livrädd för det. Men paniken kan också vara en logisk konsekvens av att livet är så nyckfullt. Vissa avsked förblir permanenta. Man kan aldrig på förhand veta vilka de blir.

Jag gick i sexan nu och vi var de äldsta barnen i mellanstadieskolan. Det hade blivit lite enklare i skolan. Jag pratade svenska flytande och hade för länge sedan slutat bära stickade byxor. Mamma köpte kläder åt mig på Hennes & Mauritz och jag fick ett par moderiktiga stövlar från BRA Stormarknad. Håret var fortfarande ganska hopplöst men det var som om klasskamraterna hade vant sig, förresten var de själva inte så snygga heller när allt kom omkring. Jag hade fyllt tolv och blivit ganska lång. Jag sprang sextio meter på snabbaste tid i klassen och fick bra resultat i höjdhopp, vilket alltid betydde något. Jag lärde mig texterna till ABBA:s mest populära nya sånger, som *Dancing Queen* och *Mamma Mia*, och blev till och med bjuden hem till Niklas på föräldrafri fest, FF.

Jag blev kär i Conny, en kille som hade sex bröder, och började stanna kvar ute på gården allt längre om kvällarna. Bente och jag gjorde inte annat än pratade om killar. Mitt största problem just då, förutom att jag inte kände mig hemma någonstans, var att alla andra tjejer hade fått bröst utom jag.

Det flyttade in fler invandrare i våra höghus. Bland annat ett par mörkhyade familjer med många barn. Med deras uppdykande mattades min exotiska status radikalt. I deras portuppgång doftade det vitlök och curry, kvinnorna hade långa klänningar och turbaner på huvudet, männen gick i utsvängda byxor och skor med höga klackar. Deras ungar skrek och levde rövare och musiken som spelades på högsta volym var Aretha Franklin och Diana Ross.

– *Babygirl*, kom in och prata, brukade en av de yngre kvinnorna säga till mig och jag följde med henne hem och hängde i deras kök. Hon hällde upp citronlemonad i ett högt glas och ställde fram chips och sedan satt hon och målade sina långa naglar i guld och skvallrade om sina familjemedlemmar. Jag kände mig mycket viktig och mycket vuxen.

Ryska Tanja som faktiskt hade bott i området i flera år innan vi kom, hade hört talas om att vi var en familj från öst och ringde på vår dörr en kväll. Hon blev först bekant med mamma, men sedan var det jag som fick bli hennes förtrogna. Tanja hade en son med en lång och snygg amerikansk karl som dessvärre övergav henne när hon var nyförlöst. Hon hade fött med kejsarsnitt på privatklinik i New York och berättade gärna om hur dyrt och flott det hade varit att få ett planerat snitt, hur hon hade tillbringat flera dagar på privatkliniken och sluppit alla födandets vedermödor. Jag visste ingenting om födandets vedermödor men förstod att kejsarsnitt måste vara något av det lyxigaste en kvinna kunde vara med om. Jag älskade Tanjas skildringar av det liv hon hade levt på Manhattan, hennes målande beskrivningar av parfymdiskarna på Bloomingdales och av promenaderna i Central Park. Stackars Tanja, från Broadway till en svensk förort och ett trist betonghus! Tanja verkade dock inte särskilt illa till mods. Hon sjöng högt och ljudligt hemma i sitt kök, lagade pastasås med champinjoner och kajennpeppar och lånade mig sina avlagda partykläder. Hon lärde mig att dansa *disco* och spelade Earth Wind & Fire på högsta volym. Så småningom var det Tanja som klädde ut mig till femtonåring och tog med mig på filmer som *Hajen* och premiären av *Saturday Night Fever*.

Ann-Charlotte bodde mitt emot oss och hade finskt påbrå. Hon var sexton och jag hade lärt känna henne ute på gården. Hon bodde ensam med sin mamma som alltid jobbade över, och därmed hade vi deras lägenhet för oss själva. Ann-Charlotte satte på *Jailhouse Rock* och dansade med en bild på The King tryckt mot bröstet. Hon var komplett Elvisgalen.

– När jag blir stor ska jag åka till Graceland, sa hon drömskt. Visst är han snygg? Gud, jag älskar Elvis. Tänk att få stå bredvid honom en enda gång i livet!

– Tänk om du fick ta på honom.

– Jag skulle dö då.

– Vad skulle du göra om han ville pussa dig?

– Jag skulle dö! Jag skulle dö!

Jag kunde inte riktigt förstå hennes bottenlösa kärlek men antog att vissa människor helt enkelt bara blev besatta.

Ann-Charlottes andra intresse bredvid Elvisdyrkan var

smink, och hon insisterade på att öva sig på mig. Jag fick lägga mig på hennes säng medan hon skramlade med ögonskuggor, kajal och kakmascaror. Jag blev insmord och pudrad, sedan målade hon mina ögonbryn i vilda bågar och ögonlocken dränktes i blått och lila. På kinderna landade suddiga kyssar av rouge. Hon arbetade målmedvetet och intensivt med att förvandla mig till en *supreme star*, som hon sa.

– Guuud, du blir så himla snygg!

Läpparna blev mörkt röda och läppstiftet kompletterades med läppglans. Håret var ju hopplöst, men Ann-Charlotte kämpade med locktången och lyckades krulla upp det som skulle föreställa en lugg ganska skickligt.

– Så, nu ska du ha en cigarett, så kan du lägga dig på sängen. Jag ska ta kort.

På fotona som dokumenterade resultatet av Ann-Charlottes makeupsessioner ser jag ut som en spacklad liten bordellflicka. Jag har ett tomt ansiktsuttryck där jag stirrar in i kameran och håller i en otänd cigarett med stela fingrar. Naglarna är blodröda. Jag ser inte helt bekväm ut.

Ann-Charlotte rökte på riktigt. Och jag fick smaka ett bloss då och då. Allt strikt hemligt, förstås. Även om det hemma hos henne knappast märktes att vi hade rökt, eftersom hennes egen morsa själv var storrökare.

Att röka var annars en äkta vuxensak som tjejerna i klassen gärna ägnade sig åt. Man stack iväg till kiosken på lunchrasten, köpte ett litet paket Prince, smög in i ett hyreshus nära skolan och tände på. Jag kunde inte avstå från denna gemenskap, trots att jag inte gärna ville röka.

– Ska ru' ha? frågade Karin viktigt.

För det var självklart Karin och Marita som tagit initiativet. Karin hade lockat luggen med locktång och målat ögonlocken blå. Det osynliga mesgänget kämpade hårt för att komma igen, för att öka sin status. Statusen kunde nästan bara höjas genom att man gjorde något förbjudet, något gränsöverskridande, och att tjuvröka var en sådan aktivitet.

– Visst, sa jag så nonchalant jag kunde.

– Har du p-piller? frågade Marita.

Jag hade aldrig hört talas om p-piller, hade inte en aning om vad det var eller varför jag borde ha sådana. Jag antog att p-piller hade något med vuxenhet att göra men skulle hellre bli dränkt i en toalett än att erkänna min okunnighet.

– Nej, sa jag och försökte att inte låta osäker.

– Jag tänker skaffa, sa Marita högdraget.

Vi försökte dra halsbloss på våra cigaretter men det gick inget vidare, jag började hosta och mådde illa. Vi låtsades dock inte om att Princen smakade vidrigt, inte heller illamåendet fick på något sätt hejda dessa tappra försök att lära sig konsten att bli vuxen.

Karins pappa rökte och hon var den som var mest erfaren av oss på detta område. Hon bolmade mer eller mindre obehindrat.

– Kolla in, jag kan göra rökringar, sa hon och blåste ut en elegant cirkel av blåaktig rök som sakta upplöstes i dimma.

– Snyggt, sa Marita.

Vi proppade munnen full med Toy och återvände till klassrummet. Det fanns skäl att känna sig nöjd. Vi hade rökt, vi var märkvärdiga, och att vi tuggade tuggummi var ett bevis på att vi hade gjort något förbjudet. Jag hoppades att mitt hår luktade rök och att alla förstod att något viktigt hade hänt.

DET RÄCKTE INTE att bara skriva hans namn i handen och i skolböckerna. Conny förkroppsligade också en längtan efter något omöjligt. Han påminde kanske lite om Jára och om mitt gamla liv. Svart vanvårdat hår, säckiga kläder, händer som knappast kunde ha sett tvål och vatten på denna sida av sjuttiotalet och en fräck och öppen blick. Jag tyckte att han stirrade på mig och jag kunde inte låta bli att stirra tillbaka. Conny bodde med sin ensamstående mamma och sina sex bröder i ett höghusområde som om möjligt var ännu risigare än vårt. Jo, det fanns faktiskt sådana också i den fina förorten. Området som Conny bodde i kallades "Tippen" – kanske på grund av att ingen direkt tog hand om parkskötseln och underhållet av soprummen. Husen var byggda i slutet av femtiotalet och portarna gick aldrig att dra igen, uppgångarna var nerklottrade och det såg inte särskilt hemtrevligt ut när man tittade upp mot fasaderna. Det där vanliga pysslet i köksfönstren hade på något sätt uteblivit och helhetsintrycket var att man inte brydde sig särskilt mycket om vare sig krusiduller eller om att försöka ge sken av att här bodde glada, lyckade människor.

Conny rökte givetvis och hans käraste leksak var en butterfly-kniv. Han drog fram den ibland, lite nonchalant, och gjorde konster med den. Det var svårt att inte bli imponerad. Jag tror att han märkte mitt intresse. Kanske var det därför kniven alltid åkte fram när jag var publik.

Conny gick i OBS-klass, såklart. Det var en brokig skara elever som ansågs så pass missanpassade, svårhanterliga, hopplösa eller rent ut sagt efterblivna, att de måste skiljas från övriga skolbarn och få ett eget universum. OBS-klassen var både ett skällsord och en källa till beundran. OBS-klass användes också som ett hot när inget annat fungerade för att få en grupp stökiga ungar att lugna sig. Underförstått var, att den som en gång hamnat i OBS-klass svårligen kom därifrån. Det skulle prägla hela ens återstående tillvaro och sedan skulle man sluta som ett bänkfyllo nere i centrum. Inför ett sådant scenario tystnade de flesta bråkstakar och fick något skrämt i blicken.

Conny inte bara rökte. Han sniffade också lim, och thinner om det bjöds. Sniffning var ett stort problem, förklarade vår klassföreståndare. Sådant som ungdomar ägnade sig åt och sådant som ledde till att man inte bara blev en bänkalkis, utan förmodligen även kriminell och hamnade på anstalt. Kanske var det därför som Conny föreföll ännu mer lockande. Att han var en omöjlig kille gjorde honom vansinnigt åtråvärd.

Jag svärmade gärna för sådant som var helt omöjligt för mina föräldrar att förstå. Vi läste David Wilkersons *Korset och Stiletten* och jag kom hem fylld av entusiasm inför baptistkyrkan och krävde att få bli vuxendöpt, varpå pappa avfärdade det hela som en nyck och "fanatism". Klart jag blev besviken. Måste allt vara precis som han ville? Han skulle i alla fall inte kunna hindra mig från att hänga med Conny.

Lustigt hur föräldradyrkan sakta förskjuts till ifrågasättande och ilska. Jag antar att det var självständigheten som kröp sig på. Jag kunde inte bara okritiskt svälja allt de sa och gjorde, jag måste ju försöka tänka själv. Men jag var djupt besviken över att pappa inte tog mig på allvar, att han inte ens ville prata med mig på en seriös nivå. Måhända var det kristen propaganda, men än sen? Missbrukare och gäng i New York hade fått ett nytt liv tack vare en tro. Det kunde väl ändå inte vara förkastligt.

Kanske Conny kunde räddas. Jag såg mig själv leda honom mot ljuset. Märkligt nog var det svårt att prata med honom och förklara. Han stod mest och stirrade på mig och log ibland. Hans leende var brett och vitt, och lyste i det solkiga ansiktet. Vår kärlek behövde inga ord, beslöt jag mig för. Samtidigt var det hans oförmåga att prata som fick mig att tappa intresset en smula. Jag föredrog nog ändå grabbar som kunde säga något mer än "äh" och "ja ba".

Då var lilla Chrille bättre, trots att han var Bettans bror. Vi började göra sällskap hem efter skolan. Det var strikt hemligt förstås, för det fick inte förekomma att en tjej i sexan hängde med en kille i femman. Äldre tjej och yngre kille, vilken löjeväckande kombination! Hade mitt lilla svärmeri blivit känt hade jag helt säkert blivit skoningslöst retad. De sociala reglerna var hårda och villkorslösa. Den som inte följde dem var slut som artist inom loppet av tjugofyra timmar eller mindre.

Ändå fanns Conny där som en oroande gestalt i periferin. Han störde mig och så fort han kom in i mitt synfält blev jag överspänd och tillgjord. Det var påfrestande att jämföra sig med andra. Hur såg håret ut? Tyckte han att jag var söt? Hur skulle det vara att hålla om honom? Jag kunde inte släppa tankarna på honom riktigt. Trots att jag inom mig avfärdat honom som hopplös kunde jag inte förneka mina känslor.

Chrille var en annan sort. Han bara fanns där. Bettans lillebror! Ingen kille var lika omöjlig som han. Men samtidigt kunde jag inte sluta tänka på honom. Han var så – *gullig*.

Vi läste *Peters baby*, sjuttiotalets könsrollsöverskridande litteratur, och jag såg Chrille framför mig i rollen som Peter. Chrille skulle utan problem kunna handskas med en baby. Det var så kittlande. Tänk om jag skulle få en baby med Chrille och sedan skulle han ta hand om den ensam? Jag kunde ligga i timmar och fantisera om detta och det var som om flytande varm sirap spred sig i mellangärdet. Chrille var underbar. Han var inte en vanlig burdus tönt som Lasse eller som Fredde. Han var mjuk, sympatisk, en kille för framtiden. Jag skulle definitivt gifta mig med Chrille om jag bara fick chansen.

Men jag skulle aldrig glömma Conny.

Conny var min egen Romeo.

Killen jag var tokig i men som jag aldrig skulle få.

JEANSEN BLEV ALLT TAJTARE och det blev allt viktigare vilket märke som satt på den högra bakfickan. Från det att märkena blev en maktfaktor till att hysterin kring dem exploderade, dröjde det ungefär sex månader. Men när hypen kom igång kunde inget stoppa den.

Det började med Dark Horse, det fortsatte med Puss & Kram och det kulminerade med Gul & Blå. Katalogen som kom från Stockholms mest åtråvärda butik var högblank och kolorerad och befolkades av pinup-liknande damer med långt blont hår och perfekta timglasfigurer, samtliga iförda jeans av de heta snitten. Gul & Blå-butiken låg i Birger Jarlspassagen, var i två plan och periodvis omöjlig att komma in i. Folk köade hela vägen ut på gatan, i snömodd och stekande hetta, allt för att få lägga vantarna på ett par *Fonzie* eller *Marilyn*. Doften av färsk denim var berusande. Här, i jeanstemplet, kunde alla ens drömmar slå in. Mamma förstod inte riktigt tjusningen med att köpa ett par jeans som var tre storlekar för små. Men Marilyn måste sitta så. De skulle vara så tajta att minst två personer måste hjälpas åt att få ihop dem. Pappa fick trycka ihop blixtlåset, mamma drog upp det med tång.

De skakade på huvudet.

– Du kommer att få ont i magen.

– Det är ingen fara, sa jag, höll andan och gick till plugget med stapplande steg.

Förra seklets bleksot och korsetterade midjor kan inte ha varit något alls mot tvångströjeliknande Marilyn! Men efter ungefär en timme vidgades jeanstyget en aning och andning blev åter möjligt. Dock var det meningslöst att följa med till matsalen för att äta skollunch. Man fick inte ner en matbit när man en gång lyckats få igen sina jeans, och risken att inte få igen dem i skolan vågade jag inte ta.

Så det blev kiosken och två skumbananer till lunch.

Men det kvittade ju. Vem ville bli fet? Det var det långa, smala Twiggyliknande idealet som gällde. Ju pinnigare ben, ju tajtare jeans, ju mindre rumpa, desto bättre.

– Maritas arsle är som en lagårdsdörr, sa Lasse föraktfullt och Marita sprang hem från skolan och grät.

Där kunde jag i alla fall känna mig trygg. Jag var allt annat än mullig. Vilket alltid var något. De kunde i alla fall inte sätta dit mig på grund av min vikt.

Ändå kunde de alltid välja mig sist. Gympaläraren lät med förkärlek Bettan bli lagkapten för det ena laget och Kicki för det andra. Båda valde de populäraste tjejerna först, båda hatade alla långsamma tjockisar och enerverande utlänningar. Det var alltid lika förnedrande att stå kvar till sist. Lagsporter var aldrig riktigt min grej. Det var bara att bita ihop och lida sig igenom uttagningarna och sedan basket-, handboll- och volleybollmatcherna.

Det gick bättre med fotbollen. Men här stötte jag på motstånd hemifrån.

– Flickor ska inte spela fotboll, förkunnade pappa kategoriskt.

Fotboll var ingen tjejsport. Jag skulle hitta på något annat. Fotboll var en korkad idrott, endast till för killar som inte begrep bättre. Jag fick inte gå med i något lag och att delta i fotbollsträning var uteslutet.

Jag tror att feministen i mig vaknade då. Helt vansinnigt, skulle jag inte få spela fotboll bara för att jag var *tjej*? Deras snack om att det var oviktigt huruvida man var flicka eller pojke, huvudsaken att man blev en fin *människa*, vad hade hänt med det? Kom de inte ihåg hur de uppfostrat mig, att det inte fanns några begränsningar vad gällde mitt kön? Uppenbarligen gällde det inte fotboll.

Min bästa teveserie på den här tiden hette *Tjejerna gör uppror*, baserad på en bok med samma namn av norska Frøydis Guldahl. Världen var galen och ond och vi tjejer blev diskriminerade. Tänk att min egen farsa stoppade mig. Jag blev allt mer medveten om orättvisorna. Killar fick skrika och breda ut sig i klassen. Tjejerna skulle sköta sitt och inte säga ifrån. Så kom det sig att jag började vägra att bara vara snäll. Jag blev allt mer högljudd. "Tjejerna" gav mig en stark revanschlust. Jag hade för avsikt att förändra världen.

Vi tjejer fick städa, diska och slita, medan killarna kom undan. Nog för att min egen bror bara var fem år gammal, men jag försökte ändå sätta honom i arbete. Och mamma fattade inte sitt eget förtryck. Hon strök till och med pappas strumpor! Det måste hon genast lägga av med. Jag satte igång med långa ideologiska utläggningar om varför en hustru genast måste upphöra med att ta hand om hela familjens tvätt. Och jag avlade ett löfte till mig själv, att jag aldrig så länge jag levde skulle stryka en mans skjorta.

Mamma fortsatte att gå på svenskundervisning för invandrare, och jag följde med ibland. Självklart kunde de ingenting, alla de stackars turkarna och finnarna och de få östeuropéerna som satt där och svettades. Det var verkligen synd om de vuxna. Hur svårt kunde det egentligen vara att lära sig att det hette *"morötter"* och inte *"mörötter"*? Och att en anka var en fågel, medan en änka var en kvinna vars man hade avlidit. Men uppenbarligen var det oerhört komplicerat. Jag trummade med fingrarna på bordet, galen av tristess. Ända tills jag träffade Grazyna, Grassi, som bodde i Rinkeby med sina polska föräldrar som varit i Sverige ett år längre än vi. Grassi kunde en massa saker om Sverige som jag själv inte hade en aning om. Hon invigde mig i tidningar som Frida och Starlet och förklarade äntligen var p-piller var för något (jag fick en chock, betydde det med andra ord att Marita behövde skydda sig mot graviditet, att hon faktiskt *låg* med killar? I så fall med vilka? Mig veterligen hade jag aldrig sett Marita i närheten av en kille och aldrig en kille i närheten av Marita). Grassi förklarade att p-piller kunde man äta för att vara *ball*, inte för att man nödvändigtvis hade samlag.

Pappa skjutsade mig till Rinkeby, och Grassi och jag sprang i loftgångarna och hon visade mig var det brukade finnas porrtidningar gömda och vi hittade en hög, sedan begravde vi oss i Lektyr och Fib/Aktuellt och studerade noggrant allt som avbildades däri.

– Visa tuttarna, ropade Grassis artonårige storebrorsa efter oss och vi hatade honom för det.

– Ditt perversa äckel, skrek Grassi och vi sprang och gömde oss i hennes rum, under sängen, där vi viskade om hur snuskiga alla män var. Vi var egendomligt upphetsade av porrtidningarna men låtsades inte om det.

– Vem är du i ABBA? frågade Grassi.

– Jag är Annifrid.

– Bra, för jag är Agnetha, sa Grassi, och vi kröp fram och drog fram hopprep och bandspelare och sedan mimade vi till *Rock Me*, som jag alltid tyckte lät som en ytterst sexuell låt.

– Sjunger han verkligen *"fuck me"*? frågade jag.

– Klart han gör, sa Grassi.

Jag sov över hos Grassi och vi pratade om vad man kunde göra med killar och vad som inte kunde göras. Vi var båda frustrerade över att det ännu inte hade hänt särskilt mycket på den fronten för någon av oss, och vi diskuterade hur det skulle vara första gången.

– Det gör skitont och man blöder massor, förkunnade Grassi.

– Nähä, sa jag. I så fall skulle ju ingen vilja göra det.

– Men det är inte tjejerna som bestämmer. Det är de äckliga killarna. Har du sett en snopp någon gång?

Jag försökte komma ihåg Davids. Det var svårt.

– Jag har nästan legat med en kille en gång, sa jag viktigt. Men det var i Danmark.

– Var inte du skitliten då, invände Grassi misstänksamt.

– Jo, och det är ju därför som det inte blev nåt, sa jag. Fast jag ångrar det nu. Jag hade velat ha det gjort.

– Jag med, sa Grassi. Det verkar bara jobbigt första gången.

Det var skönt med Grassi. Hon förstod hur jag kände mig. Hon var som jag. Hon var inte svensk, hon visste vad det betydde att inte kunna svenska, hon visste hur det kändes att vara utanför. Men hon hade anpassat sig. Nu klädde hon sig som svenska tjejer, hade klippt luggen och fått en locktång av sin mamma som hon flitigt använde. Det gick att maskera sitt förflutna.

– När jag blir stor ska jag bli skitrik. Jag ska ha en egen affär och sälja kläder, sa Grassi drömmande. Jag tänker flytta härifrån.

– Vart då?

– Inte tillbaka till Warszawa i alla fall, sa hon. Jag ska flytta till Amerika. Och gifta mig med en filmstjärna, som Roger Moore. Eller med en popstjärna. Typ Donny Osmond.

NÄR JAG KOM HEM den där aprileftermiddagen insåg jag direkt att något hade hänt.

Pappa hade gråtit.

Pappa grät aldrig. Jag hade aldrig sett tårar i hans ögon. För mig var pappor ett släkte som inte grät. Mamma brukade inte heller uttrycka sina känslor på det sättet. Jag tror de satte en ära i att inte visa alltför mycket. De ville behärska sig inför *barnen*. Inte bete sig hursomhelst. De ville skydda oss. Bespara oss sin sorg. De förstod inte att vi märkte hur det var ändå. Att sorgen lyste igenom. Det var värre med den där tillkämpade tapperheten, den var långt mer skrämmande än ett eventuellt sammanbrott.

– Farmor är död, sa mamma lågt.

Det är märkligt hur allt liksom fryser. Ögonblicket etsar sig fast. Jag ser att hon pratar men det är svårt att förstå. Tre små ord som förstör allting, som känns som en lavin av stenar som dränker förståndet. Pappas ögon kantas av rött, huden runtom ser slapp ut, jag lägger märke till djupa rynkor jag inte tidigare sett. Ögonvitorna är broderade med små fina blodkärl och han blinkar snabbt. Han ser grå och liten ut. Han står i dörröppningen och mina steg liksom hejdas, jag vågar inte gå längre in. Jag vet inte vad jag ska säga. Jag vet inte vad jag ska göra. Hur gör man? Väntar de sig att jag ska börja gråta direkt, eller ska jag säga att jag är ledsen? Jag är rädd för att göra fel. Jag står halvvägs mellan köket och hallen och den bleka aprilsolen silar in genom de tunnbladiga persiennerna. Små dammkorn virvlar omkring i en av dess strålar. Jag ser en dammtuss på det grå linoleumgolvet och det slår mig att jag borde dammsuga. Har mamma bytt dammsugarpåse? Städskåpet finns rakt framför mig. Det sitter en röd blomsterdekal på dörren. Handtagen är av genomskinlig plast. Jag vill öppna det och plocka fram skurhinken och lägga mig på golvet, låta det varma såpvattnet tvätta bort alla spår av smuts.

– Hon dog för tio dagar sen, säger mamma tyst.

Farmor. Det grå håret bakåt, den tunna munnen sammanbiten. Händerna knäppta. Var la de hennes glasögon med sin kedja? Vad ska det nu bli med hennes rum, hennes hus, hennes äpplen? Tigerkakan är perfekt marmorerad. Farmor kan blanda den mörka och den ljusa smeten som ingen annan. Hon rensar rabatterna, och högarna med ogräs blir allt större.

– Begravningen har redan ägt rum.

Mina kläder fladdrar lite lätt. Det är konstigt att de fladdrar för inget fönster är öppet. Jag vill sätta mig ner på en stol men eftersom alla andra står vågar jag inte.

Barn och död hör inte ihop.

Jag borde kanske sjunka ihop i en liten hög på golvet och gråta? Väntar de sig en häftig reaktion? Men jag känner mig stum. Jag kan inte. Det är som om mina föräldrar talar om en total främling. Som om jag aldrig känt henne. Nu är hon borta. Död. Hon har redan blivit begraven. Hon ligger redan i graven. Jag har redan tagit avsked.

Begravningen har redan ägt rum.

Det fanns inte en chans att vi skulle ha fått åka tillbaka för att vara med. Därför berättade faster ingenting för pappa. Hon väntade i två veckor innan hon sa något. För att vad? För att göra saken lättare? För att skona honom från sorgen? Vad spelade tidpunkten för roll? Alla skulle alltid vara så förbannat hänsynsfulla. Även om omtanken i sig var ett svek.

Farmor är liten och senig och hennes panna är alltid rynkad, bekymrens fåglar byggde bo och blev kvar där under hennes hårfäste. Hennes händer är vana vid hårt arbete men när hon smeker och klappar växtligheten är de ömma och mjuka, känsliga och fulla med liv. De vackraste av trädgårdens blommor tog hon alltid till farfar, vad gjorde de för nytta i rabatterna när de i stället kunde pryda hans grav? Deras skönhet var i alla fall för länge sedan förlorad för henne.

Nu får hon göra honom sällskap i evigheten, de får ligga sida vid sida i familjegraven på den lilla kyrkogården i Kamenný Újezd, i byn där han föddes, en plats som de aldrig mer kommer att behöva lämna.

Vi barn följde ofta med farmor på hennes kyrkogårdsbesök. Farmor hällde bort de vissna blommorna som stod i en liten porslinsvas på graven, fyllde på med rent vatten och satte ner den nya buketten. Graven och dess omvårdnad var en viktig del av farmors liv. Jag ser henne, med ett lite bekymrat ansiktsuttryck, liksom böja sig över gravstenen, som om hon viskade något... Hennes ord drunknar i trädkronornas sus och i kyrkklockans ringning.

Vi barn hoppade hage på gravstenarna, jagade varandra inne bland gravarna, kastade småstenar på varandra på grusvägen. Jag var för liten för att vilja vila i lindarnas skugga, för att smeka de skrovliga gravstenarna med fingertopparna. Bara ibland stannade jag upp. Det var när jag såg andra barns gravar, de som ofta pryddes av vita duvor och små änglar med slutna ögon.

Farmor la alltid rosor på farfars grav. Tunga lena blomfrukter, blodröd sammet, nyanser som nästan skiftade i svart, med en hinna av genomskinlig dagg på diskret doftande blad. De var de finaste juvelerna från hennes grönskande domäner.

När jag många år senare får knäböja vid familjegravens gedigna gravsten är det en liknande ros jag lägger ner. En ros med vassa taggar som jag hittat i farmors nu försummade, vildvuxna trädgård. Här får den lysa med kärlekens färg, spegla sin fullmogna prakt mot gravstenens kyla.

I PRAG HADE JAG ALDRIG känt syrendoft. Min barndom kantades av andra lukter. Nybakat bröd, matos, sopor, tvätt som torkade i vinden, kattpiss, desinfektionsmedel, såpa, grus, avlopp, billig eau de cologne, gårdagens fylla, förorenat regn, småflickors bittra tårar, rädsla, förakt, plastimitation, naftalin, badskum med tallbarrsdoft, gulaschsoppa, vaniljsocker och skurade stengolv.

Mina föräldrar hade haft rätt. Det var hälsosamt i den svenska förorten. Blommorna som växte här var friska och starka och gräset var grönt och ostyrigt och träden såg fantastiska ut, vi bodde i groteskt fula hus men de var omgivna av äppelträd som blommade lika vackert som de någonsin hade gjort på vårt landställe. Rabatterna var välskötta och när april blev till maj exploderade de i röda, gula och orange färgkaskader. Jag var inte förberedd på hur mycket våren kunde kännas.

Vår praggård var egendomligt årstidslös. Jag mindes bara de grå husfasaderna och sandlådans smuts, de ynkliga tuvorna av sargat ogräs som täckte den lilla sluttningen vid soptunnorna. Några stickiga buskar, tistlar och sly. Visst fanns det gott om äventyr på min barndoms gård. Men någon botanisk prakt var det knappast frågan om.

I förorten blev våren så påtaglig. Det var omöjligt att inte längta, att inte drömma under de långa blågrå kvällarna, att inte vilja komma bort. Vinterstövlarna åkte in i förrådet liksom den stickade mössan och täckjackan med amerikanskt flaggmönster på muddarna. Nu var det bara gympaskor och jeans som gällde. Och ungdomsgård och disco och tryckare till Bonnie Tyler och Elton John. Inte för att jag fick dansa särskilt ofta. Men om jag blundade kunde jag alltid låtsas.

De spelar Kiss. Musiken dunkar. Det står klungor av tjejer och killar utanför ungdomsgården *California*. Luften är kylig men ingen har jacka på sig. Några röker. De drar djupa halsbloss. Tjejerna låter läppglanset gå runt. Det är en liten gul glasflaska med röda blommor på. Den nya, med chokladsmak, är mest eftertraktad.

Där inne är det varmt och trångt. I köket står Bosse som är ungdomsledare och gör varma mackor. Det är vitt formbröd med hushållsost och Felix ketchup på.

– Vill ni ha kryddor på, ropar Bosse och visar upp en grön burk oregano från Kockens.

– Nä, skriker några tjejer och gör miner. Det där är ju äckligt!

Nu kommer en lugnare låt. Inne i ett nersläckt rum står några och dansar tryckare. Men de blir hela tiden störda av ett högljutt killgäng som rusar in och tänder ljuset.

– Lägg av och störa, skriker en av de dansande.

– Håll käften, får han till svar.

Bente och jag sitter i köket och äter varma mackor med

smält ost och ketchup på. Här kan vi sitta och prata hur länge som helst. Bosse är schyst. Vi ska hjälpa honom att plocka undan innan vi går hem.

– Det är klart med din placering nu, sa pappa några dagar före skolavslutningen. Den svenska familjen. Jag tror att det kan bli bra.

Jag hade totalt glömt bort att jag skulle skickas iväg. Nu kom jag ihåg. *Sommarbarn*. Det skulle bli dags för ännu en resa.

Men först behövde jag ta itu med annat. Vi skulle sjunga *Den blomstertid nu kommer* på fotbollsplanen. Mina föräldrar skulle *inte* få komma. Att ta med sig föräldrarna på skolavslutningen ingick inte i mina planer. Jag skulle stå ensam. Den enda värdiga representanten för vår utlänningfamilj. Om jag bara kunde hitta en tillräckligt snygg klänning så skulle jag kanske kunna passera för svensk.

– Vill du att jag kommer med dig på avslutningen? frågade mamma försynt.

– Du behöver inte. Det är bäst att du åker till jobbet, sa jag.

Mina plikttrogna föräldrar. De steg upp klockan halv sju varje morgon, åt frukost bestående av te och smörgåsar och satte sig i Volvon för att åka iväg till universitetet där de båda nu arbetade. Mamma hade till slut fått en forskartjänst.

Antagligen var det arbetet som höll dem uppe. De behövde rutinerna för att livet skulle fortsätta. Rutinerna var en trygghet. Och en vana från förr. Man gjorde sin plikt. Arbetade. Gjorde rätt för sig. Mamma älskade sitt laboratorium, sina provrör, sina bakterieodlingar, sina experiment. Pappa verkade däremot ha tappat intresset för neutroner och atomer. Nu var han mest intresserad av utrikespolitik och debatt. Men likväl infann han sig på institutet varenda morgon. Det var så man gjorde. Det fanns inga alternativ.

Jag ska inte bli som de, tänkte jag ofta. Vad bjöd livet på för överraskningar? Nej, någon olydig bakterie kanske inte bar sig åt som det förväntades av den. Men hur roligt var det, egentligen. Jag var fast besluten att inte viga mitt liv åt vetenskap, medicin eller fysik. Trots att pappa med bestämdhet hävdade att jag var matematiskt begåvad visste jag att det var ett rent önsketänkande från hans sida. Jag var lika matematikbegåvad som han var skicklig på fotboll. Med andra ord, inte alls.

Alla klänningarna satt illa, konstaterade jag med sorg. Jag skulle inte hitta någon fin som passade och som gjorde mig sommarvacker till avslutningen. Jag skulle inte se ut som flickan i Timotejreklamen, inte heller skulle jag komma i närheten av ABBA-Annifrid. Jag var hopplöst öst, med stor näsa, kantiga axlar, lång och oproportionerlig, och de små skira sakerna från Hennes & Mauritz satt plågsamt fult. Till slut köpte jag en persikofärgad kjol med volang från Marc O' Polo. Jag avskydde den med en gång men tog ändå på mig den. Skolavslutningen skulle snart vara överstökad. Jag fick bita ihop och stå ut.

Varför var alla andra vackrare, finare klädda än jag? Hur lyckades de se så fräscha och lyckade ut? Deras hy hade en särskild lyster, ögonen klara och pigga. Kanske för att de växt upp i den friska svenska luften. Själv var jag ett barn av en dammig bakgård och inte ens två år i syrendoft kunde förändra den saken.

Vi sjunger *Den blomstertid nu kommer* och ett lätt duggregn faller över våra huvuden. De flesta är ljushåriga och har pastellfärgade klänningar. Pojkarna har jeans och skjortor. Några föräldrar står vid sidan av, även äldre släktingar syns, och de torkar en och annan tår från kinden. Lärarna tackas av, får blommor. Vi är skolans äldsta elever. Härmed avslutas vår tid som barn av mellanstadiet. I höst flyttar vi till skolan mitt emot, den smutsgula tegelbyggnad som bär det skräckinjagande namnet högstadium. Där ska vi invigas i de insparkade skåpens hemlighet, i nerspolade skolböcker, i mobbing, i snusprillor klistrade i taket, uppehållsrum och trakasserier av lärare, filmförsök, experimentell svenskundervisning, sexuella övergrepp elever emellan, cafeteria, vaktis som får städa fimpar i rökrutan, tajta jeans som förbyts i baggy, seglarskor av märket Docksides och Levi's 501:or, mellanölsfylla och annat spännande och roligt som hör svenska tonår på sjuttiotalet till.

Men än så länge är vi lyckligt ovetande om den ljusa framtid som är vår.

Vi sjunger *Den blomstertid nu kommer* så där lagom falskt som man gör på avslutningen i sexan och när sången tystnar sprids vi likt maskrosfrön för vinden, på väg mot vårt sista sommarlov i gränslandet mellan barndom och tonår.

NATTLINNET MED ANSIKTENA måste med förstås. Liksom fiskartröjan, baddräkten och flipflop-tofflorna. Jag packar tandborste, handduk och ockupationshunden. Men den får ligga längst ner i resväskan. Jag är ju en stor flicka nu. Jag behöver inga gosedjur som ska ge mig trygghet.

Mamma är riktigt nervös. Hennes dotter ska åka sin väg och bo hos främlingar! Tänk om de slår henne. Tänk om hon inte får nog med mat. Tänk om, Gud förbjude, de förgriper sig på henne. En mammas hela rädsleregister spelas upp i hennes huvud.

Hon sover inte, vrider sig i sängen, petar på pappa gång på gång.

– *Tror du…*

– *Nej, försök att slappna av! Hon klarar sig.*

Mammas kudde är hård, kall, obekväm. Täcket är knöligt. Hon är en vuxen kvinna, hon har överlevt både deportationer och krig. Men nu ska hennes förstfödda separeras från henne. Det känns olustigt på alla sätt och sommarvistelsen framstår i hotfull dager. Hon ser framför sig drunkningsdöd, bränder, misshandel och trafikolyckor. Hon ser fall från höga höjder, heta vätskor, vassa föremål. Hon ser skrapade knän och cyklar som välter, hon ser hästar som trampar snett och giftiga växter och bär. Ingen fara är för banal för att hon inte ska skygga för den och sömnen vill inte komma.

– Du...

Hon tar tag i sin man igen.

– Du...

Han har redan somnat, snarkar lätt med öppen mun. Nu vaknar han till med ett ryck.

– Men har du inte somnat än? Jag ska ju köra i morgon.

Hon vet inte hur hon ska framföra sina våndor. Man ska behärska sig. Inte säga för mycket. Inte avslöja sina mardrömmar, inte störa, inte vara till besvär. Men vem annars än han kan lyssna på henne så här mitt i natten?

– Jag vet inte, börjar hon. Det är Katia. Hon är så liten än. Kanske borde vi vänta lite med att...

Han suckar.

– Lilla gumman, du får inte jaga upp dig. Katia kommer att klara sig fint. Hon är stark. Du måste våga lita på det.

De svenska sommarnätterna är korta. Redan innan gryningen kommer börjar fåglarna jubla över den nya dagen. Hon får ingen ro i kroppen och det tidiga ljuset stressar henne. Snart ska hennes dotter resa ifrån henne, snart blir det ensamt och tomt efter den människa hon älskar så mycket. Men så är det att vara mor, resonerar hon med sig själv. Det blir allt fler avsked från barnen och avskeden blir allt längre. Så länge man träffas igen får man vara tacksam.

DET ENDA JAG VET i förväg om min sommarfamilj är att de har en flicka i samma ålder som jag själv. De har velat ta emot mig. De har yta, resurser, och en vilja att hjälpa till. Kanske är det ensamt för dottern i huset? Kanske får hon på detta sätt en lekkamrat? Socialsekreteraren och mina föräldrar har beslutat att min vistelse på sommarort ska pågå i sex veckor. Ekonomin bakom arrangemanget vet jag inget om. Men jag antar att bidrag till värdfamiljen utgår. I gengäld får jag en bit svensk brukskultur.

Pappa lastar in min väska i Volvons baklucka. Det är en strålande sommarmorgon i mitten av juni och höghusen håller på att vakna. Någon hänger ut sängkläder över balkongräcket. Grannarna tittar nyfiket på den stundande avfärden. Vart ska de galna utlänningarna så här tidigt i ottan, tycks deras blickar säga.

Nej, såklart säger de inte det! Det är bara min inbillning. Min osäkerhet. Så fort någon ser ut från sitt fönster, från sin balkong, så känner jag mig skärskådad, iakttagen. Men egentligen är grannarna förmodligen helt ointresserade av våra förehavanden. En familj som ska åka iväg med bilen, än sen? Det är inget särskilt spännande med det.

Vi lämnar de norra förorterna bakom oss. Jag på passagerarplats, bredvid pappa. Solen skiner och jag känner mig förväntansfull. Mamma och lillebror där bak, precis som det ska vara.

Det är etthundratjugo kilometer till mitt nya sommarhem. Vägen går genom ett rent och vackert landskap. Utan orange väglampor, utan is på vägen, utan snö och kyla. Nu är vägarna torra och trafiken har ännu inte kommit igång. Vi är en bilburen familj. Pappa bakom ratten, en dotter i framsätet, en liten pojke som ivrigt tittar ut genom bilrutan där bak. Vi har rest mycket och långt, kors och tvärs över Europa, och ända upp till polcirkeln, den första sommaren som vi tillbringade i Sverige. Genom steniga tunnlar vid Sulitelma har vi färdats, till midnattssolen i norr, vidare till Finland och Norge, upp mot fjordarnas magiska värld. Klart att de vita nätterna lockade, östeuropéer är inte direkt bortskämda med långa ljusa kvällar. I Tjeckoslovakien är nätterna svarta, punkt slut, och aftonmörkret faller tidigt oavsett årstid. De vita nätterna var drömska och overkliga och vi kuskade långt och länge på jakt efter magin, bland renskinn, mygg, iskalla vattendrag och vägkrogar med grillkorv och pommes frites. I varje kylig insjö var pappa dessutom tvungen att ta sig en simtur. Varje år drunknar det minst en östeuropé från något kustlöst land i Sverige, oftast handlar det om tjeckiska män i övre medelåldern som överskattar sin simförmåga och som underskattar öppna vattens farlighet. Tjecker kommer alltid att vara besatta av hav. Regler om badvett är av underordnad betydelse. Det kanske blir så när man är uppväxt i ett land där simmöjligheterna begränsas till badhus, leriga igenväxta sötvattenpölar och konstgjorda dammar. Pappa simmade rakt ut bland vågorna och försvann och varje gång dog vi nästan av rädsla, tänk om han drunknat? Men han kom alltid tillbaka efter en timme eller två, frustande som en valross, och sa med ett saligt leende, "det var en härlig simtur".

Det ska inte bli några simturer på denna utflykt. Sommarresan 1976 går inåt landet, bort från alla kuster. Vi färdas via Enköping och Västerås, mot Köping och Fagersta. Mellansverige lyser mot oss med gula frodiga rapsfält och röda stugor som hukar här och där bland träden. Falurött vittnar om att vi är långt från vårt ursprung. I Tjeckoslovakien är husen vita, grå eller bruna.

En annan sak som pappa är besatt av är kyrkor. På denna korta väg hinner vi stanna vid minst fyra stycken. Är det bristen på kontakt med Gud som gör att pappa fascineras av Hans tempel i sitt nya hemland? Det handlar om *konst*, hävdar han själv. Hursomhelst, han rusar in och inspekterar kyrkorummen där han kan.

(Året därpå, sommaren 1977, åker vi till Gotland. Pappa har fått för sig att han under två veckors tid ska besöka varenda en av Gotlands nittiotvå medeltida kyrkor som fortfarande är i bruk, och vi piskas runt i vår kyrkjakt, särskilt stenkyrkorna från trettonhundratalet fånger pappas intresse, han är en äkta samlare och njuter högljutt av sina troféer. Själv är jag mest intresserad av att lyssna på Boney M, men min önskan om lugn och ro finner inget gehör hos min maniske far, så kyrkor blir det, på längden, tvären och bredden, trots att till och med mamma uppvisar tecken på övermättnad när tiden på Gotland lider mot sitt slut.)

VÄGARNA BLIR SMALARE och smalare och den västmanländska skogen tar över. Pappa kör vilse på småvägarna men hittar slutligen rätt.

Och där ligger det. Ett stiligt vitt hus i två våningar, faktiskt en mindre herrgård som tagen ur en roman. Den är omgiven av ängar och betesmarker, öppna fält och grönskande dungar. Två gamla ekar prasslar välkomnande med bladen i den lätta sommarbrisen.

På förstukvisten står en kvinna och skuggar ögonen med armen. Hon lyfter handen till en hälsning. Strax kommer det ut en flicka i ljus klänning och ställer sig vid hennes sida. Tillsammans börjar de gå mot grinden.

Vår bil rör upp damm på grusvägen och jag känner mig en smula nervös. Så detta är mitt sommarhem, min sommarfamilj som jag ska stanna hos. Det är svårt att göra sig en bild av vad som väntar mig. Tänk om vi inte kommer överens?

Funderingarna får ett slut när pappa stannar bilen. Det finns inget utrymme för tvivel eller blygsel, jag kliver ut och drar ett djupt andetag.

– Jag heter Paula, säger flickan och ser ner på sina bara fötter.

– Och du måste vara Katia, säger kvinnan och ler.

Hennes röst är varm och smeksam och hon ger mig en kram. Ingen svensk har kramat mig förr. Inte på det sättet. Min erfarenhet har hittills varit att svenskar hälsar utan kroppskontakt. Kanske tar de i hand. De säger inte så mycket. De är ganska återhållsamma med både beröm och kärleksord. Jag har varit van vid mer temperament, mer liv. Men jag har med tiden anpassat mig till att bli lika reserverad. Därför känns kramen annorlunda, ovan. Men den är inte oangenäm.

När jag var mindre läste jag en saga om en sydländsk prinsessa som blev förälskad i en man från kalla Norden och reste med honom till hans kyliga kungarike. Väl bland isarna och björnfällarna tynade hon bort, solen och värmen och de vajande palmerna fattades henne för mycket och inte ens kärleken kunde rädda henne. Det var en sorglig saga som gjorde intryck på mig, och som jag då och då tänkte på. Var det så att svenskar var ett kyligare folk på grund av att deras blod flöt saktare än de mer hetlevrade sydeuropéernas? Någon forskare hade hävdat att folkkynnet påverkades av klimatet. Pappa hade självklart hängt upp sig på det och ironiserade över det kalla landet, det söta brödet och det livlösa folket. Han var otacksam, tyckte jag. Otacksam och snobbig. Det var väl inget fel på sött bröd, även om Skogaholmslimpan kanske inte heller var min favorit. Och att dra alla över en kam var orättvist, det var väl inte Sveriges fel att det regnade och snöade jämt? För övrigt fanns det mycket annat som var bra. Till exempel det att ingen någonsin låste dörren i förorten där vi bodde. Det skulle aldrig ha gått hemma i Prag. Mamma tog med sig vanan och låste alltid dörren med dubbla lås och säkerhetskedja och hade ständigt ångest för att hon glömt nycklarna i låset när hon gick. Hon åkte tillbaka, ibland flera gånger, för att försäkra sig om att dörren verkligen var ordentligt reglad. Varför, undrade jag. För att skydda oss, förstår du, blev svaret. Mot vad sa hon inte. Men jag anade att det handlade om de Mörka Kostymerna. Det förflutna kom ibland obehagligt nära.

Hemma hos Lisa och Annika och Jeanette och de andra i höghusen stod dörrarna alltid uppställda. Vi gick ut och in och jag skämdes för att mina föräldrar låste in sig och låste oss andra ute.

Trots låsen var vårt hem i Prag öppet. Människor kom och gick. Man ringde aldrig och stämde träff, bjöd inte in till middagar veckor i förväg. Vår lilla lägenhet vimlade alltid av folk, mammas och pappas arbetskamrater, politiska vänner, släktingar, lösa kontakter med eller utan barn. Mina föräldrars umgänge pågick utan början och utan slut, vi var alltid på väg till någon eller några, det var middagar och tedrickningar och eftermiddagshäng och partyn. Det svängdes alltid ihop en improviserad måltid och trollades fram en flaska vin eller en kanna te och det åts och det dracks i soffor och på framställda lösa stolar, jag minns inte att någon satt på golvet men kanske hände även det. Kvällarna ramades ofta in av att flera vuxna satt i vardagsrummet och pratade och jag somnade till ljudet av politiska diskussioner eller skratt åt samhällskritiska vitsar. Efter att avlyssningsapparaten kommit på plats antar jag att just de politiska diskussionerna blev färre men fortfarande pratades det mycket och friskt hemma hos oss, ända tills vi gav oss av.

Men det sociala lättsinnet fick ett abrupt slut i och med att vi kom till Sverige. Här sköttes umgänget på ett annorlunda sätt. Ingen kom längre spontant och hälsade på och mina föräldrar blev ensamma. Här fanns många oskrivna regler för hur man träffades, och med vem. Grannar umgicks man inte med – det var bara vi barn som lekte med varandra. Arbetskamrater kunde bjuda in till en middag då och då, men sådana bjudningar var sällsynta. Svenskar hade för det mesta "släkt" eller "goda vänner" som var organismer som verkade ha uppstått av sig själva. Det var rätt svårt att förstå dessa konstellationer och ännu svårare att ta sig in i dem för mina föräldrar. Kanske var det därför de tänkte sig att jag skulle skolas in i det svenska samhället via äkta svenskar. Jag skulle helt enkelt assimileras och förhoppningsvis slippa stigmat "jävla utlänning".

Kramen jag nu får gör mig varm och samtidigt förlägen. Jag tittar lite osäkert på mamma men hon nickar lätt och ler. Jag känner mig en aning illa till mods. Mina egna föräldrar ser plötsligt lite slitna ut. Vår blå Volvo är dammig och lillebrors byxor som är högt uppdragna i midjan skriker *tjeckunge* lång väg. Jag vill att de ska åka tillbaka nu. Jag vill vara ifred med min svenska sommarfamilj. Jag låtsas omedelbart att jag är dotter i det vackra vita huset, att jag inte har något annat förflutet än att jag är uppväxt på den fina herrgården med sin tjusiga trädgård med bärbuskarna och det nyklippta gräset.

Men först ska det drickas kaffe i bersån. Mamman i

huset, som heter Siv, har dukat med små kaffekoppar med skära blommor på. Hon har lagt småkakor i en korg och placerat en sockerkaka på glasfat med fot. Det finns bär och grädde i genomskinliga glasskålar och röd saft i karaffen till oss barn. Skedarna som ligger bredvid tallrikarna verkar vara i silver, de är nyputsade och blänker. Nu kommer också pappan i familjen ut till oss, han bär ett litet barn på armen. Det är en pojke i samma ålder som min egen bror, men hans hår är ljust, nästan vitt, och han har stora klotrunda blå ögon. Han ser nyvaken ut.

– Det här är Anders, säger Siv och ler. Han är vår lillpojke. Fyller tre år i augusti.

– Och jag heter Tore, säger mannen.

Anders lägger huvudet mot Tores axel och Tore och pappa skakar hand på mäns vis. De är lite lika på något sätt, något kraftigt byggda, har varsin begynnande flint mitt på huvudet. De är familjepappor med en större flicka och en liten pojke. Båda kör Volvo. Men Tores Volvo är blank och ny, i rymlig kombimodell. Vår ser äldre och mer sliten ut. Jag låtsas att det är Tore som är min riktiga pappa. Jag tänker låtsas det hela tiden som jag bor här.

Det är väldigt hemskt att min familj som jag tycker så mycket om plötsligt förefaller illa klädd och lite pinsam. Jag äter sockerkaka med grädde och bär och tycker att allt är så gott. Grädden är perfekt vispad och bären spricker när jag pressar dem mot gommen med tungan. Men mitt i njutningen blandar sig skuldkänslorna. Min egen familj hör inte hit. Vi hör inte hit. Vad gör jag egentligen här? Det kanske var en dålig idé att komma. Det kanske hade varit bättre om jag aldrig fått träffa familjen Larsson, aldrig fått se deras vackra hus, aldrig fått smaka deras underbara kakor.

– Kom, du ska få se mitt rum, utbrister plötsligt Paula och hoppar upp från sin trästol.

– Ja, kila iväg flickor, säger Siv uppmuntrande. Du Katia ska väl packa upp. Så kan vi vuxna prata lite innan din mamma och pappa ger sig av.

Paulas stora intresse var hästar. Hennes rum på övervåningen var tapetserat med hästbilder, och på en liten anslagstavla vid fönstret hade hon nålat upp priser hon vunnit i diverse hopptävlingar.

– Jag ska åka på ridläger i augusti, sa hon det första hon gjorde när vi steg in i hennes rum.

– Jaha, sa jag lamt.

Själv var jag fullkomligt ointresserad av hästar. Hästar sa mig ingenting. Jag kunde knappt skilja på en häst och en åsna. Hade Paula sagt att hon var tokig i kor hade jag varit lika oförstående. Jag hade aldrig hört talas om *ridläger*. Stora tamdjur var inte min grej. Jag var ett barn som intresserade mig för vilda, otämjda kattdjur. På sin höjd havsvarelser som delfiner. Drakar – ja. Men hästar? För en drake är en häst inget annat än mat. Ett stycke vandrande köttbit. En biff på fyra ben. Drakflickan kunde möjligen tänka sig att grilla en hästentrecote. Det var naturligtvis ingenting jag kunde avslöja för Paula. Det var viktigt att vara till lags. Jag kunde inte göra mig ovän med min sommarsyster det första jag gjorde.

– Jag tycker också om hästar, sa jag för att släta över min okunnighet. Mycket.

Hon såg lättad ut.

– Vad bra! Hästar är det bästa jag vet. Det finns ett stall inte långt härifrån. Jag älskar att ta hand om hästarna där. Mocka och göra fint och rykta dem och så.

– Jag med, sa jag.

Hon log.

– Det är så himla roligt! Men du kan väl rida?

Ljug.

– Ja, absolut, sa jag nonchalant. Det gjorde jag när vi bodde i Danmark.

Det fanns stall i vår norrförort. Men jag delade som sagt inte de andra tolvåringarnas hästintresse. Jag tittade på hästserien *Black Beauty* på teve. Det var allt. I närheten av en levande häst ville jag helst inte komma.

– Du ska sova här, sa Paula och pekade på en av sängarna med randigt överkast. Vi ska dela rum. Åh, det är så mysigt att du är här! Jag har längtat i flera veckor.

Rummet hade snedtak och genom fönstret kunde man se ut i trädgården. Jag såg våra föräldrar och småbröder. Föräldrarna tycktes ha mycket att tala om och småbröderna jagade varandra runt bordet.

Det skulle inte bli särskilt svårt att stanna kvar här.

– Om du lägger dina saker i byrån så kan vi ställa undan din väska, sa Paula och tog på sig rollen som organisatör. När du är klar ska jag visa dig runt i huset. Skynda dig! Sen måste jag visa dig bryggan och ängen och skogen också. Vi har mycket att göra innan det blir kväll.

Visst hade vi att göra. I det ingick också att säga adjö till mina föräldrar. Siv ropade på mig innan jag hann öppna min väska. Mina föräldrar skulle ge sig av nu. Jag måste säga adjö.

Mamma såg fortfarande lite bekymrad ut men det var inte längre något jag behövde bry mig om. Jag kramade henne snabbt och kände mig ganska lättad när vår bil försvann i ett nytt moln av damm på den lilla grusvägen. Jag ville testa hur det kändes att vara utan dem. Inte för att jag någonsin skulle säga det högt. Men icke desto mindre var det precis så.

ELEGANT, OÅTKOMLIGT OCH lite högdraget. Ska jag beskriva hur jag upplevde Paulas hus måste det nästan sammanfattas med dessa tre ord. Det var inget hus jag omedelbart kände mig hemma i. Det var ett reserverat hus, ett hus som sett mycket och som inte genast tänkte dela med sig av sina hemligheter. Mot en nykomling kunde det uppträda en aning strängt. Vem är du som kommer in och sätter dina fötter på mina stenplattor, viskade dess golv. Böj på huvudet i vördnad! Du stiger nu in i ett hus som har anor från sjuttonhundratalet, som bebotts av brukets patroner och annat ädelt folk. Här har inga påvra stackare sprungit. Tjänstefolket har fått torka sig om fötterna innan de fått beträda köket. Ska du få tillträde hit måste du visa respekt.

Inget hus hade tidigare talat till mig på det sättet. Vårt lanthus i Kamenný Újezd var vänligt, men mer som en gammal labrador som lägger sitt trötta huvud i en älskad husbondes knä och som låter sig klias under hakan. Lägenheten på Průběžnágatan var en strykrädd katt, smutsig och ilsk, försummad och oälskad. Farmors våning var visserligen spatiös och anrik, men den påminde mest om ett trasigt gammalt skepp som lät sig föras hit och dit av vinden. Radhuset i Köpenhamn var en pigg liten schimpans, en clown vars personkemi stämde överens med min. Förortslägenheten kunde jag inte jämföra med något alls. Den var mest bara en förvaringsbox åt en landsberövad invandrarfamilj.

Det här huset hade något annat. De föregående generationerna hade satt tydliga avtryck. De sedan länge döda brukspatronernas andar levde kvar i väggarna och tänkte inte släppa taget om den boning där de hade framlevt så många framgångsrika dagar. Ingen snorunge från ett främmande mellaneuropeiskt land gud vet var skulle tränga sig på här utan att först skakas om ordentligt.

– Vad är det? frågade Paula när jag stannade till i det rymliga lantköket som låg på bottenvåningen, strax innanför ingången.

– Det är så fint här, sa jag. Jag har aldrig varit i ett så fint hus förut.

Hon skrattade.

– Fint? Äsch. Det är ett vanligt hus, det är inte särskilt fint. Hur bor *ni* då?

I en förvaringsbox av grå betong, ville jag berätta. I ett bygge från sextiotalet, med blek fasad och balkonger av plåt. Med fyrkantiga fönster i strikta rader. Jag hatar vår lägenhet.

Men det sa jag inte.

– Vi bor i ett höghus, förklarade jag. Med sex våningar. Vi bor på andra våningen, det bor tre familjer på varje plan.

– Gud vad spännande, sa Paula. Jag önskar att vi hade grannar som bodde så nära! Men vår närmaste granne bor ju långt härifrån.

– Jag hör vad våra grannar pratar om, sa jag.

– Jag måste cykla för att komma till våra grannar. Ibland har mamma glömt att köpa mjöl eller nåt och då skickar de mig till bonn-Gustav för att låna.

– Finns det inga affärer här?

Hon skakade på huvudet.

– Närmaste är lanthandeln. Dit är det en mil. Men det gör inget. Vi handlar några gånger i månaden. Sen köper de en massa saker från bonn-Gustav, som ägg och mjölk och sånt. Kom nu! Jag har fortfarande inte visat dig hela huset.

Vi hade inte kommit längre än till köket. Det stenlagda golvet andades kyla, trots att sommarhettan var påtaglig utomhus. I en korg på golvet låg en brun hund med vita fläckar och sov.

– Det är Astor, sa Paula. Han är en jakthund. Har ni nån hund?

Vi kunde inte ha husdjur. Husdjur hindrade moderna människor från att resa, hade mina föräldrar förklarat. Hur mycket jag än önskade mig en hund möttes jag alltid av ett kallsinnigt nej. Det hade lett till att jag genom hela barndomen tagit hand om andras hundar. I Prag blev jag lillmatte till den långhåriga taxen Valdemar. I den svenska förorten var det labradoren Sissi som blev en trogen vän. Mot en liten peng gick jag hem på lunchrasten och rastade Sissi medan hennes matte var på jobbet. Jag tjänade pengar där jag kunde, hundvakt eller barnvakt spelade mindre roll. Men jag föredrog definitivt hundar. Småbarn var jobbiga. Min egen bror tvingades jag dessutom passa helt gratis från det att jag var nio år gammal.

– Nej, sa jag. Men jag skulle gärna vilja ha en.

Köket var utrustat med en gammaldags vedspis och höga vita skåp, en del med glasvitriner, bakom vilka det skymtade prydliga staplar av porslin. Kaklet vid diskbänken var vitt med ett stramt blått rutmönster. Diskbänken lyste i ren rostfri strålglans. Det stora tunga ekbordet med åtta stolar tronade under en tung ljuskrona. I de höga fönstren stod prydliga vita krukor med blommande röda pelargoner i. Hemma hos oss var det aldrig så städat. Pappa slängde saker överallt och trots att jag varje dag efter skolan försökte bringa ordning i högarna så var det som om röran levde sitt eget liv. Vårt kök sken aldrig lika rent som Paulas. Hur jag än skurade spisen fick jag inte bort fastbrända matrester, hur jag än torkade fanns där flottigt damm och gamla smulor.

Från köket kom man ut i en smal gång som gick till salongerna som låg i fil. Här fanns kristallkronor och orientaliska mattor, stoppade möbler med sammetsdynor och snidade förgyllda ben, bord med marmorskivor och dyra prydnadsvaser och lampor. Liknande saker hade jag bara sett på de slott som vi gjort utflykter till med min gamla klass hemma i Tjeckoslovakien.

– Det är hit mamma och pappa tar gäster när de kommer, förklarade Paula. Fast vi får också vara här. Om vi aktar vaserna. Kom, jag ska visa dig dockskåpet! Annars är det bara tråkigt här inne.

Dockskåpet stod på ett litet bord mellan två fönster. Det var i vitmålat trä, ungefär en meter högt, och hade dörrar i glas.

Paula vred om den lilla nyckeln och öppnade skåpet.

– Det är från när min mormors mamma var liten. Hon är död nu. Men jag får leka med hennes dockskåp och ibland gör mamma och jag nya saker till det.

Näst efter mina tidigare drömmar om att berika min Barbie med en Skipper, eller att få bli en av dockorna i Mattelkatalogen, var nog drömmen om ett äkta dockskåp en av de mest intensiva. Mamma hade kvar en snidad brun trälåda med lock från sin barndom, i vilken hon förvarade en sliten nalle och hans kläder som hon själv sytt av stuvbitar. Men inte nog med det. Till nallens utrustning hörde också möbler, tillverkade av tändsticksaskar och klädda med tyg. Nallen var en klenod, tillverkad i fyrtiotalets Ryssland, och när jag öppnade locket var det som om mammas hårda barndom vällde fram. Jag brukade fantisera om att ha ett mycket större utrymme åt nallen, och andra små varelser. Jag ville sy kläder åt dem och snickra deras möbler. Dockskåp var en värld man kunde ha kontroll över, en värld bortom den stora världens oförutsägbarhet. Man behövde inte frukta några politiska kriser bland miniatyrmöblemanget. Antika dockskåp vittnade dessutom om kontinuitet. Något jag inte var direkt bortskämd med.

Det här dockskåpet var sagolikt. Här fanns fungerande lampor, riktiga mattor, gardiner samt tapeter. Det var byggt i fyra våningsplan och innehöll ett komplett utrustat kök, två badrum, varav ett hade violett kakel och det andra ljusgrönt, riktigt porslin, kopparkastruller och tavlor på väggarna. Garderoberna innehöll kläder och familjen som bodde där hade dessutom riktigt hår på huvudet och mat som såg verklig ut på bordet.

– Det är jättefint, sa jag andäktigt. Verkligen jättefint.
Men Paula hade redan tröttnat.
– Vi går upp nu, vi kan leka med dockhuset sen, sa hon. Kom!
Motvilligt reste jag mig från golvet. Paula stängde glasdörrarna och tog min hand.
– Nu går vi så du äntligen får packa upp. För sen ska vi ut. Jag har massor av saker att visa dig.

– VAD BRA DU KAN prata svenska!

Det blev en kommentar jag kom att tycka genuint illa om. Ändå var det just detta jag fick höra, gång på gång på gång.

– Hur länge har ni varit i Sverige? Ett år, lite drygt? Men det hörs inte alls att du kommer från ett annat land. Inte alls.

Det var främst vuxna som kommenterade mitt språk. Och jag ogillade att försvara mig. Kunde de inte bara hålla tyst om vad de tänkte? Kunde de inte låta mig smälta in i det nya landet, låta mig få utplåna det som varit? Måste de ständigt peka ut mig som den utlänning jag var?

Paulas familj var inget undantag. Kanske trodde de att jag blev glad över att de påpekade att jag var duktig. Men jag blev bara besvärad. Samtidigt ville jag inte såra dem. Alla var så snälla, ville så väl.

Mamma Siv var den livliga, en familjeflicka som månade om vett och etikett och som höll hårt på traditionerna. Inget slarv och inget slabb. Siv ville att vi barn skulle vara renliga och välklädda. Händerna skulle tvättas före maten. Man skulle inte avbryta då de vuxna talade. Hon själv var en herrgårdsfröken och jag kom att beundra hennes svala stil. Hennes kläder var alltid valda med omsorg och håret var blankt och välfriserat. Hon var diskret sminkad och mycket vacker. Allt hon gjorde var liksom tjusigt och genomtänkt. Hon gick alltid rak i ryggen och tappade aldrig ansiktet. I alla fall inte när jag såg. Hon var hemmets trygga punkt, den självklara chefen i allt som skedde. Pappa Tore åkte sin väg på förmiddagen, han arbetade som länsveterinär och hade alltid mycket att göra ute i bygden. Det var alltid någon ko som kalvat, en häst som fått inflammation i sin hov eller en hund som drabbats av tarmvred. Han hade en smådjurspraktik invid huset men var mest ute på gårdarna. Ibland fick vi följa med honom till ladugårdarna, där oroliga bönder diskuterade sina djurs hälsa med Tore. Det bästa var att se en kalv födas, ett slemmigt paket som gled ut ur kon och som inom några minuter vecklade ut sig och ställde sig på fyra vingliga ben. De nyfödda kalvarna luktade så gott och hade oemotståndliga ögon. Det var svårt att tänka sig att de snart skulle växa upp och bli stora trumpna kor, eller ännu värre, slaktas och förvandlas till biffar och färs.

Min egen pappa var av bondsläkt. Farfars far hade ju haft jordbruk, en gård mitt i byn och ett slakteri. Men det mesta hade kollektiviserats under efterkrigstiden. Resterna av den en gång så stolta gården var ett nedgånget hus och en familj som kom att träta om pengar. Jag undrade om de någonsin haft samma harmoni i sina liv som den jag fick uppleva här. Alla kändes så lugna och säkra. Det var som om inget någonsin kunde förändras. De satt tryggt på sina gårdar där de fötts, de skulle bo här tills de dog.

Min ankomst väckte viss nyfikenhet. Barnen som bodde

på gårdarna studerade mig under lugg. Inte för att de ville närma sig precis. Men de ville ändå inte missa chansen att se vad jag var för en lustig typ. Om det var ont om utlänningar i vår förort så lyste de helt med sin frånvaro i Västmanland.

– Var kommer du ifrån? frågade de misstänksamt.
– Från Tjeckoslovakien.
– Hur länge har du bott i Sverige då?
– I ett och ett halvt år.
Förvåning.
– Och du pratar redan så bra svenska!

Paula märkte att jag inte riktigt trivdes med utfrågningarna och brukade försöka avstyra dem. Hon var lite stolt över att det var hemma hos henne jag bodde. Jag var hennes egendom. Något att skryta om.

Samtidigt förstod inte heller hon att jag kom från en annan planet.

Drakflickan har tagit på sig osynlighetsmanteln. Med språkets hjälp kan hon tränga in i främlingarnas land. Hon glider oupptäckt genom mörker och dimma. I handen glimmar hennes svärd. Hon måste försvara sig mot fienden, nu är hon bakom deras linjer, hon måste rycka fram och rädda talismanen för att befria sitt folk. Men det är en farlig resa. Närsomhelst kan en strimma ljus falla över henne och förstöra osynlighetsmantelns magi. Närsomhelst kan fienden höra ljudet av hennes steg. Hon vågar inte heller flyga, för de ondas riddare har väktare under molnen. Hon är tvungen att färdas till fots, genom främmande territorier, genom träskmarker och öknar, tills föt-

terna värker och blöder, tills strupen snörs samman av
törst...

Språket var min skyddsdräkt. Efternamnet avslöjade mig
förstås, men förnamnet kunde ju vara svenskt, med lite
god vilja. Katia, *Katja*. Det kunde ha varit svenskt. Paula
var förresten inte heller något vanligt namn på sjuttiotalet.
De flesta hette Christina, Gunilla eller Lotta. Katia och
Paula var lite udda.

– Katia, det låter lite som Kitty, sa Paula. Har du läst
Kittyböckerna? De är jättebra.

Jag hade inte läst Kitty. Jag hade inte läst något från
B. Wahlströms ungdomsserie, böckerna med de röda
ryggarna som var för flickor och de med gröna eller blå
ryggar som var för pojkar. Jag läste sällan något som var
skrivet speciellt för flickor, möjligen amerikanska Arthur
Ransome och hans trettiotalsbästsäljare *Svalor och Amazoner*, som även tjeckiska sextiotalsbarn snabbt tog till sitt
hjärta och som hade tvillingtjejer i ett par av huvudrollerna. Men min huvudsakliga läsning var den som var
riktad till pojkar.

– Vad konstigt att du inte känner till Kitty, sa Paula.
Men låna den här. Jag har alla.

Jag kunde inte öppet visa mitt förakt. En bok med en
tjej i huvudrollen? En fånig brud som låtsades vara detektiv. Vad kunde tjejer egentligen? Tjejer kunde inte mycket.
Inte ens stå upp och kissa.

Jag visste det för jag hade själv försökt. Jag hade inte
varit mer än fyra fem år men skulle tappert följa Tomáš
exempel. Han stod uppe på balkongen och riktade en per-

fekt stråle ner mot rosenrabatten. Själv var jag tvungen att sätta mig ner och kissa för att försöka åstadkomma något liknande. Men någon stråle blev det aldrig. Kisset rann rakt ner, och dessvärre också i huvudet på mamma, som blev fly förbannad över dylika påhitt. Efter den erfarenheten försökte jag mig aldrig mer på att kissa på pojkars vis.

Motvilligt tog jag emot Kittyboken. Nåväl. Man fick väl ta seden dit man kom. Kanske skulle jag lättare förstå Paula, kanske skulle jag bli mer lik svenska flickor om jag började tänka som de.

Hon var så självklar på något sätt, Paula. Hade jag själv varit lika säker en gång i tiden? Hade jag bara tagit för givet att allt skulle vara så som jag var van vid? Paula behövde aldrig stanna upp och fundera över sitt ursprung. Hon behövde inte kämpa varenda vaken minut för att inte avvika från normen, för att inte säga fel. Hennes trygghet kom sig av att hon aldrig behövde ta någon strid. Hon hade aldrig behövt lämna sin invanda miljö. Här i huset var hon född, här kunde hon stanna så länge hon behagade. Om inte familjen valde att flytta förstås. Men då skulle de förmodligen inte behöva fly till ett främmande land. Paula skulle aldrig behöva tänka om, förändra sig.

Jag var nykomlingen. Jag fick lära mig hennes liv från början.

Jag hade ingen relation vare sig till svenska traditioner eller till den svenska maten. Jag var som en baby för vilken allt var nytt och obekant. Jag måste lära mig att gå, och mina steg var stapplande. Lyckligtvis tyckte Paula om att undervisa mig.

– Vilket godis gillar du mest? kunde hon till exempel fråga.
– Vet inte.
– Jo, men kom igen! Du har väl nån favorit!
– Kanske choklad, försökte jag.
– Choklad är gott, instämde Paula. Men dajm är godare.

Jag hade aldrig hört talas om dajm.

– Va? Vet du inte vad dajm är?

Paulas ögon spärrades upp av förvåning. I Paulas värld visste alla vad dajm var och de åt det när det föll dem in.

– Du skojar. Du måste ju ha köpt dajm nån gång. Man kan köpa det överallt. De där röda paketen med blå text på, du vet.

– Nej, jag lovar. Jag har aldrig ätit det.

– Köpedajm är gott, men hemgjord är ännu godare. Det är inte klokt att du aldrig har smakat! Kom, vi gör dajm på en gång!

Vi sprang ner till köket och Paula började öppna köksluckorna.

– Mamma, ropade hon. Mamma! Kan du komma?

Siv dök upp i dörröppningen med Anders på armen.

– Vad nu?

– Jag tycker att vi ska lära Katia hur man gör dajm. Hon har aldrig smakat dajm! I alla fall inte hemgjord.

– Inte köpt heller, sa jag.

Siv log.

– Jamen då är det väl klart att Katia ska se hur man gör.

Hon satte ner Anders på golvet och plockade fram smör, socker och grädde.

– Låt Katia röra nu, uppmanade hon Paula som hade ställt sig vid spisen.

Det var en rent kemisk process. Massan i kastrullen bubblade och blev först gulaktig och sedan brun. Jag rörde och rörde och hoppades att jag gjorde rätt. Det doftade ljuvligt.

– Sen ska man hälla upp den på plåt och låta den stelna och om man vill kan man ha smält choklad på, eller hur mamma, sa Paula.

– Det ska vara blockchoklad, och det råkar vi ju faktiskt ha, nickade Siv.

– Vi smälter den i vattenbad.

Blockchoklad. Ordet är fastetsat i mitt minne. En särskild sorts choklad som man har för att smälta och göra efterrätter av. Något sådant fanns inte i Tjeckoslovakien, inte vad jag visste om i alla fall. Där var chokladen choklad, punkt och slut. Här fanns olika sorters choklad för olika ändamål. Det vattnades i munnen på mig när jag såg den stora chokladkakan.

– Kan jag få smaka, bad jag.

– Men man kan inte äta den rå, påpekade Paula. Den är inget god. Den blir god först när man smälter den.

– Låt Katia smaka ändå, sa Siv och bröt av en bit. Här.

Paula hade rätt. Blockchokladen smakade inget vidare. Den påminde om choklad. Den smakade choklad. Men ändå var det inte samma smakupplevelse som när man åt *riktig* choklad. Jag undrade hur den skulle smaka när den väl hade smält.

Dajmen var en av många nya smakupplevelser jag fick den här sommaren. Det var som om allt var extra gott och extra speciellt hemma hos Paula. Hennes mormor kom då och då för att hjälpa till med hushållsarbetet och lärde mig hur äkta köttbullar med gräddsås skulle smaka. Dessa var fjärran från skolbespisningens hårda små gummibollar med artificiell smak och hög halt av potatismjöl. Paulas mormors köttbullar innehöll nötfärs och fläskfärs, finhackad lök, ägg, skorpbröd, vitpeppar samt en gnutta socker. Såsen som hörde till gjordes på tjock grädde, uppvispad köttsky och några skedar ljus sirap. Till detta serverades pressad potatis med smält smör, rårörda lingon som familjen själv plockat samt inlagd gurka med hackad persilja och dill.

(Lingonsylt. Den ljuva bittersöta smaken. Vill jag ha en nära-nysvensk-upplevelse räcker det att jag lägger en klick lingonsylt på tungan. Lingonsyltsmaken kommer alltid att symbolisera Sverige för mig. Det spelar ingen roll hur länge jag bor här, varje gång jag äter lingonsylt är jag tolv år gammal igen och sommarbarn på svenska landsbygden.)

Siv och Tore log när jag slukade maten och bad om mer. Kanske såg jag ut som ett utsvultet krigsbarn. De gödde mig så gärna.

Det fuskades aldrig i sommarfamiljens kök. Bara de bästa råvarorna dög och maten lagades omsorgsfullt och med kärleksfull precision. Det var här jag för första gången fick smaka hjort, wallenbergare gjorda på kalvfärs, äkta svensk kalops och panerad strömming, som dock inte blev någon favorit. Barn utan kustland kan vara skeptiska mot havets läckerheter.

– I augusti är det kräftfest, sa Paula längtansfullt. Vad synd att du måste åka hem innan dess! Jag älskar kräftor. Jag tror att du skulle gilla det du med.

Jag kunde inte riktigt förstå att de verkligen tänkte äta

kräftor! För mig var dessa svarta krälande djur sagovarelser som man visserligen kunde göra mycket skoj med, men inte äta. Då föredrog jag sommarfamiljens enkla måltider, som mitt på dagen kunde bestå av filmjölk och blåbär. Till det en smörgås på knäckebröd och en skiva port salut-ost. Den milda osten med de orangefärgade kanterna hade mina föräldrar aldrig velat köpa. Nu visade den sig vara riktigt god, trots sitt märkliga utseende.

Vi äter filmjölk med blåbär och knäckebröd vid det rangliga lilla träbordet i trädgården. Skramlet från köket låter så hemtrevligt och skönt. Snart ska Paulas mormor sätta deg till eftermiddagens bullbak och jag ser redan framför mig de gyllenbruna kanelbullarna med pärlsocker på toppen, de som vi får ta så många vi vill av och som vi dricker hemgjord svartvinbärssaft till ur höga glas. Köksfönstret står öppet och jag hör lille Anders gråt. Siv och Tore pratar. Det vardagliga är så lugnt. Det är nära och varmt och tryggt. Jag strör socker på min fil och ser hur de mörka bären sjunker ner i det vita. Knäckebrödet är lite bränt i kanterna.

Den svenska sommaren tycks i år vara på sitt allra bästa humör. Hallonen mognar i snabb takt och ängarna grönskar. Det ljusblå diset ligger skimrande över de vidsträckta ängarna där tusentals blommor lyfter sina huvuden mot solen. Det är fjärran från Průběžnágatans dammiga spårvagnar, fjärran från det grå hyreshuset och från rummet med avlyssningsapparat bakom tavlan på vardagsrumsväggen. Fjärran också från förorten som är mitt verkliga svenska hem.

– MIN ÄLSKLINGSHÄST ÄR en fjording. Han heter Trolle och är den finaste häst man kan tänka sig, sa Paula drömmande. Åh, det ska bli så roligt att ta med dig till stallet! Längtar du inte?

Jag hade faktiskt aldrig satt min fot i ett stall. Men samtidigt hade jag ljugit om att jag kunde rida. Det var bara att spela med. Vad kunde jag annars göra?

– Jo, det ska bli jättekul, nickade jag. Jag älskar hästar. Verkligen.

– Vilken sort är din favorit? Jag föredrar fjordingar. Men såklart skulle jag någon gång vilja rida ett fullblod...

Oj, hon frågade för mycket. Hon satte dit mig. Jag visste inget om hästar och olika raser. En häst var ett djur med fyra ben, piskande svans och en förmåga att kasta av sin ryttare. Mina kunskaper sträckte sig så långt som till att hästar kunde vara svarta, vita eller bruna, även fläckiga, i alla fall om de tillhörde en viss Pippi Långstrump. Något mer visste jag inte.

Lyckligtvis väntade Paula inte på mitt svar.

– Du ska få låna en hjälm av mig. Jag har en extra. För du har väl inte med dig en egen? Du kan nog ta mammas ridstövlar också. Och mina gamla byxor.

Hästar var en sak. Ridkläder något annat. Ridstövlarna, höga och blanka, den lilla svarta hjälmen med sin sammetslena yta och en liten knapp på toppen. De beige nylonbyxorna i kraftigt tyg, förstärkta vid knäna och i grenen. Fanns det snyggare kläder? Om ridkläderna bara inte krävde att man skulle sitta på hästryggen skulle jag kunna tänka mig att gå klädd så dygnet runt. Jag kände mig som en engelsk dam på väg till jakt. Ridkläderna gav mig mental styrka. Man kunde inte göra bort sig när man såg så proffsig ut. Jag såg mig själv i spegeln. Hjälmen satt riktigt bra. Kanske borde man bli en ridskoleflicka i alla fall? De här kläderna var värda det. Jag kände mig nästan redo att byta bort min olympiska seger i gymnastik för att bli en prinsessa i stallet. Trots att stövlarna var lite för stora och byxorna en aning för små.

– Du ska ha en piska också, sa Paula. Och handskar. Man får skavsår av tyglarna annars.

Astor skällde glatt när vi hoppade in i bilen för att ge oss iväg. Jag började slappna av. Det svåraste var gjort. Jag hade klätt ut mig till ryttare. Nu var det bara att sätta sig på hästryggen och göra som Paula. Hur svårt kunde det vara?

Det visade sig vara allt annat än lätt. Hästen som tilldelades mig var en äldre märr som inte direkt var känd för sitt positiva kynne. Hon hade nyligen fått ett föl och dessutom haft förlossningsdepression. Hon ogillade nya bekantskaper och visste exakt vilka som var rädda för henne.

– Men du som är van ska väl klara av' na, sa ridskoleläraren uppmuntrande. Var bara bestämd. Hon är go, lilla Sol...

Lilla Sol såg misstänksamt på mig och frustade. Men det var för sent att backa nu.

– Hopp opp, sa ridskoleläraren. Det är så härligt väder i dag! Ta en tur ut på ängen vetja.

En tur ut på ängen. Det var lätt för honom att säga.

Jag visste inte riktigt hur jag skulle komma upp på lilla Sol. Jag sneglade på Paula, som vant satte foten i stigbygeln och strax satt uppflugen på sin häst.

Lilla Sol hade inte tänkt sig att samarbeta, eller underlätta för mig. Hon rörde sig nervöst och det var svårt att komma upp. Jag försökte att inte reta upp henne mer än nödvändigt. Det var dessvärre helt uppenbart att hon bestämt sig för att göra min ridtur till ett helvete.

– Ta det lugnt, sa Paula.

– Jag känner inte den här hästen, sa jag sammanbitet.

– Men du lär känna henne strax, sa ridskoleläraren. Ni måste nosa på varandra lite! Ge henne en chans!

Till slut satt jag i alla fall i sadeln och vi skred i maklig om än ganska skumpig takt ut genom grinden. Att sitta på Sol var en obehaglig upplevelse. Jag hade en känsla av att hon skulle göra allt för att sabotera min dag. Det kvittade att jag hade proffsiga ridbyxor och hjälm. Sol visste att jag var en lögnhals. Hon avskydde att ha mig på ryggen.

Hur gjorde man för att få stopp på en häst? Hur fick man den att gå dit man ville? Hur fick man alls kontakt med djuret, vars rygg man satt på? Jag insåg att Sol gjorde exakt det som föll henne in, att hon gick dit hon ville, att hon var fullkomligt ointresserad av mina önskemål.

– Det går ju bra det här, ropade Paula glatt. Visst är det underbart att rida så här fritt? Nästa gång rider vi barbacka! Det är det bästa jag vet!

Barbacka. Jag visste inte vad ordet betydde, men det lät farligt.

– Mmm, sa jag sammanbitet. Barbacka.

Vi red längs diket som löpte vid skogsbrynet och allt hade kanske förflutit lugnt om inte Sol plötsligt fått syn på några hallonbuskar. Fullkomligt oberörd av hur jag slet i tömmarna klev hon ner i diket och satte kurs på snåren.

– Styr upp henne på vägen igen, ropade Paula.

Styra upp? Här styrdes ingen upp. Sol skulle in i skogen och jag fick vackert hänga på. När jag försökte få henne att byta riktning fnyste hon ilsket. Hon krängde hit och dit och satte av i skritt mitt bland hallonsnåren. Inte ens ridbyxornas oömma tyg kunde skydda mina ben tillräckligt väl.

– Aj! Hon är galen, skrek jag.

Det var som om mitt skrik provocerade Sol ytterligare. Hon ökade farten. Nu blev det riktigt läskigt. Smågrenar piskade mig i ansiktet. Jag böjde mig över hästens hals, höll fast mig allt jag kunde. Men det var inte mycket. I panik kände jag hur jag hjälplöst gled nerför Sols svettiga kropp. Till min fasa insåg jag att jag hade blivit hängande upp och ner, den ena foten fortfarande kvar i stigbygeln, intrasslad. Sol saktade farten. Det var troligen inte helt lätt att dra mig efter sig, som en hjälplös säck potatis.

– Katia! Vad håller du på med, skrek Paula. Upp på hästen!

Men jag hade resignerat. De fick väl skicka tillbaka mig dit där jag kom från. Jag kunde inte göra något. Jag hängde viljelöst från Sols rygg och kände mig både dum och förnedrad. Och den gamla vännen skammen knackade också på. Hade jag bara inte ljugit... Så hade jag kanske sluppit ridövningarna? Hur snygga byxorna, stövlarna och hjälmen än var tänkte jag aldrig mer sätta på mig dem. Jag skulle ringa mina föräldrar och be dem komma och hämta mig. Jag skulle inte stanna kvar här en enda dag till. Det var för mycket. Jag kämpade hårt för att inte börja gråta.

Sol vände sig om och såg på mig med en oändligt trött hästblick, som för att säga, upp med dig, din förlorare. Gnäll någon annanstans. Inte här. Visa lite kurage nu, mänska.

Jag borrade ner ansiktet i mossan och önskade att jag var långt härifrån.

Jag fick låna en gammal cykel av Siv. När Paula skulle rida nästa gång behövde jag inte följa med. Det hade redan tydligt visat sig att ridning inte var min starka sida.

– Flickan kanske vill vara ifred ibland, hörde jag Siv säga till Tore en eftermiddag.

– Tror du, hade han invänt.

– Såklart. Det kan inte vara så lätt för henne, sa Siv.

Tores svar drunknade i Anders gråt, och jag ville inte bli påkommen med att tjuvlyssna.

Hade det varit svårt för mig? Kanske. Jag tog cykeln och gav mig ut på byvägarna. Små stigar, knastrande grusvägar, vidsträckta ängar. Jag cyklade rakt ut i den okända bygden, utan att tänka på huruvida jag skulle hitta tillbaka eller inte. Kvällens milda kyla kändes skön efter den heta dagen. Det blåste lite nere vid fötterna, upptill var det fortfarande varmt. Kylan steg upp från marken, snart skulle det bli mörkt. Men än så länge var kvällen ljus och jag kunde cykla min väg, ensam, i frihet.

Det mognande vetet böjde sina gyllene lockar längs min väg. Fälten susade stilla i kvällsbrisen, exakt så som fält susar världen över. Om jag bara såg på fälten kunde jag tro att jag var hemma, på landet. Men ur de tjeckiska fälten stack små knubbiga kyrkokupoler upp sina huvuden här och där, små vita gårdar hukade på sluttningarna. Här syntes varken kyrkor eller gårdar, vetefälten sträckte sig likt oceaner i alla väderstreck och jag kände mig som en ensam skeppsbruten på min flotte. Som Tom Sawyer eller Huckleberry Finn. Kanske skulle jag möta Indian-Joe och bli vittne till någon fasansfull hemlighet.

Jag cyklade vidare. Den svenska sommaren liknade inte den tjeckiska. Den svenska var renare, vackrare... Mer högdragen på något sätt. Min saknad blandades med dåligt samvete. Till det gamla landet kunde jag aldrig mer återvända. Samtidigt ville jag höra hemma här, i allt det nya!

Jag ville bli svensk, med allt vad det innebar, jag ville vara blond, lika blond som vetefälten, jag ville ha blå ögon, lika blå som Paulas, jag ville ha en annan mamma, en mamma som kunde göra dajm, en mamma som kunde prata med mina svenska vänner på deras eget språk, jag ville inte ha en pappa som fick asyl, jag ville inte ha något med politik att göra. Jag ville bo i ett stort vitt hus med flera våningar och kunna rida och läsa Kittyböcker med en medfödd självklarhet. Jag ville ha en mormor som lagade mat och som kom och gick och som hörde hemma i sitt land, inte en rysk flykting som bodde på ett ålderdomshem i en opersonlig steril korridor bland en massa andra gamlingar som bara väntade på döden.

Jag stannade cykeln och satte mig vid vägkanten och grät. Tankarna snurrade. Jag skämdes så att jag höll på att svimma. Hur kunde jag? Varför betedde jag mig så? Svekfull och falsk, det var vad jag var. Jag var full av lögn och en usel dotter. Här hade mina föräldrar skickat iväg mig för att jag skulle lära mig något, för att jag skulle skaffa mig erfarenhet, och vad gjorde jag? Jag vände mig emot dem, otacksam, illojal...

Det prasslade till i vetet. Lite försiktigt. Sedan mer bestämt. Fåglar? Det lät som steg. Jag slutade snyfta och tittade upp.

Då stod han där. Han eller hon. Enorm var han i alla fall. Enorm och liksom svart och fullkomligt orörlig. Orörlig blev även jag.

Tio meter ifrån mig hade en älg liksom växt upp ur marken.

Hans horn skymde himlen och jag kunde nästan höra hans andetag. Jag blev livrädd och kunde inte röra mig ur fläcken. Skulle han gå till attack? Hur skulle jag komma härifrån? Jag visste inget om älgar. De var förmodligen livsfarliga och mitt liv på sommarvistelsen skulle få ett hastigt slut. Jag skulle strax slippa mina vedervärdiga tankar. Det skulle bli jobbigt för Siv och Tore när jag aldrig mer återvände till huset. Sommarbarnet hade försvunnit. De skulle utlysa en skallgång, människorna skulle söka efter den försvunna invandrarflickan och alla skulle de muttra irriterat om att man ju visste hur de där jävla utlänningarna var, de kunde inte hålla sig i skinnet utan måste prompt hitta på sattyg så att vanligt vettigt *svenskt* folk inte fick en blund i ögonen. Mamma skulle bli förtvivlad när min döda kropp hittades. Mördad av en älg. Mitt i Sverige. Vi hade flytt från en fara, bara för att möta en annan. Skulle jag kunna resa mig upp utan att älgen blev provocerad? Om jag kastade mig upp på cykeln, skulle han jaga mig? Men fortfarande var benen som bly och jag vågade knappt andas. Ge dig iväg, bad jag bara inom mig. Snälla, gå. Gör mig inte illa.

Efter vad som kändes som en oändlighet gick det liksom en skälvning genom det jättelika djurets kropp. Han böjde på huvudet, tycktes nosa på något på vägen. Så rätade han på ryggen, såg på mig. Hans ögon var små och runda och liksom gulaktiga i pupillen, han såg vild ut, kanske var han arg. Detta var hans revir, vad hade jag här att göra? Han märkte nog att jag inte kom härifrån. Till och med älgen var patriot. Till och med älgen ville ha bort mig. Han vädrade att jag var icke-svensk. Jag var en inkräktare.

Så vände han om. Han tog ett par steg tillbaka och försvann i vetefältet, precis där han hade kommit ut. Med ens var han borta. Vägen var fri. Det var som om han aldrig ens hade stått där. Jag hörde ett mjukt prassel som avlägsnade sig. Snart hördes åter endast vetefältens entoniga sus.

Kvällen var tyst.

Det hade börjat skymma.

Det var dags att cykla tillbaka.

MIN SOMMARFAMILJ HADE ett stort umgänge. Flera gånger blev vi bortbjudna till deras goda vänner, och många kom och hälsade på i den vita herrgården. Då serverades middag under kristallkronan i salongen. Mormor inkallades liksom en ung grannflicka som hjälp i köket och Siv planerade middagen noga, vad som skulle ätas till förrätt, till huvudrätt och vilken efterrätt det skulle bli. Tore hade vinkällaren att intressera sig för och middagarna var perfekta tillfällen att lyfta upp dammiga flaskor och stoltsera med olika årgångar. Så kom det sig att jag fick smaka på räkcocktail, gravlax samt smörgåstårta, en sällsamt märklig upplevelse för ett invandrarbarn från öst. Jag blev bekant med grytstek och helstekt lamm, med bearnaisesås och hasselbackspotatis, med rönnbärsgelé och inkokt lax, svensk finmat så som det anstod en familj som hörde hemma i överklassen. Efterrätten brukade bli marängsviss, puffiga vita maränger (faktiskt inte lika goda som fru Jandovás men klart godkända ändå) i poröst vispad grädde med vaniljsmak, med glass och svart chokladsås som Siv själv kokat intill blank precision.

Siv hade många väninnor och de kom med sina sommarlovslediga barn och hälsade på, alla tyckte de att jag var rar och sällsynt, och de ville dra ur mig allt det förfärliga jag hade varit med om, detaljerna om hur pappa blev förföljd och torterad och hur vi, den stackars familjen, fick leva i hunger och svält, hur vi sedan flydde, med blödande fötter över krossat glas vid gränsen, var det inte taggtråd uppsatt runt vårt arma land? Och vad gjorde min vackra tappra mamma? Hur fann hon sig tillrätta i sitt nya hemland egentligen? Var det inte rysligt svårt att anpassa sig när man mist allt?

Jag försökte säga att vi inte alls mist allt och att vi hade åkt bil över gränsen, inte flytt på blödande fötter, men detta ville de inte höra talas om, inte heller om att socialen gett mamma sjuttiokort så hon kunde åka kommunalt, att hon fick svenskundervisning på ABF och att hon nu också hade fått jobb och att vi hade det rätt bra där vi bodde i vår kära betongförort som faktiskt påminde en hel del om betongförorterna i Prag, så man inte behövde känna sig helt igenom vilse. De lyssnade inte när jag sa att pappa mest bara hade blivit *förhörd* och inte torterad och att han nu faktiskt hade ett bra arbete och att vi hade en Volvo. I deras ögon bodde vi i tält, var ett flyende nomadfolk som behövde tigga på gatorna för att alls ha någon mat för dagen. Och de nickade gillande åt Siv, vilken storsint människa hon var som hade tagit sig an mig, detta arma barnvrak, och gett mig en glimt av hur *bra* livet kunde vara! Hur fantastiskt gott det var i Sverige, med mat på bordet, välfärd, och trygghet.

Då var det skönt att sätta sig på golvet. Leka. Gömma sig i barnvärlden ännu en stund. Låta de vuxna tala vid det dukade bordet. Höra orden ovanför huvudet men slippa bemöta dem.

Det var en av dessa kvällar som det uppdagades.

– Nyckeln, utbrast Paula. Dockskåpsnyckeln är borta!

Glasdörren gick inte att få upp. Där bakom satt dockorna på sina stolar. Maten stod på bordet. Kläderna hängde i den lilla garderoben. Men vi kunde inte komma in till dem, dockornas värld hade plötsligt blivit oåtkomlig för oss.

– Ni får leta, barn, sa Tore och lutade sig tillbaka i sin karmstol. Den kan inte vara särskilt långt borta. Vem lekte med skåpet senast? Paula?

Siv reste sig från bordet och gick fram till dockskåpet.

– Det var märkligt, mumlade hon.

Jag kände mig genast skyldig.

Inte för att någon sa något. Inte för att jag hade varit i närheten av skåpet på egen hand. Men det var jag som inte hörde till familjen. Självklart var det som hände på något sätt mitt fel. Varför skulle det annars hända just nu?

Paula såg på mig. Hennes blick var mörk, anklagande. Visst var jag en inkräktare, en främmande fågel, och egentligen var det ingen som visste något om mig och mina motiv. Eller var det bara i mitt eget huvud som dessa tankar fanns? Kanske hade hon inte någon anledning alls att misstänka mig. Jag var bara överkänslig. Överspänd, orolig och allmänt uppjagad.

– Har du sett nyckeln, Katia? frågade Siv.

De skulle skicka hem mig. Och jag skulle framstå som en billig och oförskämd liten tjuv. Men du har inte gjort nåt, sa en röst inom mig. Det kvittar väl, svarade en annan.

Den där nyckeln kommer aldrig att komma fram och de kommer att hata dig för det. Förresten, vad vet du om familjetraditioner och sånt som är värdefullt, om sakers affektionsvärde? Du bryr dig inte. Och det märker de. Du sårar dem. Du är inte en av dem.

– Jag har inte varit här inne en enda gång sen jag och Paula var här tillsammans sist, sa jag och kände hur jag rodnade.

– Nåväl, svarade Siv. Vi får leta efter den senare. Det finns säkert en bra förklaring. Ett hus stjäl inte, det bara gömmer.

De vuxna återgick till sin middagssamvaro och vi barn sprang ut i trädgården för att leka kurragömma och kull. Men jag kände mig tyngd av att nyckeln var borta. Det molade svagt i magen av ett obestämt obehag som jag inte riktigt kunde definiera. Bara som en känsla av att något var fel, något var konstigt, att något inte var som det skulle. Kanske längtade jag bara hem. Eller så önskade jag att jag aldrig behövde åka tillbaka. Det var svårt att säga vilket som var värst.

NÄR MINA FÖRÄLDRAR ringde mig pratade vi givetvis tjeckiska. Det var pinsamt att använda det gamla landets språk i det nya, bland idel svensktalande som inte kunde förstå en stavelse av det jag sa. Jag kunde konspirera så mycket jag ville. Jag kunde vara elak och baktala dem jag bodde hos, om jag hade velat. Naturligtvis ville jag inte det. Men jag noterade att tjeckiskan klingade väldigt märkligt i det helsvenska huset. Att mina tjeckiska ord reste en mur mellan mig och svenskarna. Under längre stunder kunde jag glömma bort vem jag var, tala min nästan-perfekta-svenska och låtsas vara svensk. Så började jag prata mitt riktiga språk och kamouflageklädseln föll av och blottade obönhörligt min rätta identitet. Invandrarflicka. Utlänning. Hon som inte hör hit.

– Du låter så arg när du pratar med dina föräldrar, påpekade Paula när jag lagt på. Bråkar ni?

Vi bråkade inte alls. Tvärtom. Vi pratade om vardagliga saker. Om snälla, lugna ting. Jag tyckte inte att jag lät särskilt upprörd.

– Du liksom skriker, fortsatte Paula. Jag blir lite orolig för att du är förbannad på nåt sätt.

I mitt svenska sommarhus var rösterna mer dämpade. Man skrek inte. Man gestikulerade inte med armarna. Man talade lugnt och förståndigt med varandra. Man avbröt inte. Man fick tala till punkt. Man var sansad. Man var mogen.

– Luuugn, bara luugn, var Paulas stående kommentar. Ta det lugnt!

Ta det lugnt var stort. Alla tog det lugnt. Till och med ett visst tuggummi hade tagit fasta på denna slogan och uppmanade oss att ta det lugnt och ta en Toy. Att vara olugn var det fulaste som fanns.

– Svenskar är så tråkiga, hade pappa tyckt. Det måste vara för att det regnar så mycket i det här landet.

Vad menade han? Det var väl inte vädrets fel att man var lite försiktig. Att man inte ville hamna i slagsmål. Förresten regnade det i Prag också. Och hur roliga var *tjeckerna*, om jag fick fråga? Vad gav honom rätten att avfärda ett helt folk? Men jag var ju bara ett barn. Jag visste inte. Jag hade inget att säga till om.

Vi borde ha flyttat till Australien i stället. Melbourne. Brisbane. Canberra. Perth. Adelaide. Idel romantiska vackra namn och vädret var soligt och landet var omgivet av ett vackert och vildsint hav med spännande varelser i och människorna var alla historielösa utom aboriginerna, som i stället var både hemlighetsfulla och samtidigt också sorgliga, eftersom man hade utsatt dem för så många övergrepp. Jag ville bo på en fårfarm mitt ute i *outback* och bara kommunicera med omvärlden via en kortvågsradio, gå i skolan via en brevkurs och få proviant från ett flygplan. Jag skulle gladeligen ta hand om fåren och lära mig allt om hur man rider bara vi flyttade till landet där under. Men mina föräldrar delade inte mina drömmar. De föredrog att bo i Skandinavien och klaga på vädret. Emigrationen gjorde dem bittra och gnälliga.

– Jag ska lugna mig, sa jag till Paula.

Men nästa gång vi pratade i telefon tyckte hon ändå att jag skrek för mycket. Och lät hård. Och arg.

Jag kunde tydligen inte ta det lugnt alls.

Nyckeln till dockskåpet gick inte att hitta någonstans. Vi letade under mattor och i köksskåpen, bland Anders leksaker, bakom möbler och i blomkrukor, men nyckeln förblev försvunnen. Paula sa att Tore väl fick försöka dyrka upp låset och sedan skulle man byta det helt och hållet. Det vore fel, hade Siv invänt, eftersom låset var ett originallås, och hundra år gammalt dessutom. Det var *historiskt*. Man kunde inte bara gå in och byta lås hursomhelst. Hela dockskåpet var ett kulturminnesmärke. Man måste behandla det varsamt. Vi nickade dystert. Jag hade inte varit så medveten om att också små saker, leksaker, kunde ha ett historiskt värde på det sättet. Men tydligen kunde det vara så. Jag hade mycket att lära mig. I kommunistfanornas land var allt gammalt dåligt, det skulle rivas och slängas och ge plats åt nytt och friskt. Sådant som inte hade några rötter tillbaka till det gamla. Helst skulle man inte ha något förflutet. Man skulle inte bry sig om gamla traditioner, utan bygga nya. Det lilla dockskåpet skulle aldrig ha tagits på särskilt stort allvar i mitt gamla liv. Det hade slängts på soptippen eller ersatts av något nytt i plast.

När skymningen började falla tog jag cykeln och gav mig ut. Inte ut bland vetefälten, jag ville inte möta skogens konung igen, utan jag cyklade mot sjön, där vi hade badat några gånger. Något drog mig dit, jag cyklade grusvägen fram utan att tänka mig för. Luften ven kvällsljum runt mina sandalklädda fötter, jag kände hjärtat hoppa i bröstet. Ibland var det så svårt att andas med sommarfamiljen runtomkring mig, även om de var snälla. Ibland kändes det som om man inte borde ha någon familj alls. Inga vuxna. Inga förnumstiga ungar som sa "ta det luuugnt".

Den lilla sandstranden låg öde. Nu, efter att solen gått ner, såg sjön annorlunda ut. Ytan blank och stilla, inte en krusning på dess mattsvarta mörker. Här och var kväkte en ensam groda. Några fåglar lyfte från träden med sömniga skrik. Träden tycktes böja sina huvuden mot vattnet, trötta efter den heta dagen. Jag stannade och steg av cykeln, lät den ligga i gräset.

Det söta mjuka sjövattnet var lent mot fötterna. Runtomkring mig började dimman att falla och bildade mjölkvita slöjor som sakta flöt över sjön. Min barndoms älva hette Rusalka och det var hon som förtrollade en ung student så till den milda grad att han tynade bort, av kärlek till en underjordisk varelse som enbart använt sig av honom för att kunna få mänsklig skepnad. Jag rös. Rusalka var övernaturligt vacker och hon och hennes systrar dansade en vild ringdans över sjön. På lätta snöbleka ben, med duniga kjolar och genomskinliga vingar flög de strax över vattenytan och sjöng med milda ljusa röster.

Jag satte mig i sanden och blundade.

Vem hade tagit mitt hjärta och min själ?

Vem hade gröpt ur mina känslor, försänkt mig i ensamhet, gjort mig till den jag hade blivit?

Rusalka svävade vidare, oberörd av människobarnets bekymmer.

– VILL DU SE? frågade Paula. Hon tittade på mig med ett menande leende. I handen höll hon något och hon såg helt lycklig ut.

– Okej.

– Lova att inte säga nåt till nån!

– Okej, lovar.

Att hålla löften var ju min specialitet. Både till andra och till mig själv. Livet bestod av många prövningar. Inte ens under tortyr skulle jag avslöja...

– Jag svär vid min mammas liv.

– Usch, vad du säger! Så allvarligt är det väl ändå inte!

Paula visade vad hon hade i handen. Det var ett litet foto på en ljushårig pojke. På baksidan hade någon skrivit K hjärta P.

– Det är Kalle. Han gav mig kortet innan du kom. Men jag har inte vågat visa det.

Jag hade aldrig fått ett kort från en kille med ett hjärta på. Jag blev avundsjuk direkt. Men Paula var ju Paula. Liten, söt och blond. Och så kunde hon rida. Hade jag varit grabb hade jag också gett henne ett kort med ett hjärta på. Inte till mig själv. Jag var kantig, skrikig, konstig.

Och utlänning. Jag tänkte aldrig bli kär i en utlänning. Jag skulle bara bli kär i svenska människor. De var inte alls tråkiga. De var stillsamma och värdiga och vackra och hade sina traditioner och en historia och deras land var stort och täckt av skogar. Pappa fick säga vad han ville. Skogen hade förresten inget med saken att göra. Men svenskarna *var* vackra.

– Vem är Kalle? frågade jag.

– Han bor inte så långt härifrån, men han är inte här just nu. Fast han kommer tillbaka i morgon. Han har varit hos sina kusiner i Göteborg. Vi har känt varandra sen vi var jättesmå.

Alltid dessa obrutna relationer. Jag visste att jag inte borde bry mig om det, men blev förvånad över hur jobbigt det faktiskt kändes. Att jag skulle ta åt mig för det också! Jag tog ju åt mig av allting. Det var svårt att alltid låtsas oberörd. Men Paula skulle aldrig kunna förstå. Jag tänkte inte säga något. Inte avslöja min avundsjuka på hennes barndomsvän. Inte berätta att jag störde mig på att hon hade något jag saknade.

Kanske borde jag ha försökt förklara. Jag stör mig på alltihop för att jag en gång också haft det som du, men inte längre har det, förstår du, hade jag kunnat säga. För att jag också haft en killkompis, som samtidigt var min kusin, som var ett och ett halvt år äldre än jag men som jag känt sen jag var baby, som alltid funnits i mitt liv och som jag gjort så mycket roligt tillsammans med. Jag behövde aldrig förklara nåt för honom för han visste redan allt, vi hade sett samma program på teve och vi hade ätit samma mat. När jag berättade för svenska barn om "elefantöronen" skrek alla att det var superäckligt, makaroner med kanel och socker! Men för oss var det den godaste barndomsmaten. Vi behövde inte försvara den inför varandra. Vi skrattade åt samma saker och behövde aldrig förklara varför det vi skrattade åt var roligt och vi visste exakt vilka vi skojade om, man behövde inte förklara det heller. Vi hade vår historia som band oss samman, vi hade sovit över hos varandra sedan vi var pyttesmå och vi hade haft samma farmor och en pakt om att den som vaknade först på morgonen skulle väcka den andre, vi smög på de vuxna och ljög och fuskade och åkte skidor tillsammans om vintrarna och kände varandras familjer utan och innan, ibland bråkade vi men det var trygga bråk, det var bråk som inte betydde nåt och som skulle ta slut för vi var ju bästa vänner – och kusiner – i hjärtat och skulle så alltid förbli. Men nu var allt över och jag hade ingenting kvar. Därför, därför Paula avskyr jag att du har din Kalle kvar och att han förutom att han är din barndomskompis också är kär i dig, han är inte din kusin och därmed kan ni om ni vill gifta er när ni växer upp och du behöver aldrig förklara nåt om dig själv för honom för han kommer redan veta allt.

Men Paula skulle aldrig förstå. Det man inte har förlorat uppskattar man inte. Det man alltid har kvar tar man för givet. Man kan till och med bli uttråkad av det. Andras längtan blir obegriplig.

– Han kommer hit i morgon, sa hon belåtet. Då ska du få träffa honom. Jag hoppas han tar med sig Johan också. Det är hans lillebror. Han är också snäll. Vi kan leka Ryska posten.

Den kvällen skrek jag nog extra högt när jag pratade

med mina föräldrar i telefon. För jag var faktiskt arg. På riktigt. På något jag inte kunde sätta fingret på, men som störde mig oerhört. Och det var mamma som fick äta upp min ilska.

JAG GILLADE KALLE direkt. Han var något längre än jag och hade det där lite allvarsamma draget runt munnen. Ögonen kornblå. Luggen lång, rågblond. Hyn så där mjukt persikoaktig, den såg nästan ut som tjejhy. Lillebrodern Johan var inte riktigt lika spännande och dessutom var han bara elva. En snorunge. *Mycket* yngre än vi. Ett helt år! Bara knappt elva. Han skulle vara glad att han överhuvudtaget fick vara med.

Vi fick nybakade kanelbullar, så många vi ville äta, och saft. Efteråt var det dags att gå upp till Paulas rum.

Paula stängde dörren efter oss.

En spänd tystnad uppstod.

Jag sneglade på Kalle.

Vad betydde det där, egentligen, Ryska posten? Något spännande, något som inte var till för barn. Ryskt. Jag var visserligen halvryss, men hade ändå aldrig hört talas om någon speciell rysk post.

– Okej, vem börjar, utropade Paula.

Ingen sa något.

– Men kom igen, suckade Paula. Vi kan ju inte göra Ryska posten om ingen är med. Nu frågar jag igen, vem börjar?

Börja själv då, tänkte jag trotsigt. Börja själv. Jag tänker inte säga nåt.

– Johan får börja.

– Jag vet inte hur man gör, sa Johan snabbt.

– Men åh! Vad du är *barnslig*, sa Paula och spände ögonen i honom. Klart du vet.

– Nä.

Jag började känna mig nervös. Kunde vi inte bara gå ut i trädgården eller cykla bort till stranden och ta ett dopp? Solen låg på och Paulas lilla rum kändes trångt i julihettan. På teve hade de sagt något om värmerekord. Förra sommaren hade det varit varmt, nu var det ännu varmare. Mina handflator klibbade av svett.

– Du går in i skrubben Johan så kommer Ryska posten, sa Paula bestämt.

"Skrubben" var en garderob där man knappt kunde stå upprätt. Det var passande mörkt där inne. Johan gick in där och stängde dörren efter sig.

– Okej Katia. Då börjar du.

Nu skulle jag bli tvungen att erkänna att jag inte visste hur man gjorde i alla fall.

– Du knackar på, och när han frågar vem där, så säger du Ryska posten, och sen får du säga vad du kommer med. Handtag, famntag, klapp eller kyss. Och så får han välja.

Johan valde handtag. Jag steg in i mörkret, klämde snabbt på hans hand, och stack ut igen.

Så var det Kalles tur att gå in i garderoben. Självklart var det Paula som knackade på dörren. Kalle valde famntag. Paula såg besviken ut men steg in i skrubben. Så blev det tyst.

Johan såg på mig och skruvade på sig. Jag mötte hans blick men tittade snabbt bort, ut genom fönstret. Solen låg på. Det var hett. Jag svettades. Satt de verkligen och *kysstes* där inne i skrubben? Jag såg framför mig hur Paulas mun trycktes mot Kalles. Jag ville också sitta i mörkret och pussa en söt solbränd kille som jag alltid varit kär i. Conny skulle duga. Eller Chrille. Vem som helst, faktiskt, vem som helst som ville sitta där med just mig.

Den kvällen cyklade jag iväg igen och satte mig vid vattnet. Älvorna dansade sin förtrollande dans över sjöns ångande vatten och pilarna hängde med huvudena. En häger skrek till i skogsbrynet.

Paula och Kalle. Hur jag än försökte kunde jag inte få bort bilden av deras kyss från näthinnan. Skulle jag för alltid bara tvingas stå vid sidan av? Dömd till den eviga åskådarrollen. Flickan vars land försvann, vars liv försvann, som aldrig skulle få känna någon kärlek. Älvorna dansade vidare och deras slöjor glittrade i skymningen.

Det var så vackert, och så sorgligt.

VID SJÖN FINNS SPÅR efter de stolta krigarna. Här har de smugit. Deras nakna fötter har lämnat avtryck i marken. De jagar bäver och and. Deras döda finns i träden. En del av skogen är ett område dit inga levande bör bege sig. Där vilar de döda och deras andar vakar över platsen.

Indianer begravde inte sina döda i marken. De hängde upp dem i träden, så att inga vilda djur skulle komma åt kropparna. Men denna värld var också skrämmande. Ingen vettig människa begav sig till de dödas skog om man inte var absolut tvungen.

Jag tog med mig boken om indianerna ut. Det fanns något tröstande i att läsa om ett folk vars lidande var långt värre än vårt. Vi behövde bara vara rädda för säkerhetspolisen, läskiga röster i telefonen, en avlägsen diktatur. Men nu var vi bland vänner. Trots att den nya världen ibland betedde sig konstigt så var det inte fiendens territorium. Det nya hemlandet hade tagit emot oss, gett oss kläder, tak över huvudet. Vi var inte förföljda längre. Tvärtom. Pappa – och resten av familjen – skulle få politisk asyl. En tillflyktsort. Vi skulle få nya medborgarskap och pass och personnummer. Vi skulle bli fullvärdiga medborgare på pappret (men inte i svenskarnas ögon – där var och förblev vi "invandrare"). Jag kunde lura dem genom att vara ljus och prata likadant som de. Men när jag berättade om var jag kom från så insåg de snabbt att jag inte hörde hit.

Vi hade blivit offer. Precis som indianerna. Vad hade de gjort för ont? De hade vördat jorden och tillbett alla fyra väderstrecken, himlen, vattnen, skogen och allt levande. De hade levt i samklang med sin natur. De hade skyddsdjur och medicinmän. De tog hand om sina sjuka och de hade respekt för naturen. Ändå kom den vite mannen och tog ifrån dem deras land, brände, skövlade, och utrotade. Den vite mannen kom med eldvatten och vapen, med kulörta pärlor och falska dekret. Den vite mannen byggde järnväg och stal deras land, trots att marken inte tillhörde någon, marken var sin egen, jorden, den tillhörde alla.

Döden kommer till indianstammarna i de vita männens skepnad. Från fjortonhundratalet och framåt. Columbus, Da Gama, Magellan, så stavas ockupationsmaktens namn. John Marshall, John Grant, Andrew Jackson. Men ordet ockupation finns inte i indianernas språk. Inte på fjortonhundratalet. Inte senare. Kanske i dag.

Siouxer, Svartfötter, Cherokeer, Apacher, Arapahoer, Hopi, Navajo... Jag gråter över dem alla och hatar. Det är enklare att hata något stort och ogripbart, än att stanna upp över sitt eget liv. Mitt lilla liv är oväsentligt. Men när jag läser om hur folket på hela kontinenter utrotades och drevs på flykt, känns det som om jag tillåter mig själv att känna.

"Indian Removal Act" drevs igenom av Andrew Jackson, som var USA:s sjunde president 1829–1837. Det var Jackson som såg till att all indianmark i Georgia konfiskerades, man hade funnit guld där. Ett falskt dekret utfärdades, där indianerna lurades att sälja återstoden av sitt land. General Winfield Scott ledde den slutliga invasionen av Cherokeernas land. De sjuttontusen indianer som ännu fanns kvar tvingades till en lång vandring till staten Arkansas. Det var en väg kantad av tårar och blod. Barn och vuxna gick barfota på den frusna marken, i snö och hård lera. Gamla kvinnor föll ihop i leden. Fyratusen människor dog medan himlen över deras huvuden grät ljudlöst, medan andarna i marken och vattendragen gjorde uppror.

Sjön ligger stilla. Cherokeernas fötter lämnar avtryck i sanden och jag lägger mig på marken och maktlösheten bubblar i mig. Människor på flykt. Nakna fötter på hård is. Nakna barnfötter som blöder.

Morfars syster Martha dyker också upp i mitt huvud. Jag kan inte tänka på henne nu. Jag kan inte ta in mer. Jag kan inte rädda indianer, jag kan inte rädda judar, jag kan inte utplåna orättvisorna. Marken är kylig under mig och jag blundar, jag förstår inte livets grymhet och alla de miljoner som utplånats och bränts, alla de miljoner barnfötter som blödande trampat på sylvasst glas och ståltråd, mjuka barnfötter som fått gå över frusen mark, över smuts och lera, oskyldiga barnfötter som bränts levande, som frusit och pinats. Varför?

Cherokeernas ledare bad aldrig om nåd. De insåg kanske att slaget var förlorat. En indian är stolt, rättvis och tapper.

Storlommens skrik ekar ödsligt över sjön.

Det finns inga svar.

Det finns inga svar.

KUNDE MAN KÄNNA SKULD mot ett hus? Kunde man vara otrogen mot sitt tidigare liv? Genom att tycka om sommarfamiljen, genom att komma deras hus allt närmare kändes det som om jag svek mitt förflutna. Jag var en förrädare. Jag gav upp det som varit. Jag var lättköpt. För hemlagade köttbullar och jordgubbar med grädde var jag redo att sälja ut min egen historia. För en sommarmammas varma händer och milda ögon skulle jag kunna glömma min egen mor. För ett vackert stolt hus som var obefläckat av mina minnen skulle jag förråda vårt gamla hus på landet i Kamenný Újezd. Mina sommarminnen från barndomen var plötsligt inget värda. Mina nya sommarminnen började vävas här. De fanns och de var verkliga. Det fanns ett annat liv här i Sverige. Jag var tvungen att ta till mig det. För att orka måste jag överge det som varit och bara se framåt. Det tjänade ingenting till att vara sentimental.

Jag drömde om Kalle medan jag sov. Kalle kom att ersätta Tomáš i mina drömmar. Det var Kalle och jag som gjorde allt det roliga och farliga. Tomáš och jag hade smugit på den gamla änkan vars hus låg i utkanten av byn. Hennes man hade dött flera år tidigare när han skulle beskära fruktträden i deras trädgård, han hade fallit så olyckligt från stegen att han brutit nacken och omkommit omedelbart. Efter det ryktades det att det spökade i änkans trädgård. Samtidigt hade hon de godaste plommonen och vi pallade dem så fort tillfälle bjöds. Helst skulle man smyga dit efter mörkrets inbrott. En gång kom hon på oss och jagade bort oss, hyttande hotfullt med en rostig kratta.

Vem pallar du plommon med nu, Tomáš? Vem klappar din nya katt?

Vem sover över hos dig och väcker dig klockan halv sex på morgonen, vem pratar du med nu, vem är din låtsassyster? Och vem är min låtsasbror?

Jag har ingen.

Jag är ensam.

Jag säljer ut mitt liv, jag har inget som håller fast mig någonstans. Jag följer med min sommarfamilj på deras middagar och jag dricker läsk med kolsyra och det smakar så annorlunda, Champis, Pommac, jag äter mig in i mitt nya hemlands kultur, kokt korv med bröd på stranden, och min sommarmamma ser helt annorlunda ut än min riktiga mamma, hon har långt ljust hår och snälla ögon och hon har ingen aning om hur det känns att packa ihop sina tillhörigheter i ohyvlade trälådor och lämna allt det man känner till och ge sig av långt bort någonstans, och veta att man aldrig mer får komma tillbaka.

Vi säger du till varandra i det här landet. Vi kallar inte varandra för "kamrat" och ingen tvingar mig att titta på filmer som handlar om hur kommunisterna räddar världen, eller hur den röda armén besegrar sina fiender. För mig är den röda färgen farlig. Trots att Palme bär den här hemma i mitt nya hemland. Nej, vi tittar inte på propagandafilmer här. I stället tittar vi på slalom, på Ingemar Stenmark, lektionerna i skolan avbryts när "Stenis" ska åka, det är andra åket och *det* är viktigt, svenska skolbarn skolas inte in i ett politiskt tänkande, de tvingas inte vara med i lekgrupper som handlar om ideologier och kommunism, de behöver inte bekänna sig till en enda ledare. Också Paula, min sommarsyster, är lyckligt ovetande om allt det politiska som hon slipper, i stället är hon omåttligt stolt över slalomkungens framgångar. Till och med nu när det är sommar pratas det om hans fantastiska talang. Man talar däremot aldrig om vilka som styr Sverige. I alla fall aldrig så att vi barn hör det. Men kanske när vi gått och lagt oss?

Jag säljer ut farmors bakverk, sockerkakorna och munkarna och *buchty*, det fyllda vita brödet med vallmo eller färskost eller sylt. Jag säljer ut mina vänner och skaffar nya. Jag måste göra upp med de där tio första åren av mitt liv. Det går inte att leva kvar i dem.

Vi kommer ändå aldrig mer att åka tillbaka. Den lilla kyrkklockan klämtar någonstans där borta i fjärran. Det ligger en tung gravsten över familjegraven. En röd ros står i ett vattenglas och lutar sitt tunga sammetshuvud mot de inristade bokstäverna.

Jag har svikit er alla.

Jag vaknar kallsvettig mitt i natten. Snart ska jag åka härifrån. Snart är jag borta. Men de kommer att komma ihåg mig med bitterhet. För att jag är en ohederlig varelse.

Nyckeln till dockskåpet. Javisst är det jag som tagit den. Jag är avundsjuk och jag stjäl. Jag har tagit den för att jag inte kan unna någon att ha något som jag inte får. Jag fick aldrig något dockskåp utan måste inreda en avdelning i bokhyllan Billy där hemma i höghuset, och låtsas att det är ett dockskåp. Det ser ju tokigt ut. Där kan jag sitta, tolv år gammal, och "leka". Jag har ingen känsla för något, allt jag gör blir fult och klumpigt. Jag kan inte dansa, inte bli gymnast, mitt hår ser vansinnigt ut, jag är längre än genomsnittet, och så har jag dessutom stulit min sommarfamiljs kulturarv.

Jag somnar om, men sover oroligt. Det känns som om det är grus i hela sängen. Jag hör inte hemma någonstans. Allra minst här.

På morgonen är jag osäker. Har jag verkligen tagit nyckeln? Och gömt den? Varför?

Tiden går snabbt nu. Sommaren mognar allt mer, dagarna är gyllengula och det råder tropisk hetta. Vi sover med öppet fönster, det är kvavt och luften är fylld av spänning. Vi väntar på en sommarstorm, ett crescendo med blixtar och brak, djävlarna gifter sig som farmor brukade säga. Mitt på dagen blir det mörkt, solen försvinner och en ödesdiger kyla smyger genom luften. Stormarna i vårt tjeckiska sommarland var skoningslösa, med ösregn som kom plötsligt och som överföll oss intet ont anande barn när vi som bäst höll på att bada i vår lilla sjö. Sommarstormen jagade oss på flykten, skrikande rusade vi hemåt.

Genomfrusna svepte vi så in oss i mjuka badlakan och fick varm soppa av farmor i köket. Stormen slet i äppelträden och fick fönsterrutorna att skallra. Efteråt, luften fylld av syre och fukt, en ödmjuk dimma som la sig över trädgården. Stövlarna åkte på, det höga gräset var fullt med väta...

Svenska stormar kanske är mer kontrollerade, liksom hela den svenska mentaliteten? Har en större disciplin? De kanske inte är lika gränslösa och vilda eller tar för sig lika mycket. Svenska stormar tar det lugnt. De går inte överstyr.

Till slut regnar det i alla fall.

Skogen blir blågrå och det ångar ur fälten.

Grusvägens damm luktar sand och stenar, den rå doften av jord tränger fram och fyller mina näsborrar med trygghet. Det är inget fel på Paula, eller på Siv eller Tore. Och lille Anders påminner om min egen bror. Jag älskar dem. De är en del av mitt nya land, mitt nya liv. Jag kommer aldrig att glömma dem.

Döm mig inte för hårt.

PAULAS RÖST VÄCKER mig. Det är fortfarande tidigt, solen är omgiven av ett friskt dis som lovar en vacker dag. I morgon reser jag hem. Jag blir medveten om det så fort jag slår upp ögonen. I morgon ska jag lämna huset och sommarfamiljen. Jag kommer aldrig mer att träffa Paula eller Kalle eller Johan, de kommer att växa upp och bli vuxna utan mig, och jag utan dem. Jag kommer aldrig mer att kunna... Jag hejdar mig mitt i tanken. För visst kan jag hälsa på. Här är jag fri. Det finns inga gränser som hindrar mig från att resa tillbaka *hit*, om jag vill. Jag kan ringa till Paula, och brevväxla med henne. Jag kan följa med dem ut i livet, vi kan bli vuxna tillsammans. Även om det inte kommer att bli så, har vi ändå en möjlighet.

– Katia, vet du vad?

Paula sätter sig på min säng.

– Jag har hittat nyckeln!

Hon viftar med nyckeln under näsan på mig. Hon ser glad ut, ögonen lyser. Hon är rufsig i håret. Det är tidigt, men de första solstrålarna har redan börjat kittla oss med sin värme. Paula drar upp rullgardinen och sommarens ljus bländar oss med sitt vita rena sken.

– Men var?

Då var det inte jag i alla fall. Jag känner mig lättad.

– Jättekonstigt. Den låg i badrummet. Under badkaret av alla ställen. Jag tappade en hårsnodd och tittade under badkaret av en slump.

Hon skrattar.

– Och tänk, jag ska erkänna att jag trodde att du hade gömt den. Vad knäppt.

Jag borde kanske också erkänna att även jag fått för mig att jag tagit den. Att jag drömt det. Men det säger jag inte. I stället sätter jag mig upp i sängen och ler mot henne.

– Ja, det var verkligen knäppt av dig att tänka så. Varför skulle jag ha gjort det?

– Varför du skulle ha gömt den? Nä, ingen aning.

Hon kastar av sig nattlinnet och drar på sig shorts och t-tröja. Hon sätter snodden i det långa ljusa håret och gör en pussmin mot spegeln.

– Kom nu! Du ska ju åka i morgon. Vi måste hinna sticka och bada, och du måste säga hejdå till killarna. Och så kan vi väl gå till stallet.

Det är den näst sista dagen.

Och jag känner avskedets ångestladdade stämning göra sig påmind. Det är ändå bara ett lättare sorts avsked. Ett *tjena, hejdå, vi ses*. Det värker inte i hårrötterna eller i tårna, i hjärtat finns bara ett litet hål som molar. Men det kommer att bli ett avsked likväl.

Jag måste vara redo.

DEN AUGUSTIVARMA vinden stryker mig över kinden.

Var inte rädd. Allt kommer att bli bra.

Sommarbarnet ska resa sin väg.

Väskan är packad. Bara väntan återstår.

Adjö solklänningar för småflickor, målade träskor, Ryska posten och Kittyböcker. Adjö barndomslängtan, tolvårsland, sommardrömmar, kärleksvärk. Denna resa slutar här, i ett vitt hus bland de västmanländska ängarna. Där bortom ligger skogen, vetefälten och sjön där älvorna brukar dansa.

Ett dammoln syns vid grusvägens slut. I en blå Volvo sitter en far och en mor som kommer för att hämta sin dotter. De ska hämta henne och familjen ska åter bli hel. De ska ta med henne, ta henne tillbaka till det som är hennes verklighet.

Platsen bredvid pappa ska åter bli min. Han kommer att ta min väska och lägga den där bak. Mina föräldrar lär dricka kaffe i bersån och småprata lite med sommarfamiljen. De kommer att tycka att jag har blivit brun och att jag har växt. Kanske blir de förvånade över att mitt hår blivit så långt.

Jag tänker krama mamma länge. Hon är vacker med sitt svarta hår och sina solglasögon, sina shorts och sitt linne. Min mamma ser ut som en filmstjärna. Och hennes händer doftar Nivea.

Adjö dockskåp, Siv och Tore, Paula och Anders. Adjö cykelturer och ridskoledrömmar, adjö svenskheten. Sommarbarnet ska åka hem. Hem till högstadieskolan, till puberteten, till nya krig om tillhörighet. Till utanförskap och förort. Till den riktiga världen, till höghus och vardag, till kyla och saknad.

Vårt gamla liv finns inte kvar och vi kan aldrig återvända.
För varje kilometer växer avståndet.
Men saknaden minskar inte.
Sorgen stannar kvar.
Och smärtan blir bara större när man inser hur lång tid som ligger framför, hur lång tid som återstår att känna.

Vägen brer ut sig vit och slät framför oss.

Jag sitter bredvid pappa. En bukett med smörblommor och hundkex ligger i mitt knä.

Volvons säten är varma och klibbiga av hettan.

Klänningen känns trång.

Jag kommer att behöva en ny när vi kommer hem.

LÄS MER

Extramaterial om boken och författaren

Om *Sommarbarn*	2
7 saker du inte visste om Katerina Janouch	9
Pressröster	10
Nästa bok: *Bedragen*	12
Piratförlagets författare i pocket	13

Om Sommarbarn

av Katerina Janouch

Jag ser in i den lilla flickans ögon. Hon ser tillitsfull och glad ut, står vid en blommande rhododendronbuske en sommardag. Hennes hår är tjockt och luggen lite ojämn, hon håller en av de lila blommorna i handen och blickar rakt in i kameran, rakt in i mitt hjärta. Vem är hon? Vad tänker hon på? Jag kan inte svara på det. Jag vet inte riktigt, jag minns inte.

Men flickan är jag och jag känner ett visst motstånd att skriva den här texten. Jag drar mig för det, jag kretsar kring datorn utan att kunna slå mig ner, utan att riktigt veta hur jag ska säga det jag vill säga. Ändå vill jag göra det. Jag tror att jag behöver det, jag tror att det är viktigt.

Den där lilla flickan i blåvitrandig klänning är jag och när jag håller min nya bok *Sommarbarn* i handen är det hon som tittar på mig från omslaget. *Sommarbarn* handlar om henne som var jag, om hur det är när barndomens oskuldsfulla lycka slås i spillror, om hur det känns att förlora ett land och att kämpa för att skaffa sig en ny identitet i ett annat. Ur familjealbumets gömmor har vi plockat fram fotot, vridit och vänt på det och jobbat med dess skärpa och färger. Nu pryder bilden ett bokomslag, något jag inte hade en aning om att jag skulle göra den där junidagen 1971 när bilden togs.

Och jag grips av skuldkänslor. Här sitter jag, vuxen, 43 år gammal, mamma till fem barn varav några i samma ålder som hon jag just tittar på, och bara gör vad jag vill med mitt barndomsjag! Men skulle barnet som var jag ha velat bli utlämnad i en roman? Hade mitt lilla barnjag velat att jag i vuxenform avslöjade alla pinsamma hemligheter, alla smärtsamma känslor, all längtan och sorg, så att hela svenska folket ska kunna läsa om det i en bok?

Ärligt talat, jag vet inte.

Inom mig ber jag den lilla flickan om ursäkt. På något sätt vill jag trösta henne, förklara, säga att allt kommer att ordna sig, att allt kommer att bli bra, att jag gjorde det för hennes skull. Att jag var tvungen. För det var jag.

Jag har skrivit en avslöjande bok om min barndom. Det tog mig över trettio år att orka och våga berätta om det som funnits inuti mitt hjärta, det som jag omsorgsfullt stuvat undan och dolt. Det tog mig halva mitt vuxenliv att samla mod och kraft för att erkänna saker som jag aldrig berättat för en enda levande människa. Det tog mig många år innan jag började formulera tankarna i bokstäver och ord. Innan jag började tro på att någon kanske skulle vara intresserad av just min historia. Av mitt liv.

Sommarbarn är min trettonde bok. Jag romandebuterade 1993 med relationsthrillern *Våta spår*, en fartig historia med ett kidnappningsdrama i centrum, en dotter som försvinner, en mamma som söker förtvivlat, en invecklad intrig med döda ryska agenter och militanta lesbiska kvinnokämpar. Jag var ensamstående mamma till en 3-årig pojke när jag satt och skrev, och det var min egen mamma som hjälpte mig med barnpassning medan jag satt uppe på nätterna, begraven i min roman framför datorn. På dagarna jobbade jag på Vecko-Revyns redaktion, på nätterna skrev jag...

Min lille son var ute på landet hos min kära mamma och jag drömde om att få ge ut en bok. Men inte skulle den vara självbiografisk, inte! Jag inbillade mig inte att någon skulle vilja läsa något om mitt privatliv. Att skilsmässa, moderskap, kamp för att få tillvaron att gå ihop kunde intressera någon fanns inte i min värld. Själv läste jag visserligen både Suzanne Brøgger och Erica Jong och de var ju delvis självbiografiska, men de kom från Danmark respektive USA. Och det var ju något helt annat än okända jag, här hemma i Sverige. Nja, helt okänd var jag i och för sig inte, jag hade börjat bli lite av en profil med hjälp av min spalt i Vecko-Revyn – "Sex & Kärlek" – där jag svarade på läsarnas frågor och så medverkade jag i radio, i P3:s "Signal". Jag blev ofta intervjuad om sex och samlevnad i tidningarna, men fortfarande trodde jag inte att mina privata våndor och tankar kunde intressera någon. Fortfarande trodde jag inte att mitt privatliv kunde vara något att skriva om. Jag ville inte heller.

Jag hade kämpat så hårt för att gömma undan min rätta identitet, så inga vilda hästar skulle få mig att avslöja mina hemligheter. Jag hade kämpat för att bli den självständiga, tuffa frilansjournalisten som alltid hade svar på tal! Jag bytte namn från det tjeckiskklingande Katerina till det svenska Katarina för att slippa förklara mig. Jag talade svenska utan minsta brytning och log besvärat när jag blev tillfrågad om min bakgrund. Jag avskydde frågor om var jag kom ifrån, efternamnet klingade ju trots allt inte helt svenskt. Men jag viftade för det mesta bort mitt ursprung. Jag ville inte vara en stackars invandrare som det var synd om! Jag ville vara som de andra, en svensk människa, en person som hade sina rötter i detta land, inte någon annanstans. Jag ville vara blond och uppväxt med blodpudding och falukorv. Jag ville kunna allt som alla andra kunde. Det som var min historia skulle aldrig plockas fram och framhävas. Jag trodde att det måste vara så. Jag trodde att jag var tvungen, att ingen skulle tycka om mig annars, att jag skulle bli utstött, skrattad åt, hånad. Precis som jag blev i min mellanstadieskola. Jag mindes tydligt utanförskapet, de elaka orden, mobbningen. Aldrig att jag ville vara med om något liknande i mitt vuxenliv! Min son skulle bli en perfekt svensk. Att lära honom mitt första språk var oväsentligt. Svenska var det enda språket han behövde kunna.

"Du borde lära honom tjeckiska", brukade min mamma säga men jag ryckte bara på axlarna. Nej, varför skulle jag det?

"Prata tjeckiska med honom åtminstone en timme om dagen." Vädjade min mamma.

Men jag hade inte lust. Inte tid. Jag var på väg någon annanstans, till en egen svenskkarriär, till nya artiklar att skriva, till mitt självförverkligande som författare. Tjeckiskan tillhörde mitt förflutna. Jag ville inte rota i mina smärtsamma minnen. Jag ville inte låtsas om att det funnits ett annat jag.

Sonen växte upp och nu får jag tillbaka.

"Varför lärde du mig inte tjeckiska", kan han säga till mig med en anklagande röst.

Å, den där frågan gör så ont! Jag blir alltid ställd, vet inte hur jag på bästa sätt ska förklara. Det finns inga bra förklaringar. *Mamma var ett självupptagen ego, förstår du.* Nej, det låter som pity party. *Jag trodde inte att det var viktigt.* Nehej, varför skulle det inte vara det? *Jag hade inte tid.* Usch, det låter så dumt! *Jag visste inte bättre.* Det är nog det mest sanningsenliga svaret.

Jag tror att alla människor har minst en bok inom sig, boken om sitt liv. Och faktiskt, när man formulerar det man varit med om i ord, så förstår man sig själv bättre. Det tog mig hela mitt vuxna liv att förstå varför jag gjort som jag gjort. Det är främst *Sommarbarn* som gett mig facit. Att vid 40 års ålder sitta och försöka minnas den tidiga barndomens upplevelser, familjeband och relationer, det är en smärre revolution för ens inre.

Min andra roman blev *Anhörig*. Den handlar om missbruk, om att älska en människa som håller på att gå under av alkohol och droger. Men när folk frågade hur det kom sig att jag blev medberoende, att jag valde män med missbrukssjukdomen, kunde jag inte riktigt svara. Jag visste bara vad jag varit med om, men jag kunde inte riktigt förklara varför jag hade valt som jag gjort, varför jag hade stannat, varför jag hade låtit kärleken göra mig så illa.

I dag lever vi i nykterhet och tillfrisknande sedan den 29 december 2000, jag är fortfarande gift med min käre man trots upp- och nergångar, trots kriser och problem. Vi har många barn och ett stressigt liv. Men relationen ger oss stadga. Den ger oss trygghet. Vi har varit med om tunga upplevelser, men gått stärkta ur dem. Vårt äktenskap har inte alltid varit självklart.

Jag är inte uppvuxen bland alkoholister. Jag visste inte mycket om missbruk när jag själv konfronterades med det. Men medberoende, och anhörig, har jag nog varit sedan jag var den lilla flickan i den blåvitrandiga klänningen. Medberoendet kan födas på olika sätt. Jag tror att det för min del föddes ur det faktum att jag tog på mig ansvaret för de vuxna, att jag kände att jag ville ta hand om dem, skydda dem. Först i det ockuperade Tjeckoslovakien, då de vuxna ofta var ledsna och jag kände att jag behövde muntra upp dem. Jag fick tidigt ta hand om min lillebror, klara mig själv, vi barn skulle inte vara till besvär. Friheten var skön men samtidigt tvingades jag bli tuff.

Men detta var ändå inget emot det som skedde när vi kom till Sverige. Det var här jag insåg, rätt eller felaktigt, att jag hade ansvar för vår lilla familj. Jag skulle lära mig språket, vara ansiktet utåt. Mina föräldrar var för gamla för att anpassa sig på rätt sätt. De skulle alltid tala med brytning, det skulle alltid märkas att de var utlänningar. Men jag, jag hade chansen att bli den perfekta svensken, svenskare än svenskarna själva. Språket var en nyckel in. Rätt uttal var viktigt. Jag tog hand om allt. Jag tog på mig de vuxnas bekymmer, trodde jag skulle kunna lösa dem, om jag bara bakade sockerkaka efter skolan, om jag bara städade undan pappas papper, om jag passade lillebror, om jag kom hem med bra betyg. Lustigt hur man tror att man ska lösa alla världens problem! De vuxna var så lama på något sätt. Medan jag, barnet, var den starka. Jag byggde upp en försvarsmur, ett skyddande pansar runt min ömtåliga kärna. Den lilla flickan skulle inte komma ut och störa med sin oro och sin gråt. Hon skulle gömmas bakom den hårda masken, bakom coola ord uttalade på korrekt svenska.

Det var lätt att aktivera den omhändertagande rollen när jag mötte en man som drack för mycket. Visst kunde min styrka räcka till för att ta hand om och fixa även honom! Kanske såg jag det till och med som en välkommen utmaning. Motgångarna sporrade mig. Kärleken kunde lösa allt, med hjälp av mitt positiva inflytande skulle han helt säkert kunna avhålla sig från spriten. Så fel jag hade.

"Men å andra sidan kanske det var bra som skedde, annars hade du inte haft något att skriva om", sa min mamma, halvt på skämt, en gång. "Utan missbruk, ingen *Anhörig*."

Naturligtvis har hon aldrig önskat mig, sin dotter, allt det lidande som jag fått gå igenom. Men det finns onekligen en poäng i hennes ord. Och de är dessutom väldigt trösterika. Skulle jag vara pretto skulle jag här citera Strindberg – "jag lever mitt liv för att ha något att skriva om". Jag brukar tänka något åt det hållet, när verkligheten blir outhärdlig. När livet gör ont och river i mig. När jag tycker att jag missat en massa viktiga år av mina barns liv, att bardomsåren gick till spillo för att jag kämpade mot missbruk. Jag brukade tänka så för att inte bli bitter. Jag tänker så nu och fylls av tacksamhet.

"Kvinnlig bekännelselitteratur", fnyser kritiker ofta föraktfullt. Men vem är de att fnysa? Vilka är de, som tycker att de är förmer än ett helt vanligt kvinnoöde? Jag tycker tvärtom. Jag tycker att alla dessa historier, som dväljs där ute i folksjälens djup, är värda att berätta. Och jag vet att vi är många som vill läsa. Ge oss mer bekännelselitteratur! Avslöja allt, allt om era tårar och besvikelser och brustna förhoppningar, om kärlekar som svek och om familjeliv som inte blev som ni tänkt er. Berätta om glada aftnar och om sorgesamma sådana, om släkter och slumpar och sagor och sorger. Alla har vi minst en bok inom oss, och det är boken om våra liv.

Jag gillar 40-årsåldern. Det var först när jag var över 40 som jag hittade modet och lugnet och orken att skriva *Sommarbarn*. Att skriva *Anhörig* var inte alls lika svårt! Att lämna ut vuxenjaget, det var ju en pakt mellan mig och henne jag skrev om. Vi var rörande eniga, jag frågade mitt vuxenjag till råds och hon gav mig sitt fulla stöd. Jag behövde inte fylla ut minnesluckor. Jag behövde bara berätta, om det jag som vuxen varit med om. Att skriva om barnjaget är inte alls lika självklart. Barnjaget är outgrundligt, redan långt borta, åren ligger mellan oss. Jag söker kontakt med henne men hon fortsätter bara att le mot mig från bokomslagets svarta fond.

Det var först vid 40 som jag hittade henne. Det var först vid 40 som jag vågade närma mig den som en gång varit jag. Hon sitter inne med många svar, trots att hennes barnsliga lilla Mona-Lisaleende är helt ljudlöst ger hon mig många svar. Tack fina lilla barnjag. Tack för att du generöst delar med dig. Tack för att du låter mig titta in i ditt hjärta.

"Tänk vilken gåva till våra barn, att kunna läsa om sin mammas liv", sa min man (som alltid säger så otroligt bra och peppande saker! Jag är rädd att jag själv ännu inte lärt mig att vara riktigt så generös tillbaka, tyvärr). "Det är det inte alla barn som har."

Men alla barn skulle kunna ha det. För alla mammor skulle kunna skriva den där Boken. Boken om sitt liv. Där man berättar, förklarar, där man låter sitt barnjag komma till tals. Jag tror att vi skulle komma i kontakt med så otroligt många känslor som legat tysta och stumma inom oss då. Jag tror att vi faktiskt, på allvar, skulle förstå oss själva bättre.

Det hände inte direkt när jag skrev. Jag fick inga ahaupplevelser under skrivandets gång. Först senare, när jag arbetade med det färdiga manuset, förstod jag mig själv på ett sätt jag aldrig tidigare gjort. Och det var en sådan kick. Att 43 år gammal inse att jaha, så var det. Att acceptera att upplevelser från 10-årsåldern fortfarande låg och värkte. Att erkänna dem, att titta på dem med vuxna ögon, att bearbeta dem och att sedan, till slut, släppa dem. Att se på sig själv sådan man var och tycka att det var okej, och förlåta.

När jag skrivit klart *Sommarbarn* förlät jag mig själv. Jag förlät mig mina hårda ord, mina ibland märkliga beteenden, mina ologiska reaktioner. Jag förlät mig själv för att inte vara perfekt, för att inte alltid fatta korrekta beslut. Jag insåg att vi är alla lika, att det som jag trott bara var mitt, också är alla andras. Det är därför jag låter orden flyga ut i världen. Det är därför jag kan sluta låtsas, sluta gömma, sluta huka bakom fasaderna.

I *Anhörig* lät jag alkoholistfamiljen träda fram i ljuset, jag slutade ljuga om att allt var bra, jag sa som det var. I *Sommarbarn* plockar jag fram det som suttit ännu längre in, början till lögnen, början till förställandet, och trots att det inte är okomplicerat släpper jag det lös. Det bor något så oändligt sorgset men samtidigt så oändligt försonande i den lilla flickans ögon. När jag ser in i dem kan jag förstå. Jag kan lära mig av henne, ta henne till mig, mogna. Äntligen är jag fri att tycka om mig själv sådan som jag är.

7 saker du inte visste om Katerina Janouch

1. Hon är lite häxa.

2. Hon är väldigt bra på att rensa avlopp.

3. Hon tycker att det är roligare att umgås med barn än med vuxna.

4. Hon slänger sina egna kläder på golvet men klagar på när andra gör detsamma (läs: Robban).

5. Hon måste ha kaffet superhett på morgonen. Senare på dagen kan det däremot få vara lite ljummet eller till och med kallt. Men på morgonen måste det vara hett, annars kan hon inte dricka det.

6. Hon tål inte leverpastej.

7. Hon är rädd för att dö.

Pressröster

"Hon gör sig också möda att skildra svårigheterna med kulturbytet ur barnets perspektiv, vilket hon lyckas fint med. ... Mot slutet tar romanen ett litet inspirerat språng då den tolvåriga Katerina hamnar som sommarbarn i en närmast toksvensk herrgårdsidyll. Det är en omtumlande initiationsrit, och Katerina Janouch fångar den kärleksfullt och med självironi."
Aftonbladet

"Hennes hågkomster är tydliga som fotografier, detaljerna fångar tiden och känslorna. *Sommarbarn* blir så en bok med många lager, där det biografiska bara är ett och där andra färgas av författarens reflektioner över att inte höra hemma, men vilja det, att bära på en längtan efter barndomens land, men inte kunna stilla den."
Göteborgs-Posten

"Den berör genom författarens förmåga att återvända till den lilla flicka hon en gång var, samtidigt låter hon den vuxna berättaren tolka känslorna det väcker i dag. Samspelet fungerar förträffligt och gav mig både nya insikter och en läsupplevelse."
Kommunalarbetaren

"Det är en bitvis väldigt stark historia, den nästintill redovisande berättartonen som avslöjar det mest privata känns igen från succéromanen *Anhörig*."
Tara

"Här och där hettar det till och verkar ta fart, men på nästa sida återgår berättelsen till något annat, ljummar och man lämnas nyfiken men med hopp om att det, som så mycket annat, återkommer ett par sidor längre fram."
Resumé (betyg RRR)

"Det svider att läsa den här romanen. Gör det!"
Upsala Nya Tidning

"*Sommarbarn* är en gripande barndomsskildring som fastnar. Med ett enkelt språk lyckas Janouch ge snudd på poetiska tids- och stämningsbilder och dessutom spegla en bit dramatisk 1900-tals historia ur ett sällan framlyft perspektiv."
Eskilstuna-Kuriren

"En självbiografisk roman med minnen, tankar och känslor som naglar sig fast. Helt klart värd att lägga några timmar på att läsa."
Smålänningen

"Det här är ingen berättelse om offer men om utanförskap och att vara annorlunda. Och samtidigt en riktigt rolig skildring av Sverige och att växa upp här."
Nyheterna

"Katerina Janouch skriver bra och levande om en invandrares svårigheter, att först bryta upp, att fly och sedan förväntas anpassa sig snabbt i sitt nya land."
Dagbladet

"En finstämd skildring, genremässigt definierad av invandrarperspektivet, likafullt allmängiltig. Dessutom en välgörande spegling av landet Sverige."
Östgöta Correspondenten

Katerina Janouch

Bedragen

Utkommer
3 september
2008

Cecilia Lund älskar sitt jobb på sjukhuset där hon befinner sig mitt i livets mest dramatiska ögonblick, födelse och död. Privat tuffar det på, med fyra barn och äkta maken John som är fotograf samt hus i en trevlig förort.

Varje dag är fylld till brädden men hon är ganska nöjd. Och så som det alltid varit, ska det alltid förbli – eller?

En oväntad händelse slår plötsligt sönder deras tillvaro. Det ringer på familjens dörr och där ute i vinterkylan står en främmande ung man, Simon.

Han hävdar att John är hans far och han själv frukten av en passionerad tonårsförbindelse. Just då förbereder John en längre utlandsresa. Cecilia står med ens ensam och konfronteras med den hemlighetsfulle Simon, samtidigt som sprickorna i hennes och Johns relation blir allt djupare. Runt familjen vävs ett nät av oförklarliga händelser och svek. Det är inte helt lätt att avgöra vem som är bedragen – och vem som bedrar.

Bedragen är den första delen i romanserien om barnmorskan Cecilia Lund.

Katerina Janouch debuterade som författare med romanen *Våta spår* 1993 och slog igenom 2004 med *Anhörig*, som blev en stor framgång både hos kritiker och läsare. Hon har gett ut en rad barn- och vuxenböcker, bland andra *Barnliv* (2005), *Dotter önskas* (2006) och *Sommarbarn* (2007). Katerina Janouch är även vårt lands mest framstående expert på relationer och samlevnad. Hon bor med man och fem barn i Stockholm.

Piratförlagets författare i pocket

Dabrowski, Stina Lundberg: Stinas möten
Dahlgren, Eva: Hur man närmar sig ett träd
Edling, Stig: Vingbrännare
Edling, Stig: Det mekaniska hjärtat
Forssberg, Lars Ragnar: Fint folk
Fredriksson, Marianne: Älskade barn
Fredriksson, Marianne: Skilda verkligheter
Guillou, Jan: Det stora avslöjandet
Guillou, Jan: Ondskan
Guillou, Jan: Coq Rouge
Guillou, Jan: Den demokratiske terroristen
Guillou, Jan: I nationens intresse
Guillou, Jan: Fiendens fiende
Guillou, Jan: Den hedervärde mördaren
Guillou, Jan: Vendetta
Guillou, Jan: Ingen mans land
Guillou, Jan: Den enda segern
Guillou, Jan: I Hennes Majestäts tjänst
Guillou, Jan: En medborgare höjd över varje misstanke
Guillou, Jan: Vägen till Jerusalem
Guillou, Jan: Tempelriddaren
Guillou, Jan: Riket vid vägens slut
Guillou, Jan: Arvet efter Arn
Guillou, Jan: Häxornas försvarare – ett historiskt reportage
Guillou, Jan: Tjuvarnas marknad
Guillou, Jan: Kolumnisten
Guillou, Jan: Madame Terror
Haag, Martina: Hemma hos Martina
Haag, Martina: Underbar och älskad av alla (och på jobbet går det också jättebra)
Haag, Martina: Martina-koden
Hergel, Olav: Flyktingen
Herrström, Christina: Glappet
Herrström, Christina: Leontines längtan
Herrström, Christina: Den hungriga prinsessan
Holm, Gretelise: Paranoia
Holm, Gretelise: Ö-morden
Holm, Gretelise: Krigsbarn
Holt, Anne: Död joker
Holt, Anne & Berit Reiss-Andersen: Utan eko
Holt, Anne: Det som tillhör mig
Holt, Anne: Bortom sanningen
Holt, Anne: Det som aldrig sker
Holt, Anne: Presidentens val
Janouch, Katerina: Anhörig
Janouch, Katerina: Dotter önskas
Janouch, Katerina: Sommarbarn
Kadefors, Sara: Fågelbovägen 32
Lagercrantz, David: Stjärnfall
Lagercrantz, David: Där gräset aldrig växer mer
Lagercrantz, David: Underbarnets gåta
Lagercrantz, David: Himmel över Everest
Lagercrantz, David: Ett svenskt geni – berättelsen om Håkan Lans och kriget han startade
Levengood, Mark & Unni Lindell: Gamla tanter lägger inte ägg och Gud som haver barnen kär har du någon ull
Lindell, Unni: Ormbäraren
Lindell, Unni: Drömfångaren
Lindell, Unni: Sorgmantel
Lindell, Unni: Nattsystern
Lindell, Unni: Rödluvan
Lindell, Unni: Orkestergraven
Lindqvist, Elin: tokyo natt
Lindqvist, Elin: Tre röda näckrosor
Marklund, Liza: Gömda

Marklund, Liza: Sprängaren
Marklund, Liza: Studio sex
Marklund, Liza: Paradiset
Marklund, Liza: Prime time
Marklund, Liza: Den röda vargen
Marklund, Liza: Asyl
Marklund, Liza: Nobels testamente
Marklund, Liza & Lotta Snickare: Det finns en särskild plats i helvetet för kvinnor som inte hjälper varandra
Mattsson, Britt-Marie: Bländad av makten
Mattsson, Britt-Marie: Snöleoparden
Nesbø, Jo: Fladdermusmannen
Nesbø, Jo: Kackerlackorna
Nesbø, Jo: Rödhake
Nesbø, Jo: Smärtans hus
Nesbø, Jo: Djävulsstjärnan
Nesbø, Jo: Frälsaren
Roslund & Hellström: Odjuret
Roslund & Hellström: Box 21
Roslund & Hellström: Edward Finnigans upprättelse
Roslund & Hellström: Flickan under gatan
Skugge, Linda: Akta er killar här kommer gud och hon är jävligt förbannad
Skugge, Linda: Men mest av allt vill jag hångla med nån
Skugge, Linda: Ett tal till min systers bröllop
Syvertsen, Jan-Sverre: Utan onda aningar
Tursten, Helene: En man med litet ansikte
Wahlöö, Per: Hövdingen
Wahlöö, Per: Det växer inga rosor på Odenplan
Wahlöö, Per: Mord på 31:a våningen
Wahlöö, Per: Stålsprånget
Wahlöö, Per: Lastbilen
Wahlöö, Per: Uppdraget
Wahlöö, Per: Generalerna
Wahlöö, Per: Vinden och regnet

Wattin, Danny: Stockholmssägner
Wattin, Danny: Vi ses i öknen
Öberg, Hans-Olov: En jagad man
Öberg, Hans-Olov: Mord i snö
Öberg, Hans-Olov: Dödens planhalva
Öberg, Hans-Olov: Klöver Kungar